名·家·忆·往
系·列·丛·书

汪兆骞 主编

徐剑 著

恰如一阕词

中国文史出版社

图书在版编目（CIP）数据

恰如一阕词 / 徐剑著. —北京：中国文史出版社，
2019.12
（名家忆往系列丛书 / 汪兆骞主编）
ISBN 978-7-5205-1930-4

Ⅰ. ①恰… Ⅱ. ①徐… Ⅲ. ①回忆录—作品集—中国—
当代 Ⅳ. ①I251

中国版本图书馆 CIP 数据核字（2019）第 301036 号

责任编辑：李晓薇

出版发行：中国文史出版社
社　　址：北京市海淀区西八里庄路 69 号　　邮编：100142
电　　话：010 - 81136606　81136602　81136603（发行部）
传　　真：010 - 81136655
印　　装：北京新华印刷有限公司
经　　销：全国新华书店
开　　本：880mm×1232mm　1/32
印　　张：10.375
字　　数：223 千字
版　　次：2020 年 9 月北京第 1 版
印　　次：2020 年 9 月第 1 次印刷
定　　价：52.00 元

个人印记的精神图景

——关于散文的絮聒之三

汪兆骞

记得壬辰年之春，曾应中国文史出版社之邀，为该社主编过一套"当代著名作家美文书系"散文丛书。所选皆与我熟稔的著名作家之散文名篇，每人一卷。经年老友多过花甲之年，正是"老去诗篇浑漫与"，其为文已到随心所欲之化境，锦心绣口，文采昭昭，自出杼机，成一家风骨。文合为时而著，本人性，状风物，衔华而佩实。我在总序中说："这些大家的散文，是血肉之躯与多彩现实撞击出的火光；是人性与天理对晤出的大欢喜、哀凉与哲思；是直面人生，于世俗烟火中，发现芸芸众生灵魂绽放出人性光辉的花朵；是针砭世事，体察生活沉重，发出的诘问。高山安可仰，徒此揖清芬，篇篇似兰斯馨，如松之盛，赠君以言，重于金玉，乐于琴瑟，暖于棉帛。"

该丛书面世之后，反响不俗，其中莫言、陈忠实两卷尚获重要文学奖项，可惜仅出版六卷，便草草收场。问题不少，但其主要原因，是我已准备十多年的七卷本"关于民国大师们的集体传记"《民国清流》系列的撰写，到了不能再拖的地步，实在无力分心旁骛，只能抽身。

忽忽六年过去，早已在眉梢眼角爬上恁多暮气的我，已成白头老翁，所幸七卷本《民国清流》，在晨钟暮鼓、花开花落中，陆续顺利出版，且另一长卷《文学即人学：诺贝尔文学奖群星闪耀时》，也即付梓。此时中国文史出版社再次请我主编"名家忆往系列丛书"，鉴于壬辰年所主编丛书，虎头蛇尾，一直心怀愧歉，便欣然从命。于是再邀文坛名家老友，奉献散文佳作。幸哉，老友鼎力相助，纷纷响应。惜哉，一贯为散文发展热情捧薪添火，"纵横正有凌云笔"的贤亮、忠实二君，已不幸驾鹤西行。"西忆故人不可见"，只能"江风吹梦到长安"了。

本人一生以职业编辑之身羁旅文学，在敬畏、精诚、庄严、隐忍中，为人作嫁衣裳，便有了与诸多作家和他们的文字相知对晤的机缘。哲人云"缀文者情动而辞发，观文者披文以入情"。徜徉于作家们"笼天地于形内，挫万物于笔端"的文字里，读出他们灵魂中的人文关怀、文化担当和审美个性。如芙蓉出水，似错彩镂金，辨而不华，质而不俚，风调高雅，格力遒劲，文里寄托着他们太多的人生思考，太浓的文化乡愁。

在中国现当代文学创作体裁格局中，散文承载着民族文化和民族心理的丰厚蕴涵，但综观当下散文创作，呈现一种浮躁焦虑状态，缺乏耐心解构，"过于正确与急切的叙事"

抒情，其面目无论多么喧嚣与璀璨，都不过是"现实的赝品"，致使一端根植在现实大地、一端舒展于精神天空的散文艺术，弥漫着文化废墟和精神荒原的气息。

编这套名家"忆往"散文丛书，所选皆是作家记住或想起保留在脑子里过往事物印象的文学书写。人生天地间，若白驹过隙，忽然而已。往事俯仰百变，人生如梦，"人生到处知何似，应似飞鸿踏雪泥"。那雪泥上留下的爪痕，便是人生行旅的印迹。作家在回忆人生往事时，举凡小事大道，说的都是自己对过往的所思所悟，其间自有人生的哲学睿智、思想境界和灵魂风骨。他们在山河人群和过往的历史中寻找自己，确证自己的命运过程，从中可看出行于江湖的慷慨悲凉、缠绵悱恻的种种气象。他们是带着哲学思辨意味的作家学者的气质，赋予个人印记以精神脉络的，忆往便构成共和国历史生活图画的一部分。

文者，言乎志者也，散文之道，理性与感性、世俗与审美、形而上与形而下之间的穿梭徘徊，胡适先生云："有什么话，说什么话。"说真话，说新话，说惊世骇俗之话，说"人人心中有，个个笔下无"的禅机妙语。另又想起壬戌年岁尾，去津门拜望孙犁先生，寒暄之后，知先生刚为我就职的人民文学出版社要出版的《孙犁散文集》写完序，即向先生请教散文之道。先生笑而不语，遂将其序示我。其序简约，语言平实，只谈了三点"作文和做人的道理"。年代虽久远，先生关于好散文的标准，仍铭记于心，便是：要质胜于文，质就是内容和思想；要有真情，要写真相；文字要自然，若反之，则为虚伪矫饰。先生之于文，可谓闳其中而肆其外。灵丹一粒，合要隽永。如何写好散文，胡适、孙犁两位大师以三言两语警策之言，已说得明明白白。但让人不解的是，总是有些论者，把散文创作说得神乎其神，看似格韵高绝，然如雾里看花，终隔一层。诸如异想天开，鼓吹什么体裁层面上移形换位的跨界写作便可商榷。

编此丛书，无意匡正散文创作的现状，只想向读者推荐货真价实的好散文。于是从他们的作品中，揽片羽于吉光，拾童蒙之香草，挑出"天籁自鸣天趣足，好文不过近人情"的既有人间烟火气，又"有真情""写真相"的"尽美矣，又尽善也"（《论语·八佾》）的美文，编辑整合，以飨读者。

诗书不多，才疏学浅，序中难免有谬误之论，方家哂之可也。对中国文史出版社和诸作家为构建书香社会捧薪添柴的精神，深表敬意。

戊戌年初秋于北京抱独斋

目录

上阕

铁马冰河

忘不了啊湖湘之地，

那雨，那人，那浓浓的故园情。

少年幸自入潇湘

1

晓色初露，天空灰蒙蒙的，冷雨飞扬。黑色大闷罐运兵军列突然在桂林停了下来。

带兵的排长说，打背包，马上下车，吃过军供后，换乘大解放卡车去新兵连。

我一脸狐疑，悄然对一位战友说，下车的地点不对啊，从这里转车，可能看不到南中国海啦！

乡友一惊，说，我们是不是受骗了！

少废话，快跟上队伍。接兵排长对我们吼了一句。

我一头雾水。下车之后，见江雨满天，雨雾迷漫，这与阳光灿然、白云诡谲的云之南，简直就是两重天。

那是1974年深秋，云南的天空祥云飞绕。几位军人出现在昆明入京的第一驿站——我的故乡大板桥接兵，亮出的牌子甚是诱人——特种部队，且营盘在南中国海边。接兵的排长叫王爱东，高挑、瘦削、帅气，与我后来看到的演《楚留香》的香港演员如出一人。部队政审时可谓百里挑一，查遍祖宗三代，政治上要求特别严。几百名莘莘学子，瞬间，筛去一大半。初次亮剑，便将我们这批刚出校门的高中生镇了。

那时我刚16岁，因有几分才气，被派出所弄去搞专案，其实就是一个记录员。与王爱东排长见面就在派出所，他迎面走进来，雄姿英发，风度翩翩，顿时吸引了我的目光。两人对视的瞬间，便是缘。他记下了我的名字，然后与派出所所长谈完便匆匆离去了。第二天，竟去了我的母校昆明第十七中学，询问我的情况，恰好遇上了我的数学老师殷廷光，说我是他教的那个班的班长，全年级数一数二的高材生。

就在那一刻，王爱东决定带我去南国那支特种部队，当他们老连队的文书。

验兵时，我再度见到王爱东，问他此去何处，他说南中国海边啊。

能看大海！我欣喜若狂。在云贵高原上长大的孩子，见过最大的海就是杨中洋了，其实就是一池湖水。像高尔基《海燕》中搏击的大海，只在梦中出现。

当时大队书记因与我大舅打过一架，公报私仇，不让我走，抓住我爸爸在三年自然灾害期间为了母亲孩子不至饿死的事情，大做文章。还有大队文书，是我奶奶一个同父异母的弟媳亲戚，也听了谗言，投下反对票。可王爱东力排众议，甚至不惜与新兵连的副指导员、教导员一战，为的就是带我走。

在一个没有任何背景的年代，我因了遇上人生中的第一个贵人，终于圆了五六岁时将来做个上等兵之梦。于是，16岁的我，穿着一身国防绿，爬上一辆大卡车，在母亲的泪涕涟涟中，向昆明八公里运兵的东站集中。在故乡的军供站上吃过最后一顿饭，临登车前，突然点名，第一个叫的就是我，后边有十名与我同一个公社（乡镇）的新兵，被从王爱东排长带的新兵二营分了出来，调去了新兵三营。后来我才得知，与王爱东吵架的两位营连领导趁他不在，将我分了出去，为的是不让王爱东带我去当文书的一片苦心相遂。

当时我就哭了，哭在昆明登车出发时，就与王排长分手，这意味着为我的命运遮风避雨的一把雨伞没了，一切唯有靠自己努力与奋斗。

夜色苍茫，车下云贵高原，驶过我的家乡大板桥时，我最后一次回首，心里默默地说，我是坐着拉牛拉猪的闷罐车走的，等我第一次探亲，一定要坐着卧铺车回来。这意味着我的前方唯有一条华山道，成为一名年轻军官。

列车从云贵高原上匆匆驶过，然后向广西方向驶去。行至柳州时，将近拂晓，却未转往南宁方向，而是继续朝东南驶去，在一个冷雨潇潇的早晨，突然在桂林停下了。此时，天已经亮了，吃过军供，返回时站台下停泊着一排排军用卡车。在雨中，让我们纷纷登车。我感觉不对啊，如果去南中国海，应该往广东方向，在这里下车要么是去广西某地，要么是去湖南。

果然是后者，偌大的一队军车，朝广西龙胜方向驶去，这可是红军当年喋血湘江之后，进入湖湘的一条线路啊。

我当时未曾想到，红军走过的地方，如今成为好山好水。

2

好一片烟雨苍山。

不知不觉中，我竟被融入了一片仙境之中。坐在大解放车的车厢里，往后车门看出去，山道弯弯，一盘又一盘，迤逦上山，兵车忽悠忽悠的，盘进了云层里，尽是人间宫阙，奔来眼底。苍苍茫茫的青山，绵绵缠缠的烟雨，何似在人间。一会儿的工夫，又忽悠忽悠，盘旋而下，飘落至山壑谷地，小溪潺潺，清流从林间流出，村夫野老，一派美轮美奂。

那一天，我们就在雨雾迷蒙的大山之巅忽上忽下，一会儿抵近天上仙阁，一会儿重落人间村落。将近晚上9点，一路黧黑的山影突然有了几簇灯火，路边有一条小溪奔流，兵车终于在一个山沟里停泊下来。

下车吧。只听接兵的副排长一声呼喊，我们纷纷纵身下去，只见两边黑黝黝的山影毕现。已经是晚上9点半多了，入饭堂，吃晚饭，居然是一大间茅草棚，窗子大通四漏，连挡风的玻璃窗都没有，涛声如鼓如咽，间或有冷风横吹进来。

随后入住新兵班宿舍，是一间连一间的茅草房。入内，地上有一个大通铺。其实就是几根木桩搭起来的，再铺上床板。屋里烧了一个地炉子，烟道从房间中穿过，反倒有点暖融融的感觉。因为坐了一天车，在大山里转晕了，挺累，当晚竟然睡得很沉。第二天起床号响起时，跃身而起，出了到新兵连的第一次早操。

拂晓退却，天色渐次明亮起来，晨霭沉沉，岚烟氤氲，浮在山间的烟雾，像脱套头衫一样，从低往高一点点地褪下。天啦，当时我们全傻眼了，这哪里是大海，分明是林海莽荡的原始森林啊。绿浪一个接着一个，滚滚而来，松之风过耳，黄钟大吕般地震撼山谷。

洗漱过后，天色渐次清朗起来，站在半山坡上往远村眺望，一片黑色吊脚楼参差不齐，坐落于水田与山脚之间，鸡鸣狗吠，一片悠悠远村意境。

那天中午，我们都很沮丧，看看住的茅草房，几根木桩一立，木棍和竹子编成篱笆墙，再糊上泥，贴一层报纸，房顶是清一色的杉木皮覆盖。比起我的家乡来，这里更原始、落后，而我们这支特种兵，竟是专门打山洞的。于是我们这一群新兵蛋子相拥而泣。这是我入伍之后第一次落泪，也是最后一次，拭去眼角的泪痕，便开始了自己16岁当兵的历史。

后来我发现，这是冥冥之中的一次上苍眷顾。欲让我成长为一个作家，先赐给我一片原始风情风俗的净土，让我细细地咀嚼与品味。

心静了下来，景色便美起来了。

一幅诗情画意的中国泼墨山水便在眼前凸显。阴晴雨雪，各为一景，侗寨依然，景色却变幻万千。我觉得这些村寨最美的时刻却在烟雨中、落雪后。

入秋之后，潇潇的秋雨便飞扬起来，从秋至冬，再从冬飞到春。那雨幕连连，一下便是半载时光，一个月难得见一个晴天。我们戏谑地称太阳也定量供应。然而，我喜欢那样的雨天，那样的雨帘，细时如银针，滴时似珍珠，大时如冰指，连成一幕乳白的、银色的、白云般的水帘，从天穹上飘飘而落。站在新兵连的土台上，远眺侗家的村落，一叶轻舟从烟雨迷蒙中滑过，一位老翁立于舟上，一根长长的竹篙撑着小舟，一只鱼鹰鸪立于舟头，或展翼盘旋于水面。我们有时也借船横渡，颇有点少年听雨吊脚楼上，中年听雨渔船中的韵味。

最美的景致要数到了深冬，一场烟雨过后，空山寒林，老树枯枝、青松、楠竹和杜鹃上皆凝结一层雨珠。暮色渐至，温度也渐次降低，冰凝便一点点结了起来。第二天早晨起来出操，千山皆白，玉树仙葩、冰肌玉骨，低低高高，差差参参，恍如登临天上宫阙，身子尽在琼楼玉宇之中。

疑是梦中，不曾是梦。那一刻，我蓦地觉得，少年抚剑入潇湘，乃青春之大幸。

恰如一阕词

008

3

恕我愚钝，抑或长于一个"文革"年代，真正读懂湖湘那块神秘之域，竟然是在湖南日报社图书馆里，认识一位叫沈从文的文学大师。读他的文字，恍然大悟，我生活的那片土地风物风情、人世沧桑，早已经写入了他的秋水文章。

17岁那年，我被部队送到湖南日报社军事组学习新闻报道。三位老师是刘阳初、黄镇东和张文伟，全系老军人出身。因了我还是一个翩翩少年，因了我一直穿着那身绿军装，在湖南日报社的日子里，我总有一种如鱼得水之感。周五，编完稿子，便可跟老师爬上四楼，到湖南日报社的图书馆去借书。那是我见过最大的一个图书馆，足有一个半篮球场大，高高的书架上，摆满了发黄的书籍。那一刻，我像一头牛犊突然闯入一片草色青青的牧场，俯首之间，皆是精神食粮，可随意啃啮。第一次借的图弓就是沈从文的《边城》《长河》和《从文散文集》，读着读着，我生活的那片土地，皆在视野中浮现，变成了这些颇有古汉语简洁高贵韵味，却又夹着湘西风情的生花妙笔。读沈老的经历，他也曾是一名连队的小文书，在一代湘西王陈渠珍麾下任职，闲来无事，便将这位清军军官的典藏书画拿出来品赏，一如听他讲西藏的传奇。当大清帝国灭亡时，他带着150名湖湘子弟，还有一名叫西原的西藏女子，走过万里羌塘，走过今天青藏铁线，经历8个月的死亡之旅，也经历一次生死之恋。那传奇无限放大了沈从文的军旅人生。若不想看这些故纸故事，那就瞧活的喋血的画卷，到一个叫梨树湾的地方，看湘西王的军队杀人，砍下一个个用绳子拴来的匪枭，身首分离。看沅江河上放排的船夫与吊脚楼里的妓女打情骂俏。他那样的书写，简直就是一幅天然的湘西风情画，美轮美奂。我庆幸，16岁的军旅生涯，却是先见证它的神秘神性的土地，才在图书馆里读到这样富有魅力的文字，从此开始了我的文学人生。

一卷湘西的风情风月长卷，通过湖南日报社图书馆之缘，以古老的方块字，重铸了我的军旅人生。

其实在湖南日报社的日子里，我要感谢图书馆里一位个子高高的姓蔡的美丽阿姨。因了我穿了一套国防绿，借书时她总是对我网开一面，照顾有加。凡我借的书，一次借走十多部，她连阻挡都没有阻挡过，而且多是在我还没有借书证的时候，依然让我抱走这一摞书籍回到招待所，回到那个与报社的印刷工人一起住的房间，挑灯夜读。

每天晚上从办公室回来，不管多晚，那位头上谢顶的王国良所长，总等在招待所为我开门。有时他会有一搭没一搭地与我聊天，用纯正的湖南土话揶揄我道，小徐，将来给你找一位湘妹子做堂客。

堂客是什么？

他哈哈大笑，不告诉我。后来我翻阅周立波的《暴风骤雨》，知道堂客就是老婆，想到王所长的话，我的脸顿时发热了。

那一年，在那片广阔的知识牧场里，我认识了鲁迅、巴金、老舍、曹禺，认识了写大上海的世家之女张爱玲，亦找到了写《塔里的女人》的废名，还有那个写《金粉世家》的"鸳鸯蝴蝶派"首领张恨水。

读啊读，一年湖南日报社的学习，不啻上了一次大学。

秋天来了，平地一声惊雷，北京传来了喜讯，党中央一举粉碎了王、张、江、姚"四人帮"。那天晚上，我跟着湖南日报社的游行队伍，走过小吴门，上了五一大道，我看到、听到了一个民族走出动乱、重见天日的欢悦和歌唱。

秋天过去了，湖南阴雨绵绵的冬天来了。因为我是1976年夏天入湖南日报社，忘了带冬天的服装，冷得有点颤抖。看我只穿了一身单衣裤军装，在风雪里每天上班，早早地去办公室打水、扫地，总机班的彭哲芳阿姨看在眼里，执意要给我织一条线裤。我那时只是一个小兵，一个月7块钱的津贴，还要攒到年底寄60元给母亲，当然舍不得买毛线，便让部队战友寄来了好多双棉线手套，交给了彭阿姨。于是，她便将一只只手套拆成线，洗干净，再绕成团，然后给我织棉线裤。在她值班的日子，在她下班回到家里的日子，一针一线地织，颇有点慈母手中线，临行密密织的意味。

认识了彭阿姨，便少了许多乡愁。因为她在总机班，我便近水楼台先得月，有时到了晚上，她会将我叫到总机班，拨通我老家昆明大板桥派出所的电话，让警察去街上叫我父母来接。乡音款款，这时，我感到了故乡并不遥远。

那条棉线裤，彭哲芳阿姨织了整整一个冬天。冬天来了，春天不会远了。1977年春节，我在长沙度过。一个赤子、一个战士浸泡在湘情温婉中，一点也不孤独。黄镇东老师叫我去他在湖南农业局的家里吃年饭，还有张文伟、彭阿姨和在报社政治处的蔡伯伯，以及我的老战友梁胜忠夫妇，从初二之后，便轮流叫我去家里"呷饭"。此时，我感到湘情融融，亲情融融，有了这种军民鱼水情，遥远的故乡云南，不再遥远。

湘音浓浓，湘情浓得像辣椒一样火热。那时，我觉得自己是幸运的，幸运地拜这么一大批真诚热情且富有才华的湘人为我之师。

4

湖南的天空终于晴了。

春天姗姗来迟。我在湖南日报社学习已经10个月了。部队突然打来一个电话，说回来吧，政治处的书记要转业，领导准备给你提干。

喜讯接踵而来，暌隔十载的中国要恢复高考，我得回去，重圆自己的大学梦。

走的时候，彭哲芳阿姨织了一个冬天的线裤终于织好了，她在裤管口用纯毛线接了一截，不知情的人一看，以为是一条毛裤。穿上它，暖暖的，我踏上了驶向边城的列车，然后向那些帮助过我的老师们行一个神圣的军礼。那一刻，我的泪水涌了出来，心里却默默地说，各位老师们，我不会负了你们的一片厚爱。

回到那座小县城，看到许多战友在复习准备考大学，我也想圆自己的大学梦。话刚说出来，便被团政治处主任王家惠叫到办公室，说，听说你要考大学，他娘的，现在有两条路摆在你面前，一条光明大道，马上给你提干，一个月54.5元的工资；另一条是平坦大道，让你去考大学，金榜题名，如果考上了四年之后再来当排长，也是拿54.5元的工资。孰轻孰重，你现在就给我一个答复。

我根本就没有一丝的犹豫，说我当然选择提干了。这是一个乡下孩子关键的鲤鱼跃龙门。

聪明之举。王家惠仰天一笑，说，这就对了嘛。

于是，1977年夏天，我刚19岁，被提拔为某工程团的政治处书记，是一个年轻的小排长。

那时，我们这个从越南抗美援越回来的工程团，担负了在深山沟里打洞的任务。因为经常有塌方发生，与我一起坐一个闷罐车拉来的同乡战友牺牲了。组织股负责抚恤和安葬。当时我发现，凡有战友牺牲，到了傍晚，组织股的老吴干事就会带着楼下警卫排的官兵，扛着铁镐和铁锹出去，去独秀峰下的烈士陵园为战友挖坟坑，到了天黑才回来。看他一身泥土，我问他做什么去了，他总是神秘地说，给你的战友筑小屋去了。我茫然不解。晚上 10 点多钟，一辆大解放卡车驶进团部，装殓战友的黑色棺木被抬了进来，机关全体同志肃穆而立，举行最后的告别仪式。我方恍然大悟，又有战友光荣了。也许就是我的同乡，或者就是我同年度的兵。

将近午夜了，我们送葬的队伍穿小城而过，越过渠江之上的大桥，仿佛走过这座奈何桥、清凉桥，便是天国。一个士兵下葬了，距离不远的卫生队的熄灯号吹响了，一盏生命之灯熄灭了。

一抔黄土掩忠骨，第二天一个新的泥土小屋隆起了。一个小屋连一个小屋，一排连一排，依山而下，形成了一个巨大的军阵，英雄的军阵啊！

有好些日子，我总是想不通。我的战友在深山里筑起一道天疆，撑起的是泱泱大国魂，实现的是中华民族的光荣与梦想。当他们壮烈之后，为何不在大白天轰轰烈烈地，吹着唢呐，放着鞭炮，为他们送葬？

我带着这个困惑，去问抗战年代入伍的老团长：牺牲的英烈赤条条而来，为什么要默默无闻而归？葬礼不该在子夜进行嘛。

你懂个屁！老团长眼睛一瞪，当兵干什么？小城驻部队干什么？就是为了给人民带来一片安宁。我们隔三岔五地死人，抬着棺木从小城经过，会让老乡们紧张和不安的啊。

团长也许是对的，可是我觉得有点不近人情。那时我便萌动了一个心愿，总有一天，我要写写他们，记下这些为一个大国的崛起奉献青春和生命的年轻人的壮烈故事。

5

我回来了！

从 1983 年调到北京总部之后，我一直未回到这座烈士陵园，回到当新兵时那个侗寨边上的山沟，回到我在团政治处当书记的小城，回到在基地宣传处当干事住过的夹皮沟，回到长着石榴树的老连队。然而不管走多远，我无时无刻不在想着这里，因为在湖南的八年间，除三年出去读军校，我在那里待了整整六载时光。那里有我青春的梦想，也有我青春的磨难。记得在 20 岁调到基地政治部当干事的时候，我们这个基地，就在一条夹皮沟里，离县城还有 30 多公里，一个月才会出去一趟，到新华书店买点图书。然后便是在一个个日落黄昏，放一个小马扎在单身干部宿舍楼的走廊上，我坐在其上，背一首首唐诗，读一篇篇古文。那几载时光，是最寂然的，也是最幸福的。

前度徐郎今又来。此时，我已经圆了当年一个少年的军旅作家梦。我写中国战略导弹部队历史的《大国长剑》，一剑挑三奖，拿下了鲁迅文学奖、中宣部"五个一"工程奖和中国人民解放军文艺奖，我为自己和战友的工程兵岁月写的《鸟瞰地球》再度捧走了中国人民解放军文艺奖，还有我参与编剧的电视剧《导弹旅长》，获得了电视剧金鹰奖和金星奖。

感谢潇湘水，哺育当时一个年轻的小兵。

我该去看看那块土地了。

2004 年春天，时隔 30 载之后，我回到当时新兵连那个已经废弃的阵地前，故人重返，遗址犹在，那棵大雪压断了枝干的橘子树还在，老干新枝，橘子花开满一天清香。当年踢正步的操场已荒草萋萋，当年老连队屋前那一株小石榴苗，已经长成了一棵石榴树，灿烂了石榴花的殷红。

白的橘子花，馨香天地，招魂英雄；红的石榴花，昭示着烈火般的青春与生命。

那一天，我抱着自己为战友们而作的四部书《大国长剑》《鸟瞰地球》《砺剑灞上》和《导弹旅长》，去了独秀峰下的烈士陵园。

望着一个个熟悉的名字，石福炳、周文贵、王文贵……我在他们面前将自己的书一页页撕下，一张张点燃。

一书当冥纸，燃亮灵魂的天国，就在我将四部书烧完的时候，突然惊雷响起，闪电撕破天幕，大雨滂沱。那雨水如纤指抚过琴弦，犹如在弹一曲"霸王卸甲"，我看到战友们伫立于潇湘天空，在云彩之上，在天庭之上，在哭，在笑。

泪水和雨水混合在一起，淹没了我的湘西岁月。

沅水幸自绕楚山，为谁流下潇湘去？少年有幸，我入潇湘。潇湘有雨，有情，有义，有仁，有给了我无限厚爱的一位位老师。

我与老排长王爱东保持了长达 36 年的战友之情，后来他从湖南转业老家唐海县，一步一步擢升，当了县法院副院长。2008年夏天，他突然咳嗽不止。到唐海县医院拍片，被当作肺结核治了三个月，仍不见好转。转到北京一看，已经是肺癌晚期。家人和战友们都让他去唐海县医院评个理，他挥了挥手，说算了，我若去一闹，那位放射科主任的饭碗就丢了。再说，小县医院就那点水平，不能怪他们！俨然一片军人豪情。他在北京做右肺切除手术时，我第一次像等一个亲人归来一样，坐在手术室门口，整整等了他 4 个小时。

2010 年元宵节的前一天中午，我驱车赶到唐海与他见最后一面，这是生死之别，当我车刚离去不久，他便溘然长逝。但那双眼睛却仿佛一直在凝视着我，一如湖湘的天空中，一双双凝视我的眼睛。

少年幸自入潇湘。忘不了啊湖湘之地，那雨，那人，那浓浓的故园情。

十载阳台云和月

过了元宵节，三阳之春渐成气候，天空中吹来些许暖意。春风徐徐，阳气浮冉，紫气东来，妻子便张罗搬家之事。

所谓搬家，并非真正意义上的乔迁之喜，只是比原来大院公寓房多了十几平方米。然，我仍欣喜若狂。毕竟，饭厅大了，可设家宴待客，毕竟，书房与客厅分开了。从此，便可告别相伴十三载之三尺阳台。此事还得感谢一位老大哥领导，彼于离休交班最后一天，力排众议，专断拍板，为作家办事，玉成其美，幸哉！

是日黄昏，京畿天蓝，云卷云舒。我遵妻之嘱，开始收拾堆积如山之书刊。那张安静书案顿时失去平静，怆然环顾，四处皆书也。我再无法心如止水坐下来敲电脑，更不能波澜不惊地挥狼毫小楷，梦回唐宋。时，暮色四合，一轮下弦黄月亮钻出城郭，犹如紫禁城里飘来之孔明灯，挂在杨树枝丫之上，被人遗忘，却照着亘古之岁月与你我。

日光流年，日落月升。自新世纪之门洞开，我跻身师职之列，在复兴门桥西分了两套小屋，皆不大，加起来不过一百零一平方米，且一套在三楼，一套在一楼。然我满足至极。住房面积比过去大了一倍，但无地方安妥书案，便将一楼客厅阳台打通，且奢华一回，买了一张红木饭桌，竟抬不进六平方米之小饭厅，便将两头半圆小桌拆开，合成一小圆桌放于过厅做饭桌，而将中间一米见方之方板，卸下窗子，抬入阳台之上，成了我之书案，外加一酸枝圈椅。一张饭桌一把椅子，于是乎，不到三平方米之小阳台，成了我最狭小却多少有点豪华之书房。

　　壮哉斯室，不吝其小；美哉陋室，唯吾心静。我左顾右望，前后 2 米有余，左右 1 米见宽，不可倚窗远眺，亦不能环椅踱步，却蛰伏于斯，潜心创作，犹如老农耕田一般。每天日出而作，早晨 7 时准时下楼，匆匆洗漱，然后草草早餐，便展开阵地，打开电脑写作，子夜将阑时，我方上楼而息。年年如斯，月月如是，天天如此。第一本作品便是 1962 年中印边境自卫反击作战之《麦克马洪线》，整整 10 个月，我心静如止水，于 2 平方米之地，远眺喜马拉雅那场战争，溯民国初年弱国无外交屈辱之状，与长眠于雪山之巅英灵交谈。写至 2003 年春节，我只在大年初一为自己放一天假，初二便开笔，心无旁骛，淡然如水，入禅定之境。然到了初四，暖气热，开窗透气，罡风拂过，便患风寒感冒，输液四天方愈。时女儿正在读高中，问我此书值多少钱，我答无价。女儿云，出都出版不了，还无价呢！我道至少值一辆中档车，待时给你做嫁妆。女儿笑曰打妄语也。然，杀青之时，整整 53 万字，指挥过那场战争的阴法唐老人改阅后，称我制造了一枚重磅炸弹；军科藏学专家王贵一字一句审过，评语为划时代军事文学巨著。后，人民文学出版社和长江文艺出版社皆看中此书，我对前者要求五万起印，后者则要七万印数，对方皆应承。然由于各种原因，至今书稿仍藏于箧中，不见天日，可我却并不引以为憾事。遥望长眠雪山下之英魂，我问天无愧也。

后我又受中国作家协会委派，四上青藏高原，追踪采访四载，蛰伏于一方陋室，写下青藏铁路扛鼎之作《东方哈达》，洋洋洒洒 43 万字，成为当年所有中央媒体宣传青藏铁路之蓝本。亦让写国家重点工程之创作，达到一个前所未有之高度，给我带来无尽名声。随后，约稿不断，南水北调、西电东送、东北老工业基地振兴和青藏联网等纷纷请我前去创作。十载之间，我于斯室写就出版《东方哈达》《灵山》《冰冷雪热》《遍地英雄》《国家负荷》《原子弹日记》《雪域飞虹》《王者之地》《浴火重生》《玛吉阿米》《逐鹿天疆》《梵香》《坛城》等 14 部书，几乎一年出版一部，获得十几个全军、全国文学大奖。其中四部被译成英文，对外出版。

十三载阳台云和月，云淡风轻，陋室独乐，唯我心寂。对于一位作家，苍穹之下，豪宅连成城，一张书桌足矣。三尺之地可容我身，窗外笙歌夜夜，霓虹闪闪，皆与我无关，还是寂寞一点好。寂寞心域有了神，便有了宗教之纯粹与清净。

搬家之前，妻子花数万元，为我买了一张红木书桌，书案何其大，置于书房里，我茫然四顾，不禁叩问，我还会有一颗寂寞心，写出秋水文章吗?!

新李将军列传

　　李将军者，姓李，名旭阁，唐山滦南人氏，系第二炮兵老司令员是也。80年代授中将军衔。其乃一小八路出身，入伍之时，时逢烽火连天，日寇铁蹄蹂躏冀东大地，兵燹村庄，年仅14岁之旭阁不可忍也，遂投身冀东平原游击战，出没青纱帐之中，显男儿英雄血性。

　　遥想当年，我在其麾下任党委秘书，时25岁。是日，第一次见李将军时，由一位老秘书带去谒见。初识一代封疆大吏，不免战战兢兢，手足不知所措。步入司令办公室，唯见一位将军从木椅上一跃而起，高高个子，约有一米八〇，肤色略显浅赭色，剪一个寸发，堪与美国大兵板寸形象媲美。我窥之，其天庭饱满，鼻梁高挺，完全符合中国高官之福相也。然，最吸引我者乃司令员之目，睿眸炯炯，不苟言笑，仿佛瞬间能将人看透，透着一种威严，更折射一种智慧。彼时，其五十六，此乃我见过最帅之上将军也。我此印象，在张爱萍夫人李又兰处得到印证。据称，当年张爱萍首次召见麾下参谋李旭阁，也不禁惊呼："李旭阁者，英俊少年也。"

　　雄姿英发，逐鹿天疆，多传奇也。我犹记李将军离休后，总政治部组织撰写人民解放军高级将领传，划线皆大军区正职以上，我主动请缨，欲为其写李将军传。李旭阁闻之，挥笔给我写一手札，云：徐剑，能成为你笔下的人物，不胜荣幸。我连忙给其回信：折煞我也，我仅将军麾下一小兵耳。

犹记彼时，党委办公室订了十多种报纸，甚至《文学报》《文艺报》亦在其中，文摘不计其数。每至周末，李旭阁司令皆会来党办，从报架上将报纸与杂志一一找来，或独自默默看报、读杂志，或将其抱至办公室，因其阅读速度甚快，仅花两三个小时，就将所有报刊一览无余，尽知天下事也。

忽一日，党办欲给首长买书。让诸位首长开列一个书目，旭阁司令开出之书单，居然是《诸子集成》。我愕然，能读得懂诸子百家著作者，乃军中大学者也。于是乎，我问其秘书坤侠，首长什么文化？答曰：小学四年级。噫！我顿生敬意，还以为彼为大学生也，此学者型司令也。

兼学者与司令之风者，在人民解放军的高级将领中可谓凤毛麟角。然，在李将军身上却是完美结合。秘书告我曰，司令员夫人耿素墨，乃当年北平城里大学生，而李将军只是一个小学生，二人相识于抗美援朝战场，战地雪花，执子之手，与子偕老。小学生迎娶大学生，夫妇相濡以沫，互相影响，相得益彰。夫人曾戏言，我与夫君活到老，学到老，改造到老。一介武夫将女大学生改造成工农干部，而大学生夫人将夫君变成了一位大学者。我艳羡也，此乃一个激情年代知识分子与工农干部天作之合也。

彼时，我在将军麾下，不时参与撰写讲话和报告之类八股文。旭阁司令与众不同，讲话不用秘书班子，自己拉一个纲，到会上侃侃而谈。此话一出，竟是中国战略导弹部队之大谋策、大战略、大棋局。此非姑妄言之，有一事可证。李将军当司令伊始，时逢邓公于军委扩大会议之上，向世界伸出一个指头，中国裁军一百万，将全党工作重点转移到和平时期建设轨道上来。此语一出，李将军旋即领其要旨，在军委和总部未给政策之情况下，毅然拍板，在二炮党委支持下，提出一件功德无量影响久远之策：二炮部队出山，部署调整，旅进县城，基地机关入地级或省会城市，彻底告别当年"大打，打核大战"之战略，终结"山、散、洞"之布局。此棋一下，中国战略导弹部队全局皆活。从此，家属就业、子女上学之事一劳永逸解决于焉，开全军之先河，令许多大军区领导歆羡不已。纷纷询问李将军，此政策谁给？李旭阁仰天一笑，云二炮党委落实邓公新时期战略转变，自己制定的。众将领一听，先是愕然，继而肃然，俄而竞相仿效。

　　如此大谋略，皆与其经历有关。20 世纪 50 年代中叶，李旭阁刚从朝鲜战场归来，遂被作为优秀团级干部选入军委作战部，在居仁堂为周恩来总理当参谋。出差追随之人，尽是一代名将。有副总参谋长粟裕大将、国防部副部长陈赓大将、空军司令刘亚楼大将等英雄豪杰，耳濡目染，沐其风骨，颇得真传。其后，苏军第一个导弹营 100 余官兵，携两枚 P-2 导弹入北京长辛店，教练中国导弹官兵，李旭阁乃其中一学员也，由此拉开导弹生涯序幕。时，美国 U-2 飞机飞掠入侵中国领空，李旭阁随总参首长与空军领导勘察于京畿之地东西北三向布阵地空导弹，打下美国 U-2 飞机，令世界一片愕然。外国记者问陈毅元帅，中国人用什么秘密武器打下当今世界最先进之高空侦察机，陈毅元帅幽默与对："用竹竿捅下来的。"李旭阁闻之，大称妙语，不愧出自元帅外交家之口也。

不过，中国壮举开创者，乃钱学森教授也。此前，钱学森自美国归来，在总政话剧团小剧场讲导弹专业课，听者皆为三总部驻京大单位领导，大将、上将云集，唯一年轻少校奉命旁听，比人正是李旭阁。其第一次听到钱学森提出中国欲建战略"火军"之说，热血为之沸腾。讵料，三十年河西，听课之小参谋竟成了中国战略导弹部队之大司令。钱公得知，欣慰不已。2002 年后，钱学森纪念馆在上海交大开馆之际，李旭阁奉上当年听课之导弹笔记，此遂成钱学森纪念馆之珍贵文物。

然，当我成为军旅作家之后，采访渐深，方知李旭阁之总参谋部岁月，不仅为军委作战部高参，更是一位飞越罗布泊第一颗原子弹爆心之英雄。但，于此事，其一直三缄其口，始终保守秘密，就连总参作战部之人亦不闻老副部长当年英勇之事，更不知其曾担任首次核试验办公室主任。在周恩来总理、张爱萍将军麾下工作，有如此英雄之经历与壮举。

我为作家后，始写《大国长剑》，对李旭阁司令采访时，方知彼这段鲜为人知之历史。

光荣属于偶然。那年秋天，李旭阁赴酒泉航天城，观新型号导弹发射，于弱水之滨，与张爱萍上将不期而遇。张将军招手道："李参谋来得正当其时，我正愁帐下无人。发射过后，随我一行。"恭敬不如从命，于是乎，从那一刻起，李旭阁开始步入中国伟业之列。

那是一个理想与激情、光荣与奇迹同在之年代，至今犹记，仍令人高山仰止。彼时，酒泉航天城导弹发射完毕，李旭阁去向张爱萍副总长报到，询问目的地。张上将诡谲一笑：须烂在肚里，上不告父母，下不告妻儿，此乃中国第一次核试验也。

李旭阁闻之眉飞色舞。斯时，首次核试验已紧锣密鼓展开，彼随张爱萍将军去青海金银滩，唯见九院院长李觉和一批核物理学家在搞中子撞击试验，大获成功，此时，离中国第一朵蘑菇云冉冉升空，已为时不远也。

然，何时进行核试验，中央决策层曾发生一场争论。彼时，李旭阁坐在中央专委会记录席上，出席者有周恩来、贺龙、聂荣臻、彭真和罗瑞卿、张爱萍等20余人。关于首次核试验的时间，一种说现在就试，一种说应该晚一点再试。会后，罗瑞卿向中共中央、毛泽东主席呈送了《关于首次核试验时间的请示报告》。之后，中共中央政治局召开常委扩大会议，听取周恩来汇报早试与晚试两个方案，并研究了罗瑞卿的请示报告。毛泽东从战略上进行了分析，指出：原子弹是吓人的，不一定用。既然是吓人的，就早响。

周恩来接到批示后，再度召开专委会，说主席已批，首次核试验定在今年秋天，并指出要保密。为防止敌人对首次核试验进行破坏，周恩来在中南海调兵遣将，强调对空中和地面都要进行布防。

正开会中，张爱萍因有一外事活动，起身向周总理告假。欲走时，总理遽然招手：爱萍，且留步。说着自己便起身，走了过来，叮咛道："搜搜口袋，今天下午开会之事，有无纸条带出会场。"张爱萍讶然，仍当总理之面，翻遍自己口袋，见无一纸条，总理方让其出门，并感言，保密无小事！首次核试验之事中央知者寥寥，也就是政治局常委和彭真同志，范围很小。一旦泄露出去，就会捅破天。目睹此景，李旭阁唏嘘感叹，泱泱大国总理，事无巨细，保密观念之强，令彼等汗颜。

散会时，周总理将李旭阁召至跟前，令其编首核试验暗语。于是，斯夜，盖与核工业部部长刘杰秘书李鹰翔等人，编出一套暗语，将原子弹定为老邱，插火供品为梳辫子，上铁塔为坐梳妆台，交给张爱萍，送总理办公室，受到表扬。

万事俱备，只欠东风。1964年10月10日清晨，罗布泊深处，瀚海无边。张爱萍于帐篷中将首次核试验绝密报告签发后，特命李旭阁为密使，带上绝密报告飞回北京，呈送毛主席最后定夺。彼时，一辆嘎斯六九吉普送李旭阁去机场，驱车400余里，横穿大漠，在马兰基地换乘等候专机。讵料，途中竟然遇险，行车中有一车轮飞出，吉普车幸未发生侧翻打滚，仅是一场虚惊。待换好轮子后，李旭阁赶到机场时，已至傍晚。空军一位作战部副部长焦急万分，说怎么才来啊，此专机不能飞夜航，唯有请示空军作战室再派一专机在包头机场待命。黄昏时分，李旭阁坐的专机从罗布泊飞到包头上空，即将近地，唯见一只苍鹰与落霞共舞，翱翔于苍穹，见铁鹰而来，以为是对手，遂起格斗之意，遽然朝专机俯冲而下。李旭阁坐于机舱之中，只听一声巨响，雄鹰撞在驾驶舱玻璃上，一阵强烈颤动，飞行舱玻璃裂罅，李旭阁感到飞机失控抖动，以为飞机翅膀折断。幸好飞行员紧紧抓住操纵杆，终于余晖未尽之时，平安落地跑道。时，暮色四起，夜色如潮，李旭阁挟绝密报告，再换乘另一架停泊于停机坪之专机，两架专机接力送毛泽东密使，堪称空前绝后。晚 10 时许，飞抵京畿西苑机场，走下舷梯，唯见空军政委吴法宪、核工业部部长刘杰伫立于下，皆在等这份绝密报告，直送中南海丰泽园。

毛泽东大笔一挥，中国首次核试验进入倒计时。李旭阁带着中央口信飞回罗布泊。然，以后数日，天气一直不好，没有核爆窗口。整天风沙弥漫，朔风卷地，胡天飞雪，惊见一条黄飞龙掠过天空，沙暴如城垣一般，遮天蔽日。张爱萍命李旭阁安排天气会商，经历一个个不眠之夜，国家气象局与总参气象局专家预见 15 日、16 日两日天气转好。唯有马兰基地年轻气象员朱品德大漠独行，报出 10 月 30 日晚上将大风飞扬，至 14 日 10 时，大风减弱，沙暴消失，天气次第转晴，以后数天，将是一个个大晴天。于是，张爱萍遂令李旭阁，以暗语与周总理，初定 16 日下午 3 时为核爆零时，邱小姐上梳妆台。

两天后，天气果然被朱品德言中，13 日晚上大风四起，沙暴横吹，于原子弹地爆塔架上掠过。次日上午 10 时许，风渐小，于是，张爱萍遂决定零时为 16 日 15 时许，并命李旭阁报告总理暗语："邱小姐已经梳辫子，上梳妆台。"

时间一分一秒过去。果然 16 日清晨，晓风月白，天清气朗。曙色初露，天气骤然转晴，大漠万里无云，秋阳似火，一片静寂。零时将至，张爱萍下达三小时准备命令，部队后撤至核爆中心 60 公里外观察所。李旭阁伫立掩体里，站于张爱萍一侧，手握话筒，随时准备报告北京。

10 月 16 日下午 3 时许，核爆零时已至，秒表嚓嚓作响，李旭阁的心情亦随之而舞。随着 10、9、8、7、6、5、4、3、2、1

的倒计时报数，只听一声起爆口令，千古死寂之戈壁，先是一道白光掠过。随后，轰隆一声闷雷惊天，戈壁随之颤抖。遥远天边，一个火球刹那间裂变，地平线上，一朵红云般蘑菇冲天而起，浮浮冉冉，扶摇苍穹，核聚变为巨大光辐射与冲击波，飓风天地。一会儿红色蘑菇云团在空中漫漶翻卷，渐成乳白色，白云悬空，美丽毒蘑菇绽放罗布泊之间。

彼时，李旭阁接通周总理办公室电话，然后将话筒递给张爱萍总指挥，曰，总理在电话中。张爱萍川音款款："报告总理，中国第一颗原子弹爆炸成功！"

"爱萍，是真核爆炸吗？"周恩来在北京问张爱萍上将道。李旭阁在一旁听得清清楚楚，只见张爱萍转身询问伫立于后的大核物理学家王淦昌，是真核爆吗？王曾在德国教过书，点头答曰："真核爆也。"

张爱萍斩钉截铁地告诉周恩来：是！

消息传至北京。周恩来总理当晚于人民大会堂，向排演音乐舞蹈史诗《东方红》剧组宣布此喜讯。顿时，整个人民大会堂沸腾了。入夜，北京城郭号外满天飞。今夜，北京无眠；今夜，中国无眠。

是夜，张爱萍、赛福鼎、张蕴玉等领导一起庆贺中国第一颗原子弹横空出世。新疆维吾尔自治区主席赛福鼎边敲啤酒瓶，边载歌载舞，众人皆和，喝之舞之歌之，居然是一曲维吾尔族民歌《阿瓦日古丽》。其间，张爱萍突然说了一句："旭阁啊，不知道原子弹铁塔炸成啥子样嘛。"

"我明天坐直升机飞爆心上空看看。"李旭阁答道。

"核辐射太甚，去不得，会要命的。"

"豁出一条命吧。"

勇士也，为国不惧死。张爱萍似点头，又仿佛摇头。昨日，核爆前，李旭阁请示，欲摘下墨镜，正面以视，欲窥蘑菇云升腾全程，曰，不过豁出一只眼睛罢了。

"尔眼睛万不可废也，眼欲留之，铸国之重器。"张上将吩咐道，"要保护好自己。"

斯晚，面对翌日爆心上空的超千万倍的核辐射，张爱萍居然为李旭阁壮举放行。

翌日早晨，李旭阁穿上防护服，与摄影师一起，乘坐直升机飞越爆心，盘旋于半空，俯瞰 100 多米之铁塔化作铁水，拧成麻花状，似龙舞蛇走，横亘于大漠之上。虽此时核辐射超标数十万倍，可李旭阁却等闲视之，如云天逗风，将一个中国军人之勇敢与无畏，嵌入西部英雄之天空。

英雄归来，斯时，无人视其为英雄。在李旭阁看来，此不过小事一桩而已。

然，在如今一个谈核色变之时代，李旭阁之勇，又有几人堪媲?!

李将军之血性与英勇，还有在战争将袭来之时。首次核试验过后第五个年头，斯时，苏联于中苏边境陈兵百万，大战一触即发。总参谋部临时组建一个陆军师开赴新疆伊犁戍边御敌，行前，李旭阁被任命为师长。一支临时拼凑起来的部队，驰援北疆，携妇孺上天山。李旭阁三个女儿，大者 15，二丫 13，小者 11 岁，还有 65 岁之姥姥，一个军烈家属，皆跟将军上天山，最小者仅 9 个月。于伊犁霍尔果斯口岸麻扎一带山上，构筑阵地，准备与苏军一战，甚至连其 65 岁的岳母，也学会了射击和投手榴弹。

我问将军，为何让 65 岁的老人学习射击和投弹。

彼云："不做俘虏啊，关键时刻，拉断弦可与敌同归于尽。"

苟利国家生死以，岂因祸福避趋之。此乃林则徐流放伊犁仰天苦吟，然，真正唱和者、践行者，成其知音者，旭阁也。坚守寒山，便意味着捐躯赴国难。李旭阁率一支刚刚拉凑成军的部队，虽有壮士之勇，欲阻击苏军坦克进攻，并无多少胜算，然勇气可嘉也，气吞天山。

轮台万里远，君欲赴国难，壮士一去，本亦不留归程。其实，李旭阁师长早已做好为国捐躯准备，一如他当年飞越核爆上空一样。

然，时隔多年，凡参加过首次核试验到过爆心者，大多罹患癌症。"两弹一星"功臣邓稼先之妻许鹿希，乃许德珩之女，系北大医院大夫，是为京城一代名媛。邓稼先罹患癌症英年早逝，令其悲恸不已，伤痕难愈，并默默在做一件事情：追踪参加首次核试验专家之身体状况。观察数载，惊诧发现一个残酷事实，参加首次核试验众多英杰，多患癌症而亡，唯剩一条漏网之鱼，乃二炮司令员李旭阁中将是也。然，2001 年春天，李将军被查出肺癌，其夫人耿素墨当机立断，同意医生切除一个左肺。许鹿希得知，喟然长叹，最后一条漏网之鱼，也未能幸免。

英雄无语，一生传奇却鲜为人知。2009 年国庆大阅兵将至，我为其撰一文《李旭阁，中国第一朵蘑菇云里的英雄传奇》。9

月 6 日，送其亲审。翌日，他便因心脏病住院，几经病危，踏在生死门槛之前。9 月 9 日，《解放军报》整版推出此文，301 医院医生护士一片讶异，皆嗟叹，原来躺在病榻上一代名将，竟是飞越核爆上空之英雄。

是年国庆，李将军做了一套西装，欲要上天安门观礼，看中国战略导弹部队压轴通过神州第一街。然，一场大病，几乎掳走将军之命。盛世大阅兵将近，原准备次日出院，夜间其突然染上院内病菌，高烧不止，莫名病毒几度催魂，令其欲去向其一生追随之周恩来、张爱萍报到。几次报出病危，却又九死一生，仍挺了过来，直至最后一刻，其不想放弃登天安门观礼，看长剑惊世，重器擎国。可医生不许，是为憾事。

我知其心结，更解其缘。谁知忠勇之心、之义，欲报家与国也！犹记当年，其在第二炮兵司令员任上，为让中国战略导弹部队真正拥有覆盖全球之核打击能力，遏制强敌，平衡世界砝码，在三军皆忍耐与捆绑年代，其力排众议，顶住各种压力，启用二炮装备费，支持航天部搞科研，实现大型号导弹增程，锻打一柄洲际核打击利剑。此事，却遭到上级批评指责，在总部机关一次会上批李曰："就二炮李旭阁要发展洲际导弹核武器，用得上吗？几枚是威慑，几百枚，亦是威慑，发展那么多，想打谁？"此公位高语重，威风凛凛，咄咄逼人，语锋直指李将军，令人不寒而栗。李旭阁闻之，闭上痛苦之眸，摇头不语。然，国之干城，不谋天大事者，何以成大局，何以成大事。纵使泰山压顶，不可崩也，位高更不敢忘国忧。然，遂成旭阁司令一块心病。由于彼时国际国内政治大背景，压力如山，战争年代留下耳疾突发，一个喧哗之世界，与将军渐行渐远，渐稀渐静，虽然各种医疗方案用尽，几无逆转或改善，最终滑向失聪。偌大天地，一夜之间突然安静下来，寂然无声，静得瘆人。

然，最可怕却是人心之冷漠，李将军曾以一首诗言及此事，其失聪之后，彼一位位高权重之上将军，亦领略了世态炎凉。偶与熟人相遇，人家或佯装不见，或悄然转身离去。然，他梦寐以求的铸剑之事，终成国之重器。

彼离休次年，大型号导弹矗立戈壁，长剑倚天。其应邀前去观看发射，风卷长剑啸天吼，弱水有幸射天狼。庆功宴上，李将军兴奋不已，从不饮酒的他破例喝了一杯茅台，是夜不寐，在张爱萍将军率其步入中国"两弹一星"工程之出发地，挥毫赋诗一首。

长剑啸天，国器在手，可是压抑许久之心结，却令李将军久久难以释怀。七年之后，美国轰炸我驻科索沃大使馆，最高统帅部勇于应对，在人民大会堂召开表彰"两弹一星"做出突出贡献的科技专家大会，特邀其出席。已解甲归去七载之李将军激动不已，开会归来，仰望夜空，秋夜无眠，挥毫成书，上送军委领导席，诉说彼当年何以为发展中国洲际核导弹坚持己见，披肝沥胆，忠诚可鉴日月，并陈述其对中国核战略之思考和建议。视界高阔，襟怀天下，雄睨五洲，令军委领导大为感动，挥毫批示长达一页之多，同意文章内部发表，并转给军委同志阅，赞其一片耿耿赤心，长使天下英雄泪满襟。消息传来，不啻盖棺定论，李旭阁以为，万千心事已了。

于此世界，该说的话，李将军仿佛已经说完；于亲人和战友，该了的夙愿，李前司令似乎已了。孩子成家立业，孙辈们茁壮成长，幸福安康。该做之事，李将军已经做完。于天、于地、于国、于家、于人，俯仰无愧也。与其说彼牵挂情系一生之战略导弹部队，不如说最值得其牵肠挂怀，或一而再，再而三延长生命之长度，抑或因为放不下与之相濡以沫之老伴耿素墨也。

然，将军归去终有时。2012 年，我在北戴河最后一次采访李将军。斯时，耿素墨阿姨令我问李旭阁将军当年为何独独爱上一位知识分子出身之女记者，一个社会关系复杂之老姑娘。

我欣然从命，于白板上写下最后一个问题：当年因何爱上耿阿姨？旭阁司令看后，呵呵一笑，突然说了四个字：鬼迷心窍。

耿素墨阿姨一听，有点悻悻然，岂可用此一贬词也。细心之李将军仿佛看到夫人脸上风云突变，笑着说，鬼迷心窍，即因为爱慕，所以怦然心动。

夫人听完，笑逐颜开。

临别时，我请老首长写一首诗，以言志，以示晚晴之乐，让我留作纪念。他欣然挥笔，于小白板写下潇洒之李体："来时欢喜去时悲，空在人间走一回。不如不来亦不去，亦无欢喜亦无悲。"

我看罢，大骇，遂成万千感慨。此诗取自北京西山慈善寺之作，李将军将其抄于此，心已入佛、入禅、入定，沉雄气韵，早已超法度外。斯时，离他患肺癌已逾十载，可此时其肝脏上又有五个原发癌点，最大已达六公分。然，家人一直对其隐瞒真相，但我以为，以彼之聪颖敏感，也许早已预感到来日无多，乘鹤西行日子不远也。

将军将行，或有感应，2012 年 10 月 5 日清晨，我仍沉醉梦中，梦随李将军，西行马兰，纵马翻越天山，再赴伊犁，看冰山杏花怒放，开至荼蘼。忽床头柜上电话惊响，乃耿素墨阿姨打来，声音惶遽，云："徐剑，快来301医院，老首长已处弥留之际，回光返照，时间无多。"我闻之，一跃而起，匆匆洗漱，驱车驶往解放军总医院，入房间时，我之老首长身上插管已经全部拔去，只见李茜大姐俯首对其父云："爸爸，因为失聪，您肝脏上已经有五个癌症原发点，我等不敢告诉您，但凭感觉，您是知道的，只是不想说破，让妈妈伤心。作为您的女儿，请您放心走吧，姐妹们会好好照顾妈妈的，生为您女儿，我们深感荣幸，今生有缘，来世，我们还做您的女儿。"

斯时，我看老首长控制血压之数字在急遽下跌，一位位总部和二炮首长匆匆赶来告别，先是二炮张海阳上将，俯首于老司令耳前，大声道，彼为二炮部队做出之巨大贡献，大山作证，青史铭记。斯时，我见血压之数从120往90、80、70、60、50、40、30……下滑时，匆匆退出门去，正巧总政李继耐主任赶来，送上老首长最后一程。

我伫立于走廊一侧，在手机备忘录上写下一段话："旭阁老首长弥留，我在301医院，亲睹生命如游丝，金戈铁马就要如此谢幕人生吗？"我将此短信发一位粉丝，她立即答曰："不曾谋面，心怀敬重，代我送好。"我又云："哽咽泪下，心情如君，一下黯然了。"对方答曰："不过，给老爷子留下所有作品中，唯《原子弹日记》最有价值。"我复曰："军中大员皆来看望，我回家也。帮不上什么忙，不诉离殇，只唱挽歌。"国殇壮士，一个英雄时代远去了。龙年凶年，仅仅两小时内，我送走了一位至亲至爱老人，李将军旭阁司令，年85岁，生肖虎也。

虎将上天阙，风波亭台，仍笑傲山河。回家车上，我撰挽联送老首长旭阁将军远行："惊雷罗布泊，英雄举神火，蘑菇云团涅槃中国魂，九天之上旭阁随张公，报到恩来；长剑举大国，司令幸掌舵，谋略层高部署棋盘活，大漠之中爱萍当伯乐，长缨缚龙。"将此对联发给机关与部队所有战友，令尔等知道一代将星殒矣。

二炮门诊部副主任金一宏，乃红军之后，盖多年于李将军生前当保健大夫，闻李将军远行，西去瑶池，祭祀时，专门写来一信，称李司令带着未竟的遗憾，怀着一颗孤独高傲的心，溘然离去，终成绝响。

数日后，一个秋风瑟瑟的上午，李旭阁将军骨灰安放八宝山。我等麾下工作人员和将军家人站成几排，由二炮政治部李春江副主任主持仪式，李家三位千金之二姐李维玲代表家人致祭文，情真意切，我等听之，不禁泪涕横流，奔涌而出，其诔文如下：

爸，这些年，因为您的失聪，我们少了交谈。您总是看着白板上写的话，说出一句话、几个字，甚至只有一个动作、一个眼神。我们没有勇气和您谈病情，却不知您早已明白，早已将生死悟透，所以才有最后时光的坚定和从容。

那一夜，捧着您渐次冰凉的手，总是希望您能感受到一丝温暖，感受到我们就在您的身边……

感谢您，给了妈妈爱情，让弱小、多愁善感的她在战场上与您牵手，勇敢地无怨无悔地走过六十年。

感谢您，给了我们生命，让我们在这个家里幸运地无忧无虑地成长，甚至成家立业后，您还在为我们操心。我们有愧啊！

感谢您，给了我们荣光，当看到那些向您告别的人对您的敬重，听到那些为您送行的人对您的赞颂，我们深切地感到，您不仅是我们的，您是军队的、国家的！您重于泰山，您是英雄！

今后的岁月里，我们要像您希望的那样，正直为人，好好生活，不辱您的名声，担得起这份光荣的责任。

爸，在心里就在身边，您和我们永不分开。

冯唐易老，李广难封。将军白发，终未成侯。李旭阁难封大区正职，当年并未授予上将军衔。可其对此事，早已经心淡如水，心静若止水。桃李不言，下自成蹊，为中华民族捐躯赴国难者、担当重任者，汉时曾有飞将军，今日又见李司令，皆入中华伟人祠，当之无愧也。

云山苍苍，江水泱泱，将军之风，山高水长。斯为偈语。敬献李将军墓前，并纪念中国第一颗原子弹爆炸成功五十周年。

我有重器堪干城

1

我在军旅生涯封刀之作《大国重器》的封面上，写下一联题记："沐东风而后知春浓，观长剑而后识器重"，是从《文心雕龙》化来。句中的"东风""长剑"其实是两种导弹武器的型号，前者为20世纪五六十年代红遍中国的热词，不是东风压倒西风，就是西风压倒东风，毛体所书，东风汽车、东风机车，直至东风导弹。后者出自我的《大国长剑》。作为一个军旅作家，这些年写了26部书，计700多万字，我的文字能否成为经典，要看能否经得起五十年、一百年、五百年、一千年的时间淘洗。即便成为文学经典，在我心中也抵不过为国家民族贡献一个词汇、一个武器型号。

我为什么要写作，为火箭军啸吟、为普通官兵歌咏，一切皆缘起16岁当导弹工程兵的经历。彼时，遇人生第一位贵人，接兵排长王爱东。"文革"末期的那个年代，高中毕业就是失业，当兵不啻读一所没有围墙的社会大学，尤其当时是特种兵部队来接兵，政治要求严格，500人去验兵，仅录取31人，我有幸位列其中。这支队伍当时有老红军、老八路等领导在岗，故我的躯壳、铠甲和血脉，深深嵌入了像李旭阁、阴法唐这样封疆大吏的风骨，以及接兵排长王爱东、老连长张英、政治处主任王家惠等人的气度与风范。生命中的贵人不绝于行，照拂护佑我一生。

我随兵车去的方向，开始说是南中国海边，然，风雨桂林转兵，入山，非蓝海，乃林海，茅屋为兵营，为导弹筑巢很苦，但我觉得好极了。

为何当作家，缘起 19 岁那年，我提干了，任团政治处书记。我所在的是一个为导弹筑巢的工兵团。一个营、一个连常常十载掏空一座山，筑起一座城，一座地下长城。原始机械，风钻、轨道轱辘、翻斗车，靠最原始的体力相拼，大塌方不时发生，总有死伤，一个班甚至一个排被捂进去的事故时有发生。隔三岔五烈士陵园总在埋人，且多为晚上安葬。傍晚时分，组织股老吴干事带警卫排扛着铁镐铁锹出门，一去挖墓穴，我就知道晚上十一二点要埋葬战友，其中就有与我一列闷罐车同时入伍的同乡，他们悄然而去天国，青春寂灭，野草荒冢，魂守大山。我与老团长争辩，为何不让他们热闹上路，吹着唢呐，放着鞭炮，赤条默默来，轰轰壮烈走，结果挨了一顿叱责。老吴干事说，咱们当兵的守护和平，更要守护小城的安宁，频繁举行葬礼，会惊扰了周遭的百姓。彼时起我便萌生了一个念头，要写一部书，写我 16 岁导弹筑巢的岁月，写那些永远沉睡在导弹阵地旁的战友。一个导弹阵地的建设，山这边，就会留下一座烈士陵园。

我忘不了到战略导弹第一旅某阵管连，正逢周日晚点名，除全连的官兵外，连长、指导员还会喊不在册的，永远也不会答

"到"的官兵名字，那些静静地躺在导弹阵地旁的烈士。指导员一喊，全连官兵都在齐声高喊：到！"到"声响彻云霄，他们到了，他们从未离开，一直在，永远在。

云南蒙古族工程师周文贵就是其中一员。他死于周日，因为妻子刚随军，也没有工作，在临时营盘里开了一个小卖部，那天他要带妻子和一双儿女去县城照相，寄回老家。临行前，他对妻女说，我再到施工的导弹竖井工地看看，结果几百米高的伪装网上一个鸡蛋大的落石被山风吹落，击中了他的安全帽，陡然倒下，再不能瞥妻儿一眼。善后事落，妻子被安排到老家的县委招待所工作，携儿带女回到老家后无住房，母子三人只好栖身在一座古庙里，妈妈值夜班，8岁的姐姐抱着5岁的弟弟，经历了一个电闪雷鸣、暴雨倾盆之夜。我去采访，小女孩怯生生地望着我的军装，一句话也不说，其实自从爸爸走了之后，跟着妈妈撕心裂肺地哭过之后，她再也不多说一句话，默默地去上学，又默默回到古庙的家。我采访离开时，那位曾经的军嫂说喜欢我们穿的迷彩服，看到就有安全感。我让摄像脱下来送给她，三个男人噙泪而归。回来，将此事报告了领导，大伙都沉默了。那个夏天，火箭军夏令营在青岛举行，周文贵的女儿也去了，伫立青岛海滩，波涛拍岸，浪吻沙滩，她远眺海天，仿佛看见爸爸从云中而来，大声朝着大海喊道：爸爸，爸爸……

一位年轻排长，刚从抗美援越战场归来，与女友相恋五载，说好了国庆节结婚，女友从老家千里迢迢而来，到了旅游城市桂林等待，等未婚夫出来，携手走进婚姻的殿堂。军事禁地与这座旅游城市，相距也就三四百公里，可是导弹阵地与人间闾巷，百里之遥，一步之间，有情人却无法跨越。等啊等，一天、两天、三天、四天，等到第六天，等来了老吴干事，告诉她，她的未婚夫再也不会来了，一次大塌方将他与青山铸成一体。噩耗传来，她一阵天旋地转，昏倒在地。醒来后，唯一的要求是去送未婚夫最后一程。可是部队有严格的规定，军事禁区，非直系亲属不得入内。多年之后，这位女子结婚生子，有一天她对爱人和儿子说，爱是不能忘却的，我带你们进山，去看一个人。于是，丈夫和儿子随她进山，找到已经面向公众开放的烈士陵园，她对丈夫说，这是一位很帅的年轻军官，心肠很好。她对儿子说，记着这位叔叔吧，他是一个真正的男人，一位仗剑护卫和平的火箭军人。

还有一位贵州母亲，儿子刚长至 16 岁，她就要送独子去当兵。征兵时，丈夫舍不得儿子走，她说一个好男儿，要先去当兵，补上军营这一课。结果，刚下连队不久，遇上施工阵地大塌方，少年壮烈牺牲。丈夫痛不欲生，处理完儿子的善后，坚决离婚。从此，她孤独一人，以度残年。唯一的寄托就是来看儿子，年年清明雨纷纷，岁岁清明离人泪，抱着墓碑长哭不歇，泪水把石碑都浸湿了。但怎么焐得暖墓碑，又怎能唤得醒儿子与她同归。

我要写他们的故事，起笔创作了《大国长剑》，一剑挑三奖，获得首届鲁迅文学奖、中国人民解放军文艺奖和中宣部"五个一"工程奖；再写《鸟瞰地球》，烈士的名字从墓地抄下来，100 多位烈士名录，将近一个连，最大的 51 岁，最小的 16 岁。

《大国长剑》《鸟瞰地球》出版后，我来到那座含裹昔日战友的烈士陵园，于墓前烧书，敬献给他们。刚开始天空晴亮，却遽然阴风四起，一片乌云吹来，黑云推城，天降滂沱雨。天泣英雄泪，寂寞壮士路。天有灵应，山有灵应，人有灵应，鬼雄亦有感应啊。

2

朝鲜战争爆发，毛泽东经过三天三夜思考，决定出兵朝鲜，抗美援朝。于是，一支穿草鞋、单衣的农民军队，一支打了23年仗的人民子弟兵，将军都是从战争大学里毕业的，却敢与一支武装到了牙齿的美国大兵大战雪原。结果，麦帅饮马鸭绿江，万圣节回美国本土吃火鸡的梦想化为泡影，一次战役、二次战役、三次、四次、五次，战线推至临津江、汉江，直抵汉城。后来，战争在三八线上固化了，双方都攻不动，也打不动了。对于麦克阿瑟而言，这是奇耻大辱，扬言要对中国人民志愿军扔原子弹。杜鲁门此时冷静了，广岛、长崎的十数万众之死，令他有些犹豫后怕。后来，艾森豪威尔上台了，副总统尼克松、国务卿杜勒斯都到台湾站台，甚至将原子弹运到台南，叫嚣要对人民中国扔原子弹，方案都做出来了，最终被美国参联会主席否决。

立国之初，百废待兴，可是毛泽东、周恩来这代人雄才大略，深具远见卓识。新中国大决策有三：出兵朝鲜、"两弹一星"、改革开放，荫泽后代，影响久远，让共和国的和平红利持续将近70年。

要搞"两弹一星"，起初考虑引进导弹和原子弹。毛泽东曾与赫鲁晓夫商谈，苏联人不给，说社会主义大家庭有核保护伞，但是这伞如果遇狂风暴雨，遮不住 6 亿中国人。朝鲜战争落幕后，中国一代元戎极度渴望国防现代化，其中最令人难忘的两个细节犹在昨天。炮兵展览馆，导弹先驱黄迪菲以假示真，做了一个不会飞的导弹模型，在炮兵展览馆展出，表演给彭大将军看，《人民日报》一发此图，世界惊呼，新中国造出了导弹。

苏联人赠了彭德怀一把核钥匙，却不提供原子弹图纸和资料，中国人跨不过核大门，进不了世界核俱乐部。新中国第一代领导人以敢驱熊罴的英雄气概，决定拥核。毛泽东看铀矿，用盖革笔试石头，滋滋作响，兴奋之情溢于言表，感叹地说，这是决定命运的东西啊。

这时候，他们在等一个人，等一群人，等新中国第一批大海归，朝着东方归来。

3

第一位大师是钱学森，他先考入美国麻省理工，后投身到加州理工大学冯·卡门教授门下。德国投降后，参与美国科学家赴德调查团，主撰了一个科技报告，促成"二战"后美国科技和军事的崛起。美国海军部长贝尔金说，一个钱等于五个美军陆战师，我宁愿枪毙他，也不能放他回红色中国。钱学森被拘孤岛五年，经过中国政府交涉，方获自由，踏上了归国之旅。

1956 年元旦的那场雪，那一堂高科技讲座，钱学森讲关于导弹武器的概述，他第一个提出建立一支"火军"概念。彼时，我的老首长李旭阁是在场听课的军衔最小的军官，他是总参作战部空军技术处的一位少校参谋，与军方中将、上将和大将同堂听课，记下了那激动人心的一幕。钱学森是一位撬动地球的人物，影响了当时的中国大决策，让毛泽东和周恩来有信心上马中国的"两弹一星"工程。

第二位大师是钱三强，他是中国核物理学界旗手般的人物，登坛一呼，响应者众，他请出来的人物，一个个都是响当当的，可震烁中国百年，甚至千年。

王淦昌，两次与诺贝尔物理学奖擦肩而过，曾就读德国柏林大学，在迈特纳教授门下，寻找电子、质子，想借师兄云室一用，被导师否决了，结果英国学者按他的思路找到质子，获得了诺贝尔物理学奖。抗战时，在浙江大学迁徙路上，他又一次与诺贝尔物理学奖擦肩而过，他关于质子、粒子，又称金色小子的论文，被外国学者实验印证了，再次饮憾诺贝尔物理学奖。新中国成立后，他在苏联杜布纳联合核子研究所任副所长。祖国一声令下，奉召回国，改名王京，任原子弹实验部主任。

彭桓武，爱丁堡大学薛定谔的门生，《薛定谔传》中透露，他在与爱因斯坦通信时提到彭桓武，称中国来的彭聪明极了，数学尤其好。他的英国式的贵族爱情故事令人唏嘘不已，令人难望其项背。他被钱三强请来做理论部主任。

郭永怀，美国加州理工毕业，与钱学森同出一个师门，1954年归国后，参与导弹原子弹试验，20世纪60年代末的一次飞机失事，与警卫员抱在一起，中间揣着原子弹的绝密文件，身体烧焦了，遗体扯也扯不开，他的夫人李佩，中年丧夫，带着女儿，任中国科学院大学的英语教师，晚年办学，99岁仙逝，被称为中国科学院最美的玫瑰。

还有邓稼先，杨振宁的发小。著名的核物理学家，九院院长，美国普渡大学毕业，归国后，参加"两弹一星"试验，身体直接抱过未爆的核弹，后来得了直肠癌，做手术时，国防部长张爱萍上将拄着拐杖，坐在手术室门口等候消息，最后力主对他开禁，曝光核物理学家身份，向中国乃至世界宣传。中央军委邓小平主席发布命令，升他为国防科技委副主任。他第一次，也是最后一次坐上红旗专车，来到人民英雄纪念碑前，感叹地说，再过十年，二十年，还会有人记得我们吗？

4

英雄未名，英雄无语，真正的英雄可能就在你身边。

我的老司令员李旭阁就是这样一位天地英雄。我26岁时，在他麾下当党委秘书，只知道他是一代封疆大吏，中将衔。然，他退休后，1994年之夏，他忽然写了一篇《首次核试验前后》的纪念文章，经张爱萍副总理审定后，让我拿去《人民日报》发表，读后骇然，老司令员原来是中国首次核试验办公室主任啊。这个秘密经历，他守口如瓶，保密一生，妻子不知道，原单位总参作战部不知道，他个人的档案里也未填半个字，一段辉煌的历史就这样被格式化掉了，不事宣扬，几乎隐匿一生。

1956年元旦，天降大雪，钱学森在新街口总政话剧团排操场给全军高级将领上第一堂课，讲导弹武器概述时，李旭阁在场，时战将云集，都是总部和驻京大单位的领导，他是军衔最小的。岂料这一堂课，竟使他与导弹核武器结缘，最终走上第二炮兵司令员的位置（中国火箭军的前身）。30年后，连钱学森也始料未及。

此后，李旭阁参加了中国首次核试验的许多高层决策会议，起草重要的绝密文件，甚至总参谋长罗瑞卿大将直陈毛泽东的信，也是他起草的。毛泽东如椽大笔一挥：原子弹既是吓人的，就早响！于是全程启动，他奉命与几个秘书一起编核试验密码："邱小姐梳辫子，邱小姐上梳妆台"等，意指第一颗原子弹插火供器，上空爆铁塔等语。

1964 年 10 月 10 日，两架专机接力，送一个秘使归京，这个秘使就是李旭阁。他的公文包里装着中国首次核试验总指挥张爱萍呈送周恩来、毛泽东批准的绝密报告，他从核试验场出发，穿越罗布泊，前往马兰机场。途中，司机将一个嘎斯 69 吉普车的轮胎跑飞了，居然没有翻车。到了机场，天色将晚，空军值班飞机飞不了夜航，只好中途转至包头，再转乘另一架专机，连夜飞回北京，报告毛主席。

1964 年 10 月 16 日惊天第一爆，第一朵蘑菇云冉冉升起。首次核试验次日，李旭阁与一位摄影师飞临核实验场爆心上空，观看铁塔的扭曲变形，天上地上，皆是核沾染和辐射，可壮士不惧死，英雄不眨眼。一周后，他又陪张爱萍等高级将领和科学家徒步穿越爆心。那是一代中国军人生不惧死、死亦坦然的至高忠诚，他将一个大写的天地英雄壮举留在了西部天空。

将军暮年，战争年代的耳疾发作，几近失聪。我与他，一块小黑板，一支笔，将他在核试验场的两本工作日记，还原为一部《原子弹日记》。

邓稼先罹患直肠癌去世之后，其夫人医生许鹿希此后一直追踪记录核试验场功勋之臣的健康状况，发现他们大多患癌症而殁。唯剩一条漏网之鱼就是李旭阁，可 2001 年，李旭阁在 301 医院查出肺癌，切除了一叶肺。许鹿希感叹，最后一条漏网之鱼也未能幸免。

2012 年"八一"在北戴河海滨，最后一次采访结束，我请李旭阁题一首诗，他欣然答应，写在小黑板上的居然是清朝顺治皇帝题在北京西山慈善寺白墙上的七绝，"来时欢喜去时悲，空在人间走一回，不如不来亦不去，亦无欢喜亦无悲。"一个老八路，一位高级将领，如此看淡生死荣衰。

亚洲第一营老营长，老八路李甦。"两弹一星"工程启动时，他原是炮兵司令部的军务处副处长，师职干部，上校当营长，担任长辛店炮兵教导大队导弹训练营营长。中央军委一声令下，便率队铸剑西北，往武威满城子兵营驶去，人走家搬，家人从北京举家迁去。1963 年发射，他率部完成了 1059，中国第一枚国产"东风"导弹的发射，打出第一枚争气弹。大国长剑，国有重器。中国人的头颅从此昂了起来。但李甦的女儿却站不起来了，皆因他在女儿高烧不退时疏于照顾所致。那段时间，每天清晨，起床号未响，李甦就用背包绳将女儿的小腿捆在自己小腿上，像出早操一样，喊着"一二一，一二一"训练女儿走路，校正她的趔趄之姿，然而一天天过去，女儿还是因为错过了最佳治疗期，留下了终身残疾。

晚年，李甦以第二炮兵工程学院顾问退休，赋闲西安灞上，知道自己时日无多，便将女儿嫁给了村里一个哑巴，可是女儿第二天早晨便跑回来了，说哑巴耍流氓，还是与爸爸一起过吧。

这些悲怆故事，怎能不让人动容？

还有杨业功。一生为官，两袖清风，被称为儒将、廉将、战将。他最大的遗憾是一生未遇上战争，关于他的两个故事让我记忆深刻。一个茶杯，老式的搪瓷杯，上边写着"从唐山到黄山"，用了二十年；另一个是乒乓球板上的电插座，用到生命终结。来北京开会，闻知老司令李旭阁患癌症，他到301医院看望，送上自己一个月工资，工资条还在信封袋里。

将军远去，杨业功走后，导弹部落群仍旧是一个英雄的天空。孟祥斌在妻女面前纵身一跳，救浙江金华投水之女；汶川大地震，陈大桂小两口本已经跑到了外边，却冲进余震坍塌的房里救乡亲，结果双双壮烈。

谁道英雄不怜情?! 英雄已随烟云远去，成为激荡人心的理想主义与英雄主义的时代余韵。

5

文学的落点须对准小人物。唯有小人物，才是文学书写的永恒坐标。我有一个写作宝典：伟人平民化、平民伟人化、名人传奇化。

感谢我提笔开始写作的20世纪七八十年代，作家圆梦是一条通天大路，而当下的书写，因为有网络，作家梦的入口宽了，门槛低了，各种粗制滥造，文学泛娱乐化严重。这样的文学当下，感动我们的依然是小人物的故事。

小人物的故事就是中国故事，凡人的梦就是中国梦里最壮美的华章。我们的时代和社会，正朝着"两个一百年"的历史时刻前行。然，伟大的复兴之梦，是由普通百姓的人生梦想连缀、叠加而成的。小人物之梦，构成了中华民族伟大复兴之梦的青史断章；普通人圆梦的故事，沉淀为中国故事的精神底色。唯有小人物的圆梦之旅一帆风顺，中华民族的伟大复兴之梦才会出彩。唯有基层官兵圆梦之旅精彩生动，军旅题材的书写才有持久的文学魅力，因此，我在《大国重器》中，尽管也不乏为至尊之人青史留名，但却将激荡人心的笔触对准小人物。心怀敬畏，将凡人举过头顶，淘一口深深的军事文学之井、世相之井、人性之井、情感之井、文学之井，蘸着这些淘出来的清澈之水，或泼墨写意，或工笔细绘，或白描勾勒，写出普通百姓在圆人生梦过程中的艰辛、温馨和感动。最大限度地展示他们的生存、尊严、牺牲、荣誉以及生命的代价与崇高。苦辣酸甜里有民族的正气歌，欢乐忧伤中有国家的无韵离骚。

某新型号导弹旅三营副营长沈卫明和四营长吉自国的故事，就是小人物的追求。发射场比武，只选一个导弹营发射。结果四营操作时，漠风四起，一个插头盖被风吹远了，忘了捡，被军代表捡走了，以 0.44 分之差惜败。

两个营长都背负着家庭的重负。沈卫明父亲癌症，老家在江苏，结了婚，生了女，妻子和孩子在大同生活，因为部队战事忙，一家三口难归，父亲连小孙女都未见过。入发射场后，弟弟打电话来，说爸爸时日无多，念叨你呢，快回来吧。最后在发射归零的间隙，还是领导硬逼着他回家探望病重卧床的老父亲。

吉自国的儿子得了感应性神经耳聋，8 个月大时就对人间声音没有反应，需要戴耳蜗校正，辗转了多家医院，卖房看病，甚至想转业回家。最后是部队官兵捐款 20 多万元，让他得以带孩子去湘雅医院治疗，然后到北京进行康复训练，终于赢得了一线希望。营里还有 30 名老兵与他一样，已经宣布退伍却依然战斗到最后一刻。

沈卫明刚指挥完导弹飞天，导弹发射成功之时，弟弟电话也到了，父亲走了。而那 30 名老兵，登车返乡，在火车站台上，脱下军装，摘下领章帽徽，叠好，悲壮归去。

五期士兵康平，人称"金手指"，一指按下去的火箭以数亿元计。这个湖南娄底小伙子工作精益求精、兢兢业业，如今他是"兵王"，高级士官，妻子和孩子随军，享受团职待遇。因为小人物的梦圆，使得中国梦有了温暖的亮色。

6

"宿命"一词，语出北周无名氏，《步虚辞》："宿命积福应，闻经若玉亲。"本意星宿运行各有命令。地球在宇宙中的综合运动，以天体为坐标，归类民情，验其祸福。因决定果，前生决定后世，前因决定后果，福祸之因，皆自圆成。《大国重器》一书的附题是"中国火箭军的前世今生"，前世的命运，对来世是一个预兆和暗示，于今天是一种历史的大宿命。

钱学森"火军"之说，1956 年元旦，一个甲子，2015 年 12 月 31 日习主席授旗，训词，火箭军次日成立，昂然雄姿迈向世界。

历史大命运，仿佛有上苍之手在操盘。

旭阁将军，听课之少校，最终成为第二炮兵司令员（火箭军前身）。

前世亚洲第一个导弹营，今生第一个常规导弹营。

我，1958年4月4日出生，44年军龄，手机尾号的最后两个数字亦是44。

冥冥之中，皆付与苍烟落照，付与时代的大宿命。然，我还想说一句，剑非剑，器非器。铁剑，木剑，龙泉宝剑，大国长剑；导弹，火箭，中国核力量，镇国重器。重器也，但非器也，大国国器是人，大写的中国人，中国士兵，中国火箭官兵，这才是真正的大国重器。

我有重器堪干城。

喊　魂

5月25日，北京　晴

将拙作《大国重器》校改完后，已是夤夜时分。

天亮后，我将随中国作家协会第三支重走长征路小分队，飞赴巴蜀。沿红四方面军长征路线，西望茅草地，爬雪山，过沼泽，入陕甘高原，至会师之地。

辗转半夜，还是睡着了，且睡得很沉。醒时，晨光已盈满一室。

北京的天晴得好，雾霾散尽，天绽一片宗教蓝。倚在国航空客330飞机软椅上，顿生喟然，于一个阳光灿然的日子，于一个歌舞升平的年代，去重走长征路，且驱车而行，碾过寒山、草地、雄关、大川，追找那些早已消失于莽荡山野中的英魂，重叙关于战争、杀戮、爱情、牺牲、荣誉、尊严、生存之类的长征传奇，不知是一位军旅作家之幸，抑或不幸?! 我一时回答不出。

飞机在半空盘旋，近地，朝着跑道俯冲而下，融入蜀天山雨之中。毛毛细雨顿时潇潇，好雨知时节，浸润着这个温柔之乡。

终于接地。我们倾机而出，与团长王巨才及刘兆林、孙德全、邵丽、全勇先、丁晓平诸君相会，登上四川省作家协会接机之车，朝宾馆驶去。

5月26日，雨后转晴

昨晚，中国作协荣杰处长通知，早晨6点半叫早，早餐后，7时准时登车，赶往巴中。

清晨，被雨声唤醒，也颇惬意。匆匆洗漱过后，便下楼早餐，然后登车出城，往大巴山疾驰。

下午1时许，终于抵达巴中首府。彼时，市委刘书记一直等着。入巴中之地，少不了要谈巴中烈士陵园塑像，里边有红四方面军的主要领导人徐向前、刘伯承、陈昌浩、李先念和政治部主任张琴秋的雕像，张国焘的雕像也跻身其中。谈到此，刘书记喟然长叹，说几年前军事科学院一位副院长来调研，我向他汇报，谈到园中塑有张国焘雕像时，他突然脸一拉，反问道，书记同志，这样做，不妥吧！

此话一出，让北京来的刘书记吓出一身冷汗，自己多少也算见过世面，可整整一天，他都有点坐卧不安。晚上，这位军事科学院的副院长回来了，刘书记很是紧张。然，微醺时分，这位副院长吐了一句话，雕像塑得好哟。

此话一出，刘书记心中一块石头才落了地。

当时有何不妥？我问刘书记。

因为塑了红四方面军领导人张国焘、陈昌浩的雕像。

我问，那位副院长是什么时候来的。

2009年前后吧。刘书记答道。

他是不是长得脸庞宽宽的，一张红脸，酷似关公之相？

正是，正是。刘书记惊喜地回答。

他姓葛，是东升副院长吧。

对，对，就是他，你们认识?! 刘书记说，当时葛副院长中午吃饭时不太高兴，问了问情况后，说要到烈士陵园现场看看。后来，他陪着他上去了，在红四方面军的领导人的雕像前走过，最终发现张国焘独自一人，孤零零的，与红军将领背道而行，他什么也不再说了。觉得这忠实于历史事实，并无过分之处。

此故事一讲，倒让我对这座烈士陵园顿生憧憬。午饭后，我们回房间小憩 20 分钟，然后驱车前往烈士陵园。

此时天空仍旧乌云满天，骤雨初歇。我们乘车拐了又拐，盘山而行，终于登上巴中的英雄山。在山巅一个平台上，前方矗立着一尊巍然的红四方面军长征纪念碑，为军旅书法家魏传统所书。

伫立碑前，我们站成数排，启动中国作家重走红四方面军长征路仪式。时，天空遽然雨来，先如牛毛，后渐次下大，化作潇潇春雨。我视为天泪。泪也，水也，云也，泪飞顿作倾盆雨，不知雨泪为谁淌？一个惆怅的问号掠过我心。

雨中，陆军战友文工团创作员曾皓举着重走长征路的红旗，凌空摇晃。中国作协原党组副书记王巨才先生致辞，宣布中国作家重走红四方面军长征路正式启动，斯为零公里。

当地领导感叹道，这是第一次由官方出面组织的活动，可以告慰红四方面军英烈。悲歌一曲狂飙落，英雄之魂是不会死的。登上纪念碑台基，我登高四顾，周遭皆为一块块黑色大理石碑文，上边镌刻着某师某团，某县某村某人的名字，满满的，数也数不清。我俯首一看，碑文之上，皆一个村，一个镇，一个县儿女的名字啊。皆寻常百姓，也很陌生，我们不曾相识，相见之时，他们只剩下一个名字，一个符号，遂为成千上万红军烈士之一员。他们都躺下了，白骨累累，终于铺就一条胜利大道。驻足良久，我蓦地觉得，这些烈士的名字的一横一竖，一点一画，皆变成一双双利眸，在审视着我，拷问着我。你们是后来者吧，初心何在，今后又会走向何方？

我不忍离去，流连于一块又一块黑色碑碣前，穿行于英魂行列之中，依依不舍。转身下山，走过一片洼地，再拾级而去，登上烈士陵园中心地带：塑像园。此处为山巅，地势较平，占地数百平方米，平地最大，亦最高。只见园中五座雕像，坐北朝南，有红四方面军领导人徐向前、刘伯承、陈昌浩、李先念和王树声等人的石像，目光炯炯，仿佛在检阅走过的红军，俯看一支远征的红军迤逦西行，朝着康区雪山草地一步步走近。

左边。往下走几步，矗立一位略小一点的女红军半身雕像，她就是红四方面军政治部主任张琴秋，江南娇娘，飒爽英姿，颜值颇高，纵使在当下亦堪称女神。令我惊讶的是陈昌浩与张琴秋，竟是一对红军伉俪，两个人的雕像虽然几步之遥，却像隔着迢迢天河。

再往下走，另辟有一小块台地，立有一尊雕像，彼君坐南朝北。与徐向前、陈昌浩、李先念、王树声乃至张琴秋的雕像背道而驰，擦肩而过，茕茕孑立，终成陌路。此公何人，盖张国焘是也，一尊半身雕像，戴着红军八角帽，雕像置放于黑色大理石之上，碑文中间写着中共一大代表、红军总政委等头衔，两边，一副对联如此写道："国破家亡，挺身立党，有始却无终，已辨忠奸留史册"，下联则是："涛惊浪骇，分道扬镳，将功难补过，非凭成败论英雄"。对联藏头一个名：国涛。此为湖南熊剑文所撰。

拜谒过雕像园，右拐入红四方面军公墓，我看到张震副主席和彭雪枫的老战友刘瑞龙的墓碑。刘瑞龙者，乃刘延东之父，是时，彼为红四方面军宣传部长，随张国焘、陈昌浩三过草地，走完长征，到达延安。后又随西路军远征，被俘，囚于凉州城，英武不屈，最终被营救出狱，后以农业部副部长终老。而碑的左下角，则是其夫人率众子孙之立碑者，刘延东副总理名字亦跃然碑上。

走出陵园，上车，盘旋登顶，至一个唐代石窟，乃武则天之子李显当年出钱请工匠凿壁而成。彼为废太子，蛰伏巴中一隅，拜佛，念经，虔敬刻经造佛，祷告菩萨保佑自己和家人，平安无事。可菩萨也有不通灵之时，最终未能佑佐李显，彼还是死于武氏刀下。

5月27日，雨后见晴

雨还在下。

今天要去凭吊、祭祀红军英魂，去一个叫王坪的地方，那里埋葬着28000多名红四方面军无名烈士的英魂。

携带行囊，登上大巴，出巴中城郭，向那座英雄之山驶去。去通江县的路山重水复，一会儿旋到山顶，一会儿又下至河谷，蟠曲山间，再上云端，令人顿生一种高处不胜寒的喟然。

先抵第一站，是一个新农村。此地离县城仅有几公里，是战场旧址，据称当年红军与四川军阀在此打过一仗。中巴在村前一个葡萄园前戛然停下，我们一一下车，循一个小径，往果园缓缓而上。毋庸说，这是县里、市里常来的参观景点，且作新农村的一个政绩工程吧，不少老百姓从城关镇迁了出来，作为土地一种补偿。然，我还是想知道这些红军后人，抑或百姓苍生，会不会不掏一分钱，便可入住乡间别墅。可是跟随采访的人太多，要去的家庭路线，都是事先设计好了的，肯定问不出半点真相，这已是多年的经验了。于是，我便大步流星朝前而去，有意与众人拉开距离，瞅准一户人家，一步跨进门槛。见客厅无人，我便大声喊道，有人吗？找谁啊。只见一个老倌走了出来，说，我就是。回望后边，无人进来，我便趁机采访，问他原来家住何处，他说就在城关镇啊。我问为何搬迁而来，他说，土地被占了，宅基地也被城市扩容征了，只好迁来这里。

买下这栋乡间楼房，花了多少钱？十七八万吧。啊，我有点惊悚，显然这与官员的介绍出入很大。

你家有几个孩子？

四个。

都在外地打工吗？

是的，都出去了，剩下我带着孙子孙女在家。老汉一脸怅然，三年五载才回来一趟。我既是爷爷，又当爸，又当妈的，苦不堪言。说着，只见跟随的人员进门了，老汉一见，遂不敢再开口，我的采访被打断，只好悻悻然出门。

重返生态园，漫步果树间，这时一群记者围过来，请我谈谈对新农村建设的感受。我说，今天是为谒红军之魂而来的，我只为红军和他们家人，只为无名者、弱势者喊魂，只谈长征壮烈，不想谈新农村政绩，一口便回绝了。

后，登车入通江县城，参观红四方面军指挥部旧址。旧址坐落在一座气宇轩昂的庙宇里，也是当年县里学堂。步入纪念馆，展板之上，张国焘、徐向前、陈昌浩的照片一个个英姿勃发，让人感慨不已。

午餐过后，驱车前往毛浴古镇，一个新辟的红色之旅。路上，通江县姓汪的女宣传部长滔滔不绝介绍情况，包括自己的家世，多为陈年旧事，并无新意。不过有一个故事，却引起了我的兴趣。当年北京军区政委傅崇碧曾在通江当区委书记，彼乃王坪人。扩红时，登高一呼，响应者众，一下子带走了本村、本镇、本区2000多名子弟去当红军。出征那天，毛家浴的吊桥旁，母亲、妻子、女儿和兄弟姐妹们都来壮行，或执袂叮嘱，或眼泪汪汪，或依依不舍，然后，目送着亲人一步步走上了长征路。乡亲们听说当年的傅书记要回家了，2000多名红军战士的亲人纷纷凑在一起，要傅将军打听他带去的通江区子弟今在何方。傅崇碧闻听消息，决定不再回故乡，只向故里遥遥一望，隔着云雾缭绕的大巴山，长跪不起。

听到这个故事，我一阵哽咽。其实，这样的故事，我已经不止一次听说过。我的首长夫人王建华大姐，父亲三兄弟也是这样的命运。她的大伯王太锡、二伯王太生和父亲王太均，就是当年中央红军长征时，从于都渡口上长征路的，兄弟三人，三个不一样的命运。大伯原是江西工会一位领导人，中央红军离开赣州时，他随江西省委一起，参加了长征，过梅关之前，当时在红军干部团当看护的 14 岁小弟王太华还见过大哥一面，可是过了湘江，人就如黄鹤一去，杳无音信。也许就战死在湘江边上。二伯王太生，是萧华和张爱萍少共国际师的特务连长，负责断后，战斗中被敌人的子弹射穿下颌骨，从鼻子里穿出来，负重伤倒下，醒来之后，悄然潜回兴国老家养伤，可谓九死一生。当白军入村清乡时，他将党证用油布包起来，藏于一个山洞里，躲过国民党还乡团一次次野火般的"清剿"。后来，还参加当地游击队的活动，直至解放。他找出了党证，证明了自己的红军身份，从此，以一位贫协主席和村支书终老。其后代皆以土地为生，脸朝红土，艰难度日。改革开放年代，他的儿子和孙子们，纷纷踏上南行列车，到广东打工。建华大姐的父亲王太均则随着中央红军干部团看护队走过雪山草地，到了哈达铺，到达会宁会师之地。

　　不知不觉，我们已经走在毛浴古镇上，看着当年傅崇碧当区委书记时留下的一幅幅巨大的红军标语，感慨万分。这些宣传口号，接地气，走心，每一句话都说到农民兄弟的心坎上，不能不使他们跟着红军走，而我走在这条沙石路上，仿佛听到了红军扩红时的脚步声、口号声，与爹娘妻子儿女的告别之声。

　　马蹄声咽，这样的脚步声，挥手从兹去的呼喊，在赣州红都响过，也在长汀一个个古村落响过，踏碎了黎明前的黑暗。

　　我读《星火燎原》时，读过这样一个故事，当年中央红军在上杭长汀一带扩红时，一位福建籍的红军团长，从长汀上杭红区带走的三千子弟，湘江之战时，皆壮烈牺牲。这位团长也身负重伤，被担架队抬了下来。这位团长此生也像傅崇碧一样，再不敢回故乡，也不忍踏上湘江半步。到了晚年，他愈来愈怀念战死在湘江边的同乡战友。临终之前，他交代子女，自己身后，不进八宝山，不回上杭故里，要把骨灰撒在湘江边的滩涂上，撒在芦苇悠悠之中，与自己的战友相聚。并在回光返照之际，一一口述同村、同区、同一个团牺牲战友的名字，让自己子女在湘江边上，替自己大声喊魂：兄弟们，我来了。这位老将军去世之后，子女谨遵父嘱，抱着父亲的骨灰来到湘江战役旧址，面向湘江，面朝野山，面朝芦获悠悠的河滩，骤然下跪，大声喊着爸爸战友的名字，替父了却心愿。

雨停了，风吹过，渐将天幕化作一片湛蓝。走出毛浴古镇，登车，继续前行。

王坪烈士陵园到了，我跳下车，流连于广场上，地上积了不少雨水，一座座英雄雕像倒映水中。漫步其前，无限感慨：多少英雄未名，躺倒在这条喋血远征之途上，才换来了共和国的红色江山，可他们的故事鲜为人知，就连我这个军旅作家也知之甚少。

瞻仰过群雕，左拐，前边则是一个偌大的烈士陵园，长长台阶，分几个高台，拾级而上，远远望去，犹如南京中山陵的高台一样壮巍。可步行，亦可坐车绕道而上，有人想登车而上，我说不可，与康纲联、丁晓平、毛妹、余宁、曾皓等人徒步登高。唯见石阶高耸，台台向上，宽 500 多米，整个神路长有七八百米。视野空阔，全系花岗岩而砌，雨水洗礼，渐次发黑，石阶上长满了青苔，两旁柏树森森，鹧鸪鸟在孤鸣，回声很远，登临之时，有悲怆凄婉之切。

登坛而去，需要一番体力。我们几人皆气喘吁吁，终于爬到烈士陵园之巅，再沿红砂岩台阶登高，唯见地衣遍地，整个陵园颇有几分历史沧桑之感。时，大地寂然，山风掠过，如铜笛一样穿透了下午的天空。我们脚步放得轻轻的，生怕惊扰了这些英魂。

英雄何在？就在一片柏树森森之中。在一个圆墟之上，有一块数丈大的小平台，嵌着黑色的花岗岩石板，风雨经年，早已变黑，据称此为当时一地主宅院，难怪风水甚佳，平台中央耸立着一块红砂岩的石碑，皆为中国传统碑阙经幢造型，基座上两个方形石墩连心相接，一个倒三角，如犁头犁向大地，两边镂空荷花，中间次第而上是手枪、红五角星，再往上则是镰刀斧头，云纹朵朵，一只亡魂鸟向着太阳飞去，寓意颇深。往两边看镌刻碑文，右边竖写"为工农而牺牲"，左边则为"是革命的先驱"，中间则是一行正书："红四方面军英勇烈士之墓"，横匾为：万世光荣。顶部像人民英雄纪念碑一样的屋檐和一个小圆经塔头尖，地道的中国风。多少年后，仍让人惊叹它设计之妙。纵使八十年之后，仍然不落伍。

讲解员说，此设计出自当时红四方面军政治部主任张琴秋之手，果然是江南乌镇的才女啊，酥指纤纤，跃身上马，可以杀敌，转身下马，丹青画笔，出身官宦，背叛自己富裕之家而投身革命。

然，最令我惊诧的仍旧是八千壮士共一冢，每个人居然连名字都没有留下。斯时，翠柏森森，曲径幽寂，鹧鸪鸟的叫声叫人心碎。我们拾级而上，从两座香炉前绕过，然后登上一场巨坟的平台前，站成一排，向英烈鞠躬致敬。三鞠躬后，步入一个巨大圆冢前，人人神情凄然，虔敬之情油然而生。作家排成队，一个随一个，缓步向前，默默地将一束束黄菊花放到英雄坟前。

也许就在这里，红四方面军政委陈昌浩策马来到了政治部，与张琴秋一见钟情。打马回去，陈昌浩仍觉得那道秋波，像乌镇清波一样，在他的心田溅起涟漪，令其挥之不忘。张琴秋曾是茅盾的弟媳，因嫁进沈家卷入大革命洪流，后丈夫被敌人杀害。斯时，虽为新寡，仍是娇娘，令陈昌浩迷恋不已。频频约会，两个人越走越近，终结秦晋之好。一对红色夫妻，策马长征，从嘉陵江渡口始，走过千山万水，一起北上抗日，一起激战祁连，兵败河西走廊。

这些年，我数度去杭州中国创作之家休假，有一个安排必不可少，去乌镇祭拜茅公，也会照例去张琴秋纪念馆，然，她与陈昌浩这段婚史却格式化掉了，不见痕迹。时至今日，我才知，他们曾经是一对革命伴侣。

毋庸说，当时红四方面军人才济济。陈昌浩也是敢作敢为敢爱敢恨之辈，一直是红四方面军总政委，长征路上，彼自然倒向张国焘主席一边。三军会师后，徐向前、陈昌浩西征，过黄河，北上青海，过河西走廊，欲打通新疆与苏联的联系通道。张琴秋随夫西征，身为女红军师长，与陈昌浩也是离多见少。她怀孕后仍在指挥战斗，最终因掩护徐向前、陈昌浩等红四方面军机关撤退，被马步芳骑兵围追堵截，弹尽粮绝，张琴秋等余部女红军被马匪兵所俘。许多女红军受尽污辱，张琴秋因怀胎八月，得以幸免。她生下孩子不久，孩子就死了，她埋葬孩子后，化装出逃，最终要饭回到了延安。

西路军失败后，与徐向前一同回延安不久，陈昌浩便被派到苏联去了，一去便是十四载。张琴秋遥望伏尔加河，默默地等待丈夫归来。岂料陈入莫斯科之后，第二年便新娶，张琴秋却被蒙在鼓里。1950年陈昌浩回国，任中央马列主义翻译局副局长。见到时任纺织工业部副部长的张琴秋，他仅仅说了一句，对不起啊，琴秋，耽误了你14年。张琴秋扭过头去，伤心欲绝，从此不再相见。

彼时，一位老人在大洋彼岸，遥望故国。他便是张国焘，住在加拿大一个老年公寓。当年出走延安，连警卫员都不愿跟他走，后来卖身投靠军统，伏案研究共产党，军统觉得他没有利用价值后，便冷落于道。他颇觉寂寞，先去香港，再远走加拿大。

历史之宿命又几人能幸免！王侯将相，平民百姓，众生芸芸，概莫能外。

往事如烟，情事如雨，过后便化作烟云。前辈们的前尘往事，令我等后辈作家无语。

转出八千将士共冢，后边则是一个巨大的烈士陵园。陪同的通江宣传部女部长说，这是四川省委与民政部联袂而做的一件大事，数年之间将散葬于四川各地的红军遗骸，迁居于此。我登上一个斜倚的巨石之上，放眼望去，25000多块汉白玉的墓碑，白茫茫一片，排列整齐，自下往上，似军人列阵，仿佛25000多人的红军队伍就列队于前，等待红四方面军领导的检阅。满山一片白，雪一般的白，犹如六月飘雪，每顶军帽，每身寒衣，皆成一片雪白。斜阳反射之下，墓碑皆为一块白板，无字之碑，上边未刻一个姓名，唯有一颗红五星镌刻其上，熠熠发光，像青春不瞑之目，照耀天堂，照耀中华大地。

我们沿着陵园的中道拾级而上，缓缓登高，心有戚戚然。倏地，阴风徐徐，杜宇啼血，一种锥心之痛扩展全身，撕裂、摧毁了我的情感堤坝，都是青春年华，都是血肉之躯，都是儿子、女儿，父亲、妻子，壮烈之时，竟连自己的名字都未曾留下。大巴山中埋白骨，清凉桥上难瞑目。

此时此景，令我的泪水簌然而下。我将脸仰得高高的，不让泪水落下，不让旁人窥见。

拾级而上，我将脚步放得轻了又轻，真的害怕惊扰了烈士的灵魂。

蜀天有巫术，其大文化圈包括了我的家乡彩云之南。彼时，我乃一位少年，自己骑在少年交角的扫帚之上，以竹马当马，木马当马，叫魂，喊伴，可在这座偌大的烈士陵园，我向长天喊魂，还能喊回我们少年、青年、壮年丢失已久的红军之魂吗？

5月29日，晴

夏夜的空山很凉，拂晓未至，我便被破窗涌入的冷气冻醒了。空山坝子里负氧离子十足，从山林、天穹压来，我因受北京雾霾长期浸润，遇清新空气，肺和气管反倒不适应了，喷嚏连天。

再无法入眠。时，黎明初露，东山一隅现出一抹鱼肚白，便起身穿衣，在长袖T恤外再套上外衣，仍觉得冷。我坐于床上，重又打开电热毯，把自己捂在被子里，让身上暖和一些。

倚靠床背，人已无睡意，想昨天下午从王坪烈士墓地，四个多小时车程，山重水复，辗转山间，一路狂奔。路过通江县与镇巴县交界两河口时，我突然想起第二炮兵的一位老首长符先辉将军，他就是镇巴县一位农民的儿子，当年跟着张国焘、陈昌浩、徐向前的红四方面军从两河口，进入通江县城，在空山打了第一仗，这仗是李先念指挥的。而这时的空山战场旧址，只有李公塑像。此时青山苍翠，沉入暮色。我离开队伍，独自前行，步子迈得很快，直抵李先念塑像前，行了一个军礼，以示后辈军人的敬意。李公后作为四方面军红三十军政委，他与程世才一起，率部随红四方面军远征，浴血黄沙，兵败倪家营子，加上石窝和梨园口战斗失利之后，马匪不断地攻击伤员和红军女子团，而红三十军一直断后，掩护西路军残部撤入祁连山中。后，红四方面军开会决定，徐向前、陈昌浩回延安，组成由政治部主任李卓然、王树声和李先念等七人组成的西路军工作委员会，统一指挥各支队，进入祁连山，时，整个西路军仅剩下 400 多人，转战新疆，到了甘肃与新疆交界的星星峡，被陈云和滕代远接回延安。

尊前谈笑人依旧。

抑或因为祁连山的这段惨烈的经历，令李先念一生痛楚难安。长长人生岁月，李公皆不愿去触碰这段喋血黄沙的悲壮远征，多年不去看西路军一字一文，不翻一图一片，不思一物一人，企想将这段屈辱悲壮的历史从自己的记忆之中抽空。

一段悲壮经历真的能遗忘吗？我不得而知。站在空山之下，天似穹庐，山形嵯峨，天地寂静，天之上，地之角，唯我与一位年轻的将领雕像默默静晤。活着，可要记住。任何一位经历战争的幸存者，都会记住那些与自己一起参与新中国耕耘，却最终没有获得回报的人。

昨晚，走下空山战场，我们安排在打造避暑凉镇胜地空山宾馆下榻，终无法入眠，抑或是冷，抑或是因为彻骨的寒凉，那些王坪烈士陵园见过的无名英雄，总像戴着川人的变脸面具，或唱着川谱，吼着秦腔，哼着楚迓，在我面前晃来晃去，令我挥之不忘。时至黉夜，才勉强睡着了。

晨曦从空山升起，窗帘染上了朝霞，我拉开窗幔，空山之巅，突然出现白色的云旗，迎风拓展，那是红四方面军阵亡将士的招魂之旗吗？

吃过早餐，匆匆登车，今天还有 800 里路要走，去苍溪县嘉陵江塔子山红军渡口，一观红四方面军长征的第一渡。

已是中午 1 时，车上人皆饥肠辘辘，苍溪不可见兮，嘉陵江仍未入视野，坐在车里早已经人困马乏，直到下午 2 点半，才抵苍溪县城。时，已经行车 400 多公里，整整 6 个小时的行程，想当年红军一路西去，八千里路云和月，可不是走一天两天啊，而我们坐车走长征路，车行 6 小时，便疲惫不堪了。还是先解决肚子问题，再观红军渡口。于是，入一橘园中的农家乐，品苍溪之山珍野草，皆当年红军吃过的野菜之类，今天，却是最好的原生态的食材。

饭毕，环苍溪县城郭而过。溯嘉陵江而行，至两山夹一豁口处，车子驶入停车场，红四方面军当年过嘉陵江长征渡口到了。我们纷纷下车，此处曰塔子山，时夏日炎炎，太阳有点毒，沿一条道缓缓而行，绝壁之上，处处是红军在石壁上留的标语，格外醒目，令人过目不忘，诸如："红军到的地方，穷人都有饭吃。""共产党是替穷人找饭吃的政党。"还有："国民党员自首的不杀，流氓地痞、滚刀皮、棒老二改邪归正的分配土地和工作！"如此等等，一目了然，是尽最大可能团结一切可以团结的力量，支援红军北上。

终于站到红军渡口前，此仗是徐向前总指挥指挥的战斗，对岸有川军数个团部署于前，可是红军当年悄然抵达，蛰伏于山中，造船、征用民船，而对岸的敌人浑然不知。一个清风月明之夜，红四方面军乘着夜雾，强渡嘉陵江，很快将对岸一线的敌人打垮了，占领滩头，扩大了阵地。

我伫立红军渡口的雕像前，两位红军战士头向前，作展翅欲飞状，俯瞰彼时的嘉陵江，江水清悠，流水缓缓，不见湍急之波，更无漩涡四起。解说员称，彼时夜渡，正是春天，雪山水很大，江面更宽，但是滚滚嘉陵江水，并未挡住红军的脚步。八万红军过嘉陵，死伤者并不像过湘江那样惨烈。这都是因为徐向前总指挥选择渡江之地，隐蔽得好啊，奇兵出塔子山，百舟竞渡，很快就把嘉陵江防线川军打了个晕头转向。红军向江油、北川跃进，直指康区，挺进大小金川，迎接中央红军。

是时，太阳红灿，当空照耀，但时间已经下午 4 时，我们在红军渡江广场上流连拍照。漫步嘉陵江边，陈年旧痕早已被嘉陵江水冲刷干净。因为没宣传，我们仅知道于都红军渡，仅知道那是中央红军长征的零公里，却不知还有嘉陵江渡口，还有八万将士过嘉陵，策运中央红军长征，占领剑阁，拖往川军，然后剑指懋功，与中央红军在黑水一带第一次会师。

将近傍晚，从苍溪红军渡登车，再返向成都。明天，将溯岷江而上，至阿坝州的红原、若尔盖等地，空阔的大草地就在前方。

5月30日，晴

车过紫坪铺水库，我终于醒了，天边飘着几朵白云，那是从映秀镇飘过来的彩云啊。

隔着车窗玻璃，鸟瞰湖心独岛，历历往事奔入眼底。汶川大地震时，我随总政采访小分队第一时间，乘坐冲锋舟入汶川铝厂，步行六七公里入映秀，一路遗体之臭弥漫于道，两层口罩都抵挡不住。

然，八载过矣。汶川早已换了人间，一条大道直驱阿坝。刹那之间，车便钻出隧道，与映秀擦身而过。我远远眺望，新的楼房拔地而起，新的校舍还有第二炮兵所建，仅此一项，当时投了三个多亿。青山郁郁葱葱，山顶落下的滚石已长出了青苔，唯有河谷崩裂的伤口未长出新绿，地陷山裂之脊仍旧瘦骨嶙峋，伤痕难掩啊。

大巴继续朝前，我又沉入梦中。就在这条道上，风尘过后，一匹青鬃马盘马半空，威风凛凛的张国焘端坐骑上，我的老首长符先辉此时为张国焘警卫排长，带着十几位警卫，紧随身后，从阿坝卓克基官寨出来，盘马原上，卷起一路风雪。

彼时，我因写大型号导弹阵地建设，常去符先辉将军家采访，成为忘年之交。时，他住在东城当年王明住过的一个小院，系大清朝王爷府邸。在椭圆形的书房里，符将军第一次告诉我，他曾是张国焘的警卫员。我问，近距离观察张国焘给人的印象如何？彼曰，架子好大，一般不理人，给人一种高深莫测之感，因为他当过大学教授，个子又高，谁见了，都敬畏三分。与毛泽东第一次会师两河口，你在现场吗？我问。

　　当然在了。符先辉告诉我，我们一排警卫护送张国焘经理藩、懋功，再到两河口，驰马走了三天三夜。途经一个藏寨时，被土司武装包围，相持了一个半天，直至第九军相闻，派了一个连来解围，当时以为张国焘会坐卧不安，谁知其从容不迫，不动声色，说土司武装不堪一击，我们讲民族政策，不开第一枪。彼时，符先辉的阑尾炎突然犯了，疼得很厉害，可仍然伏身驰马于张主席身后，翻过4000多米的红桥山。六月即飘雪，蜀天一景啊。雪掩山道马不前，有两匹掉入了深渊。但他一直跟随张国焘左右，马背之上，颠簸了三天，终于抵达两河口。已经疲惫不堪的中央红军走出3公里来迎接张国焘主席，毛泽东也走出自己的屋子，远看一骑绝尘，青鬃马凌空，后边跟着一个班的警卫。张国焘此时可谓兵强马壮，要人有人，要枪有枪，要粮有粮。

　　芦花、黑水，也就是今天的金川县，中央红军热烈欢迎红四方面军的到来，终于实现了第一次会师。

　　接下来，毛泽东和张国焘登上一个土台子，先后发表了热情洋溢的讲话。随后，在一个喇嘛庙里，中央红军用当地牛羊肉和青稞酒，举行了一个大型的会师宴会，打了牙祭。后来，便是两河口会议，开了好几天，有30多个小时，符先辉负责警卫，烧水倒茶。符先辉说，第一次毛泽东与张国焘见面，还算和谐。可到了8月初，符先辉再次率警卫排护送张国焘从茂县经芦花、黑水，与中央第二次见面，在毛儿盖开会时，他仍负责外围警卫和倒茶水，张国焘、徐向前、陈昌浩等人与毛泽东、朱德、彭德怀等人开会，气氛就有点紧张。后来，到了沙窝，又开会，是在帐篷里举行的，符先辉在帐篷外边劈柴和烧水送茶，偶然路过，感觉周恩来与陈昌浩声音最洪亮，不时从帐篷中传了出来。针对张国焘要清算中央政治路线的观点，周恩来有条不紊地阐述了遵义会议讨论的结论，而陈昌浩大谈四方面军如何撤出鄂豫皖苏区，转战川陕，从 15000 人发展到 8 万余人，兵强马壮，不断壮大，吵得很厉害。会后，红军分成左右两路军北下，朱德、张国焘、刘伯承率左路军翻越上下打鼓山，经芦花、马塘，向阿坝挺进。

那匹青鬃马在岁月的风尘之中消失了，张国焘也因为后来叛党，投敌，被钉到了历史的耻辱柱上，示众百年。著名历史学家华东师范大学教授杨奎松在向社会推荐近代史学书单时，张国焘三卷本《我的回忆》赫然纸上。我 20 世纪 70 年代末调基地政治部，便得到这套书，那是当年作为批判之用内部发行的。虽辗转多地，我一直收藏于室，对张国焘在红四方面军的影响和作用，亦略知一二。

吃过午饭，一路西行，车至卓克基官寨子，已是下午 5 点半。参观阿坝红军纪念馆时，我看到了老首长阴法唐老战友天宝，一位从阿坝藏区跟着红军长征的康巴藏族，他的名字是毛泽东在延安起的，源自《滕王阁序》中的物华天宝。当年在成都采访老人家时，他便讲过长征时，阿坝藏族群众是做出了很大牺牲的，毛主席特别对他说，中央是欠了账的。红军纪念馆中有数据说，当时阿坝的 30 万头牦牛所剩无几。

那天傍晚，我在卓克基官寨踟蹰良久，因为阿来的《尘埃落定》取材于此，我楼上楼下来回看了个遍，想多感受些女土司的历史信息。出门时，本来晴好的天空，突降豪雨，我跑到车前，欲登车时，突然发现天空中惊现一道彩虹，浮冉而起，由单彩虹幻化成了双彩虹。众人皆惊讶不已，纷纷拍照为念，我亦激动不已。

5月31日，晴，万里无云

从阿坝去红原的路程，要走一天，晚上入若尔盖县就宿。今天看点甚多，有红原月亮湾，日干乔大沼泽，若尔盖黄河第一湾，极地风景，风光无限，将我的好奇、探幽之穴遽然点开了，人也渐次兴奋起来。其实此行，最吸引我的便是黄河第一湾和郎木寺，为此，我特意放弃《香港商报》中国名作家看潮汕之行，只想一睹黄河第一湾的洋洋大观，还有红军入草地的艰难之旅。

晨起，在阿坝州宾馆吃过早餐，便匆匆登程，往红原县驶去。到了刷金寺，已经是中午11时了。刷金寺一度是红军指挥部所在，一些重要的会议在此开过，但是上山要步行一个多小时，来回影响行程，不在规划之列，只好作罢，时离红原之地还路途迢迢。不过，前方海拔渐高，树木森林次第稀疏起来，偌大一片莽原映入眼帘。将近中午1时许，抵红原县月亮湾景区，河水有声，断涯千仞，一湾清波从草原深处流淌而入，融入沙滩、野草之中，远处有牦牛成群，羊群如云朵坠落人间。我站在河边的崖上，忙于拍片，发于朋友圈，并感叹称，红军走过的地方，都是风光旖旎之地。岂料素有老滇军之称的高洪波看到后，说，红原之下，埋葬着7000多名红军英魂。我问此数据源于何处，高洪波说项小米提供的。并称，若真正要感受红色基因之传，须到红原县来受教育，看看大沼泽埋着成千上万的英魂忠骨，此语一出，令人嗟叹。项小米乃项南之女，编辑出版过《星火燎原》全集，尤其出版后十卷的未刊本。那些精彩的长征故事，多数来自当年的未刊稿，她有此说，一定是有出处的。后来，我翻阅了很多资料，红原县的日干乔、镰刀坝和若尔盖县的包座、班佑等草地，先后有万余名红军将士身陷大沼泽中。面对这块金草地，令我顿生敬畏，心中默默地向那块埋葬了多少红军的草原，行一个崇高的军礼。

然，置身红原腹地，记忆之中，有一个红军柳之结，怎么也解不开，剪不断，甚至理更乱，一个在当地流传甚广的故事。说有一位14岁的小红军，拄着一根柳树拐杖，走进草地，即今日红原县的日干乔大沼泽。然而，越往深处走，越险象环生。他一跳一蹦，从一个草丛跳向另一簇草甸子上，摇来摆去，犹如走在一座吊桥上，不幸从草墩上摇晃掉进了泥泽，痛苦挣扎，越陷越深，先陷至腰，再至胸，最终淹没过头，唯有一只手还在沼泽中晃动，举着拐杖，后来，手也沉下去了，只剩下了那根柳树拐杖插在泥泽里，兀自而立。

许多年之后，那个红小鬼牺牲之地，长出了三簇柳树，被称为红军柳。

最早听到这个故事是红军长征胜利七十周年时，即2006年之夏，中国作协高洪波副主席率采风团到了此地，作家之中有项小米、徐贵祥、王松、辛茹等诗人和小说家，高洪波为此写了一首诗。

下午2时许，车进红原县城，在一家餐厅吃过午餐，我们便向红原大草地的边缘色地乡、瓦切镇、麦洼乡驶去。车在日干乔大沼泽公路旁停下，沿木板路而行，走到一片空地上，矗立着四块石头，一高三矮，其中矮者写着"日干乔大沼泽"，高者写着"红军长征走过的大草原"，为周恩来总理所书。红原县命名，也得益于总理，1960年7月，他特别提议，将红军走过的大草原，辟为红原县，这是唯一一个与红军长征有关的县治。我伫立于大草地边缘，原本晴空无云，突然乌云涌起，风啸草地，犹如气势汹汹的航母编队，朝着大沼泽滚滚驶来。天雨欲来，冰雹瞬间砸下，皆是当年红军之魂的晶莹之泪啊。我四处张望，不见柳树、柳丛，其实依我三十载藏区行走经验，海拔飙升至3500米以上大荒原，难活一棵树。在万里羌塘的那曲，地区领导曾经悬赏十万元，谁种活一棵树就奖谁，此奖皆无人认领。红原草地上亦如此，显然，那根拐杖成柳的故事，即红军柳的浪漫与诗意地不会在此处。

然，站在红军走过的大草原前，极目远方，顿时觉得旌旗飘雪，寒风怒号，冻得人瑟瑟发抖，我穿着冲锋衣，暂可以耐寒。而那支穿单衣的红军队伍，怎么能挡住这彻骨之寒呢？我将眼睛投向远方，仿佛觉得乌云深处，大草原腹地，红旗飘飘，一个又一个红军战士身陷沼泽之中，眼望天空，眼望家乡和父母妻儿，无法闭上望眼欲穿之眸啊。天上一颗星，草地一个人，天上有多少颗无名星，草地上就有多少个无名忠魂。彼时，我登车而去，蓦地回首间，发现一队队深陷草地的英烈，睁大死不瞑目之眼，忠告后来者，要珍惜今天来之不易的江山社稷，不忘初心，不忘百姓。知道我们要从哪里来，又会到哪里去?!

去黄河第一湾吧，此乃我最向往之地。彼时，太阳钟盘的时针刚旋至中天，阳光裂云镈而出，渐次扩展。待离开大草地时，远处地平线上，从雨云中筛下一道道阳光，诡谲，神秘，一片片，一簇簇，一道道，洒在草地上。大风起兮，吹散了黑云，天边天蓝。高原上的云彩垂得很低，仿佛伸手可摘，壮志可拿云，然此时我想到行进在草地上的红军，一个个早已经精疲力竭，一个战士倒下了，又一个战士身陷草地之中，再也爬不起来。

在写作《喊魂》时，写到红军柳，我搜遍网上版本，竟然又得到另一种版本，说红军柳是红六军团长征时，经过若尔盖大草原侯德明一家的故事。侯德明，藏名甲洛尔吾，湖南大庸人，红军长征时，一家九口参加红军，除父亲侯清芝、母亲刘大梅，还有爷爷侯昌千、奶奶殷成福、幺爷侯昌贵、姑姑侯幺妹、四叔侯清平、小叔九生。侯家九口举家长征壮举，当时闻名红二、六军团。彼时，他刚两岁，是趴在妈妈刘大梅背上走长征路的。1936年11月，红二、六军团过日干乔大草地，刘大梅是红军宣传员，演唱鼓动时，陷落于沼泽之中，她将背上的侯德明扔了出来，使其逃过一劫。侯德明的父亲是红军连长，走在最前边打前站，平时很难见上一面。母亲没了，侯德明由一个叔叔背着，因为生病，组织将他寄放在一个叫格西阿谷的藏民家里。

格西阿谷是当地寺庙里的一个喇嘛，心地善良，称红军为菩萨兵。收养侯德明时，格西阿谷俯身一看，这汉娃年幼体弱，双脚溃烂，连忙将他长满虱子的衣服脱掉，烧了，换了藏装，治好了他的脚疾，教他学会了藏语，取藏名"洛尔吾"。"洛尔吾"的意思是"宝贝"。由于侯德明特殊的身世，当地藏族给其名字前加了一个"甲"字，"甲洛尔吾"即"汉族的宝贝"。

其实日干乔至班佑河边，也就 100 多公里。然而在大草地上，侯德明六个亲人相继牺牲或失踪，唯有父亲和两个叔叔走到延安。父亲后来成为湖南省军区副参谋长，知道大儿子留在川西藏区，可是几十年间，没有确切地址，虽经多方打探，终未找到名叫"侯德明"的人。1987 年，侯清芝带着遗憾离世。临终时，给儿女们留下遗言：一定要找到你们流落在西部草原的大哥！

最早，发现"甲洛尔吾"是红军后人的，是军旅画家敬廷尧。他到红原写生，在瓦切乡得知侯德明的传奇经历。2004 年春节，敬廷尧专程去瓦切乡，与侯德明一起过年。央视一节目组追随拍了《老敬过年》的特别节目。侯德明在镜头中露出自己 3 岁时红军身份，期冀找到失散多年的亲人。节目播出当天，在湖南益阳侯家老二侯德常看到"失散流落老红军侯德明"几个字时，激动得从沙发上一跃而起，一种血缘上的亲近让他莫名情动：他很有可能就是我们失散的大哥！

分离 70 年后，一家人得以相识。

这个红军后人遗落草原的故事独特而又感人。可是红军柳与侯德明什么关系，后来的演绎越来越多，说红二、六军团长征出发时，从大庸砍下来的柳枝作挂，一路爬山涉水走来，后插于沼泽水中，重又复活。这显然不靠谱，一根湖南湘西的柳枝，红二、六军团长征从湖南，经贵州，云南丽江石鼓、中甸、亚丁、稻城，辗转雅江、阿坝，长达一载，柳枝还会常绿？是否是侯德明所挂，更是难说。彼时，他才 3 岁，能行走吗?！

最近一个长征画本，为我的朋友张鹰女士所做，为儿童做书，画得非常精致，颇有童趣，很受欢迎。文字图说便是高洪波主席写的《红军柳》。同样是侯德明的故事，只是地点改在了若尔盖，与瓦尔镇相距一个多小时车程的黄河第一湾。书中，侯已经8岁了，此地海拔低，水好，黄河滩上种了不少柳树，有三棵大柳树，故事倒也说圆了。

我读过红军长征最早的叙事，可以说，越早期的回忆和书写，越接近长征的真实。虽前方有战事，但也是部分敌军的围追堵截，鲜有大战。在红军抵延安后，发动长征将士写的回忆文章，有一位开国将领写道，他与一位红军战士掉队了，在草地上艰难行进，时有一匹马驰骋而来，他艰难地站起身来，向马上的人疾呼，帮帮我们，带上我们吧，可是那马上的人视而不见，绝尘而去。身后留下两位掉队的孤独士兵。后来，身边的战友倒在草地上，再也爬不起来，彼挖了几饼泥草，草草掩埋。然后拄着拐杖，独自一人向前。好在他的怀中揣了打土豪时所得的一团鸡蛋大的鸦片，可作盘缠，每次路过一个村庄时，刮一点下来，换一只鸡，以果腹饥，终于走至会宁，走到了吴起镇。

唉！时代尘埃落定，历史时空隔得越久，越会空添几许历史的戏说和演绎。要逼近真实、真相，绝非易事。唯有朝前看吧。

前方彩云缭绕，一个大的集镇惊现于视野，满街皆是旅舍和馆子，多为川菜馆。我的感觉，黄河第一湾到了。

果然，大巴绕过景区售票大厅门前，入栅栏，直驱黄河第一湾景区。天下黄河第一湾，君住黄河源，我住黄河尾，大河上下，浮生芸芸，共一个中华民族之摇篮，却以奔流到海不复还之气，从青藏高原而下，缓缓流入若尔盖草原。

时，已经是下午 3 时半，下车之际，领队邢春宣布：只给一个小时，各自行动，4 点半，必须集合登车。我伫立于停车场上，仰首而望，一个高高的望景台在山顶之上，融入云天，不到天穹非好汉，不到黄河心不死。不登高台观景，却虚此行，可此时海拔已经高 3400 米，还有 500 多级的台阶等着我们攀登，故我背着相机包，拾级而上，向着观景台匆匆而上。

开始，我不觉得怎么高，可是走着走着，便气喘吁吁。毕竟海拔不断攀升，我还一再坚持着，回首那片红原之上，红军当年在这片原野之上，留下了一种穿越百年的精神，于无声处，惊雷响彻历史时空。有此力量，总给人一种向上之感，我们默默地往观景台山顶上爬去。

彼时，大河之上，乌云从天际飘过，不时有狂风掠过，也有阳光裂开云罅，筛下几道诡秘之光，祥雨从天而降，淋到了我的头顶上。登高回望，那黄河第一湾，像条巨龙横亘草地之上，在阳光下黄河巨龙的鳞片熠熠反光，犹如苍龙击水，扶摇长河。此时，大河上下云遮雾掩，山雨欲来。

叹之舞之，已至山巅的观景台，拍下一张张照片后，等团队中最小的"80 后"女孩张敬敬最后一个登临，我们一起拍了合影，然后穿过雨幕，往山下走。

登车，向黄河第一湾投去最后一瞥，朝若尔盖县城驰骋而去，于傍晚时分抵达。我远眺县治，旷野无树，河滩上只有几株水柳。此处河床上长柳，乃有人间烟火处。

饭毕，发现许多团员皆有高原反应，一个个蔫了似的，尤以领队孙德全为重。

我伫于楼上，俯瞰这座小县城，坐落于一个巨大坝子的边缘上。前方空阔无边，后边无山屏可靠，左右亦无遮无挡，朔风掠过，像穿堂风一样，城中绿树极少，感觉小气候甚至比拉萨城还要差一些。

是夜，草地征衣寒，寒夜入梦来。我看到了掉队的红军迤逦而行，一个个陷进草地，沦为孤魂鬼雄。

6月1日，晴

天亮得早。黎明伸出一只小手，次第撩起窗帘一角，高原金光铺满一地，屋里亦金晃晃起来，颇有点金玉满屋的感觉。

叫早的电话铃声响了。看表，才清晨6点半。今天出发早，7点开车。匆匆洗漱，提着行李箱到餐厅早餐，随后到酒店门口候车，享受若尔盖大草地明媚的春光。

东风徐来，吹在脸上却有几丝冷意，这就是高原的风。不经意之间，便含着几多凛冽之气。无论春夏，皆如是，无温婉可言。

车往班佑驶去，这是若尔盖草地边缘，也是当年红军走出草地一个地理标志。行程安排参观两个景点，小说《七根火柴》《金色鱼钩》故事发生地。

抑或经年写非虚构作品之故，我对二度创作衍生的文化产品多持怀疑态度。尤其近年大量阅读长征之书，蓦地发现，唯有长征刚落幕的书写，还有几分滚烫的温度，抵达真实。譬如红军抵延安后，号召参加过长征的将士撰写征文，由刚抵延安的丁玲和参加过长征的成仿吾参与编辑，军委总政治部宣传部长徐梦秋统稿。徐梦秋参加过长征，过雪山时冻坏了双腿，到延安时锯掉，后经组织撮合，与红四方面军李玉南结婚，女方起初不干，组织做了许多工作，才强扭在一起，后夫妻双双到苏联安假肢，返回新疆时被捕，毛泽东命令全力营救，可徐梦秋却投靠了盛世才，沦为叛徒，解放后被关监狱多年，老婆孩子受到株连。《红军长征记》，又名《二万五千里》，一直未正式出版，到了1942年，才作为党内参考资料内部刊印。此书与斯诺写的《西行漫记》，堪称红军长征史诗，具有历史文献价值。后来编的《星火燎原》《红旗飘飘》，多为老红军口述，部队秀才捉刀，因了岁月久远，有的可能因为时间、地点、人物和记忆模糊，在所难免。写作者或因未临其境，或未经其事，或未见其人，难免会有二度创作之嫌。但不影响其作为红色经典，影响了几代人。彼时，王愿坚为《星火燎原》当编辑，看了很多来稿，被其感染，热血贲张，挥笔写了长征系列的短篇小说，尤以《七根火柴》《金色鱼钩》《党费》最为著名，成了中小学教材，童叟皆读，耳详能熟。然，拉开历史时空阅读昨天故事，看长征传奇，冷却了情感之后，人们会更趋于理性、理智、客观，不难判断，当时不少故事过于政治化、典型化、理想化。我读了许多老红军长征自述之后，便觉有些矫情，典型的细节也过于脸谱化。

　　一梦醒来，大巴已在班佑村前不远处一座红砂岩石雕前停下。下车一看，一只巨手掌中握有一个红星，上边七根火柴像光芒一般辐射而出，照亮彼时的中国，寓意颇深。我踯躅于塑像前，班佑镇工作人员照例讲《七根火柴》那几近童叟皆知的故事，我觉得无趣，便往通向班佑村藏居的水泥路信步走了过去。小雨过后，云低山峦，唯见藏居村舍苍山环抱，晨曦正好，太阳从厚厚的彩云里裂帛而出，撕开一片宗教般的蓝，犹如一湖，镶嵌于天际，抚摸插满了经幡的三道山脊。我惊叹，此地有天葬台。生死之地，不可不察啊。我被风水极佳之地所吸引，往公路下牧场纡徐而去，只见西边山岗之上，太阳从云层里直射下来，一点点，一道道，一片片，一簇簇诡谲的光影，将远处绿色山峦装扮得明暗分明，诡奇多姿。我暗自称奇，天堂也，仙境也，人坐化于此，乃天地造化所至。

有人在唤我。返回登车，我以为下站该去看金色鱼钩之地。领队邢春称，不看了，去看一大型石雕群像。

大巴掉头，沿路返回。下坡路至中段，便在一处旅游景点前戛然而止。下车穿过摊点，往一巨大红砂岩石雕走去。石雕上，一群红军战士七零八落躺在草地上，奄奄一息。一位穿羊皮袄的红军团政委举望远镜远眺，旁边走着两位战士，一红军战士背着伤员，一人俯首在看。我一看制作单位，由阿坝州党委、州政府、军分区和若尔盖县委、县政委联袂监制。旁边，居然钉着第二炮兵理想信念教育基地的铜牌，显然此石雕与我们战略导弹部队有关。此雕塑源自原总后政委王平上将回忆录，取名"胜利时光"。我俯首看文字，石雕上刻着："红三军在草地上走了整整七天，终于进到班佑。我们红十一团过了班佑河，已经走出了七十多里。彭德怀军长对我说，班佑河那边还有几百人没有过来，命令我带一个营返回去接他们过河。刚过草地再返回几十里，接应那么多掉队的人，谈何容易。我带着一个营往回走，大家疲惫得抬不动腿。走到河滩上，我用望远镜向河对岸观察，那边河滩上坐着至少七八百人。我先带通信员和侦察员涉水过去看情况。一看，哎呀，他们都静静地背靠背坐着，一动不动。我逐个观察，全都没气了，我默默地看着这悲壮的场面，泪水夺眶而出。多好的同志啊，他们一步一摇地爬出草地，却没能坚持走过班佑河。他们带走的是伤病和饥饿，留下的却是曙光和胜利。我们怀着沉痛的心情，一个一个把他们放倒，一方面是想让他们走得舒服些，一方面再仔细地检查一遍，不能落掉一个还没有咽气的同志。最后发现有一个小战士还有点气，我让侦察员把他背上，但过了河，他也断气了。我们满含泪水，脱下军帽，向烈士们默哀，鞠躬告别，然后急忙赶回追赶大部队。"

毫无疑问，这段文字，这座石雕，一如当初四方面军万人无名冢大墓，再次震撼了我们。每个重走长征路的人都眼噙泪水，默默致哀。邢春质问我，你是军旅作家，为何不写一些这样的文字！这完全可以堪比美国人的《兄弟连》啊。还有那些美女作家，我质问她们，你们那些私人化、碎片化的小感情，小视角叙事，除了自娱自乐，还能打动谁?!

听此，我们一群作家，皆缄默无语，是该拷问拨动自己的写作良知，触动一下感情之弦了。我们的文学创作，问题究竟出在哪里?!

上车后，环若尔盖草原而行，至花湖中心，领略草地沼泽的当年原始之韵，抵达云涯天边，这才是真正的死亡之地。后于中午时分，向川甘两省交界的郎木林寺驶去。

一河一寺一官寨。十日行旅，先抵官寨卓尔基，再观大河第一湾。最后剩下一座喇嘛寺了。

　　走不到的地方，叫远方；回不去的地方，叫故乡。若尔盖大草原苍苍茫茫，天似穹庐，笼盖四野，远方何处有尽头。中午11点左右，我们从若尔盖草地中心花湖走了出来，便向着郎木寺方向疾驰而去。车行途中，天穹如盖，白云如莲花般地盛开。易初莲花，此乃佛国之地，藏传佛教影响甚巨，甘川之地，尤其以郎木寺为盛。喇嘛庙，是当年红军住过之地。我记得写《原子弹日记》时，老首长李旭阁司令员给我讲过一个故事，是当年长征时张爱萍将军亲身经历的，彼时，就在草地边缘，他们已经数天未进食了，深夜闯进一座喇嘛庙，大步流星地进了大殿，寂无一人，见佛主和宗喀巴大师像前，酥油灯成河，供果不在，鼎中却盛着青稞粉一样乳白的东西，便两手下去掏了出来，大口大口地吃了起来，越吃越觉得味道不对，有一股烟熏的糊味。天亮了一看，竟然是梵香之灰。肚子胀了好多天。这个故事，张爱萍在首次核试验讲给李旭阁和核物理学家听时，引得大家一阵哈哈大笑。

　　然，我却记住王建华大姐的父亲王太华老人给我讲过的长征故事。彼时，他已经八十有六，住在郑州一幢二层小楼里，时，红军长征70年将近，我准备为他写一篇长征人物传记。于是，从北京坐车至郑州，与老人一连谈了三天。讲至长征草地将尽的一个晚上，天降骤雨，他到了一个村庄，不能入民舍，便将自己用绳子捆在一户人家的窗户上，那窗子宽不过半尺。长长的一个寒夜，他就这样坐着睡了一夜。第二天天亮之时，忽有磬钟响起，是从喇嘛庙里传来的。

冥冥之中，我以为王太华老人讲的故事发生地，或许就是郎木寺古镇吧。

中午1时半，我们终于车抵郎木寺，甘南文联主席和作协主席来接，饭已经订好，下车入一藏式酒店，菜很快上来了，佳肴飘香，才发现大家早已饥肠辘辘，四川作家协会秘书长和阿坝文联女主席提出要喝酒，以作送别。然此时，我却毫无酒兴，可接待主人仍旧拧开一瓶十斤装的老酒，要我们喝，刚从高原上下来，我对烈酒有一种畏惧感，便以茶代酒。

饭后，天晴，我们沿小街而上，往郎木寺徐步而行。登上塑有宗喀巴大师塑像的主殿，鸟瞰郎木寺小镇，我觉得风水极佳：主殿后边有青山相倚，左边，是一道犹如长城一样的石壁横亘于山脊之上；右边，也是一道连绵山脊，像只卧虎踞于山巅；往下，则是一河一墙分两省，一边是坐南朝北的郎木寺，一边则是坐北朝南的四川一座喇嘛寺。

凡有煨桑烟火处，必有精神之祠。此时，我方觉得，在班佑河边牺牲的七八百名红军烈士离郎木寺最近，离天堂也最近。

出郎木寺，今晚下榻迭部，是三国时蜀国大将姜维故里。大巴沿着白龙江一路向下，令我想起当年舟曲泥石流咆哮场面，可此刻白龙江却静如处子，清泉石上流，淙淙如琴声，犹如佛曲磬钟一样沁人心腑。车行一个多小时，终于抵达迭部县城。时夕阳抚山，青山历历，我们入住迭部的苯日钦牡大酒店。放下行囊，与邢春、余宁、康纲联一起，开始另一种历史文化巡弋。驱车往迭部王宫旧址驶去，一路向西，出县城三公里许，出租车在山脚下停下，司机说不能再送了，你们循此上山，有大路小路可走。

于是，我们绕过一座古城堡之门遗存土堆，往山巅攀爬。我一路登高向前，余宁和邢春紧随其后，登顶时，看到两个汉子并排而坐，一高一矮窃窃私语，一问，彼乃村中放牛之汉子，为藏族后裔，个高者叫加波塔，个矮者叫索扎觉。见暮色时分来访客，非常惊讶，还会有人对他们的故园感兴趣？遂带我们走进迭部王宫旧址，说 50 年代这里建有热嘎寺，后来被拆了。

不是迭部王宫吗，怎么成了热嘎寺？我疑虑重重。加波塔说，老辈人说，王宫废弃，便有喇嘛闻讯而来，将此王宫开发成喇嘛寺庙，后来寺庙的喇嘛也被逐，还俗了，终成残垣断壁，只好另辟场地，再建迭部寺院。

在迭部旧时王宫里转悠时，加波塔带我们看了三国大将姜维拴马石头，说我们就是姜维之后啊，只是后来纷纷皈依藏传佛教，最终成了藏人。

傍晚，直至有人电话催我们回去，我们一行四人，才依依不舍地离开了迭部王宫。

酒足饭饱，返回房间，洗了个澡，因了海拔低了，含氧量高，人很快入眠。草地铁衣，一一入梦来，那些英魂骑着大白马，在我的面前走过，我听到马啸之声。

6 月 2 日，阴天

早晨起床，天空乱云飞渡，山雨欲来。我想到抵达迭部的红军，还有关山要渡，天险欲越。前方有腊子口，甘肃军阀鲁大昌一个师在此驻守，如果此关横亘不过，红军北上之路便会截断，再退回去，茫茫的大草地在后，一片片死亡的陷阱，会让这支疲惫之师身陷其中。因此，红军将士唯有拼死向前。

胜利离红军已经不远，我们的车子可以丈量其距离的远近。

吃过早餐，车便上路了，沿着白龙江北去，冷山寒梦，一睡醒来，天险腊子口已在前方。下车之时，仰望关隘，确实有一夫当关，万夫莫开之势。白龙江自上而下，一河雪水向西流，两岩夹一豁口，犹如两个威武金刚把门，撞开太难。谁若占领了制高点，居高临下，朝下扫射，再强的军队也难以逾越。偏偏，历史给了红军绝地逢生之路。守卫这里的国民党鲁大昌的部队竟无一点军事常识，只会坚守两绝壁之上的射击点，而忘了占领岭上的制高点，给了红军可趁之机。

时，林彪的红一军团红四团作为北上前锋，由杨成武率领，直抵天险腊子口。那天在离腊子口不远的朵里寺，林彪、聂荣臻、罗瑞卿、刘亚楼围着地图布置战斗。红二师师长陈光和政委萧华抵近指挥，红四团六连负责主攻。红军抓住鲁大昌的军队未占领山顶制高点的机会，决定派人从上往下打。一个苗族小战士挺身而出，主动请缨，受命出征，爬至山顶，将绳子放了下来，红军战士顺势拽绳爬了上去，爬至高处，从上边开火。打得敌人猝不及防，很快灰飞烟灭。

彼时，林彪、聂荣臻和左权，就在离战场 200 米的小树林里指挥，子弹不时飞进树林，红二师组织科长刘发英身负重伤，壮烈牺牲。

而在天险腊子口战斗中立下赫赫战功的这位苗族战士，人们只知道他是红军路过云贵川入伍的，却不知道他姓氏名谁，哪里人，只好临时给他起了一个绰号：云贵川。

腊子口天险一通，红军北上再无障碍。我们一行踏上一座拱桥，步入仍在岁月风雨中矗立的敌军石头雕堡前，只见枪痕累累，沧桑依旧。

车过腊子口，峡谷略宽，前边建有腊子口纪念馆，参观毕后，匆匆去午餐，下午还要直驱哈达铺。一条古老商业街，一排排涂有土红色的老房子，一条古老的北方老街，我在电视和电影中见过梦过N次。此次梦回哈达铺，漫步老街，行人稀落，商铺几无客人，马蹄声不响，古道上商旅早已凋零，然而，它却是红军走向何方的最后一个路标。那天毛泽东与张闻天同住在一个盐商家里。秋天的西北四合小院，尤其清净。仰望天空，蓝的出奇。毛泽东喜欢翻报纸，将盐商家的报纸翻了一个遍，翻到《大公报》，看到一则刘志丹、徐海东的红军在陕北闹红的消息，毛泽东眼睛遽然一亮，红军有希望了，决定向刘志丹陕北红军根据地靠拢。

我走出盐商之家，在老街上溜达，空荡荡的老街不见行者。古街寂寂，一人独孤。仿佛在作一次历史时空的穿越，几回梦里入此老街，皆枕一山寒梦。时下西北的中国，眼前老房子上的赭红很刺眼，晃来晃去，天上一轮春阳，好似秋阳，平添几分落寞。到了哈达铺，红军走出甘南大山，还要入宁夏地界，巍峨六盘山在等待着他们哟。

四年前，我们一行到国家电网宁夏公司采风，先入泾县，住一家山庄。傍晚将近，暮霭四起，我们也是这样的时候在六盘山里，徜徉于成吉思汗行宫遗址。我遥望天际，恰有一行南飞的大雁掠过天穹。统帅艰难百仗多，千军万马，置死地而后生。我想

恰如一阕词

到中华民族的两位伟人，成吉思汗和毛泽东皆伫立在六盘山的雄关之上，秋色正浓，层林尽染，大汗盘马弯弓，冷眼俯看西夏王朝，欲取欲夺；毛公则双手叉腰，浅吟一首《清平乐·六盘山》："天高云淡，望断南飞雁。"大雁南去，季节更替，秋风落叶，人难胜天，可是两位伟人襟怀和结局却不一样。成吉思汗因为攻打西夏国受了箭伤，于盛夏入六盘山静养多时，创面未愈，拖至秋风四起，大汗的帐篷里，朔风一阵寒似一阵。辕门旌旗狂卷，风掠过，竟有黄叶纷纷卷入帐门，万里悲秋人将行，人生如秋啊！大汗感叹了一句。秋草叶，鹰飞翔，我该归故里了，告诉我的子民和勇士们，朕的肉身也许回不去故里，但是我的英魂可以回去，最后一口气须带回肯特山。大汗帐篷中的史官记下这段最后的遗言。

于是，蒙古骑兵从六盘山冒秋雨而撤，不是败给西夏国，而是败给自己。秋雨潇潇之中，几十公里长的马队，辘辘车，拉着帐篷女人牛羊，朝着鄂尔多斯台地迤逦北去。

兵车辚辚，战马长嘶。一条长长的车辙成了成吉思汗宿命之痕。人未到漠北，才到白唇鹿纵横之地，大汗一命呜呼，身边大臣连忙呼唤卫士，杀一头小白骆驼，将其绒毛在大汗的鼻前吸吮最后一口气，那灵魂便永远藏在了白骆驼的毛里，遂成了后来成吉思汗陵八白室的宝藏。

小白骆驼埋在何处，成吉思汗的遗体就埋于何处，然后，千军万马环圈而行，一趟又一趟，踏成平地，不留下任何荒冢。从此，一群白骆驼在此转悠，由领头的母骆驼率领，因为失去一只小骆驼，永远不忍离去，也因了成吉思汗大帝埋于此，故草原帝国的白骆驼也不忍离去。从这个意义上说，有白骆驼处，必有成吉思汗的墓地。蒙古勇士在白骆驼出没处，可以招回大汗之魂。

毛泽东比成吉思汗幸运，那天爬至六盘山山顶时，望万山红遍，祥云如丹，低吟赋词一首后，他觉得苦尽甘来。前堵后截的国民党和甘肃军阀的部队被远远地抛到了脑后，万里远征的红军否极泰来，踏着陕甘高原的秋阳，往吴起镇行军而去。

过了腊子口、过了哈达铺、过了六盘山，毛泽东瘦削的脸上，笑靥一天多似一天。红军朝着长征终点走去，他觉得红军与国民党蒋介石军队的较量，此时已经分出胜负。蒋家王朝必败无疑，而经历了万里长征的红军，夺天下的日子已经不远了。

是夜，在陇县吃过晚饭，已经是9点半了，等我们返回兰州城时，时至黉夜。

6月3日，晴

今天是我们重走红四方面军长征路的最后一天，由兰州城去会宁中央红军与红四方面军、红二、六军团会师之地。

昨晚因为睡得晚，8点半开饭，9点出发。

几度梦里回会宁，那红色双子星般的八角塔，挟着长征路上的风雨、寒雪、秋草、红星，还有遗留在大草地上一架架白骨，入梦而来，令我于寒梦中一次次惊醒。

草地茫茫埋忠骨，春闺梦里谁怀君？我又想起了王建华大姐的父亲王太华的故事。那年秋天，他走到会师之地会宁后，长舒了一口气，时，陕甘高原上的秋天，像故乡兴国天蓝如洗，遍山的枫叶燃烧如丹，像故乡的杜鹃，如火如荼。可那天晚上，他突然脚肿了，疼痛难忍，无法下床，只好坐到担架上。过了好些天，小腿竟然像冬眠的蛇，从膝盖往下，蜕了一层皮，皮肤白润像婴儿，人生仿佛就此重生。到达吴起镇，竟然能够下地走路了，跟着毛主席到达延安，不仅收获了爱情，娶了从山东济南城来投身革命的世家之女，还一步步地走过太行，走进淮海，走进郑州城，成了河南省首任卫生厅长。

在会宁会师纪念馆里，两节小专题、两个花絮，两个红军官兵的故事，令我潸然泪下。

一个是董振堂的副军长罗南辉，胜利在前，他却牺牲于长征将到会师之地。当时，在红四方面军从泾渭往会宁途中，被国民党毛炳文三十七军九个团相围，董振堂带四个团从这里经过，在大墩梁遭遇敌军进攻，董振堂率部抵抗，副军长罗南辉壮烈牺牲。

一块红布上，静肃地摆放着一把军号。讲解员说，这是红四方面军第五军军长董振堂司号员留下来的，就在那场大墩梁的战斗中，这个小司号员也负了伤，伤得很重，不能跟着红军队伍走了。他与董振堂军长情同父子，董军长将他安置在一位老乡家养伤，说，你在这里住着，将伤养好。我会来接你的。记住，如果真有那一天，我来不了，红军也来不了，你就将这里当故乡吧，将村里的老乡当作自己的亲人，给他们当儿子、当女婿，在这里生儿育女。善待他们，为他们养老送终吧！

小司号员默默地点了点头，然后紧紧攥住董振堂的手不放，说军长，我等着你啊……

董振堂噙泪别了小司号员，率领红五军北上先遣队，过黄河，往河西走廊而去，从此壮士一去，再没有回来。

小司号员伤愈了，先给老乡家放羊，坐在山岗之上，眺望远方，悄然把军号拿了出来擦拭，开始不敢吹，后来找到一个洼地，找一个山洞，小声地吹，期冀吹来红军的队伍，可是一次次失望了。他太想红军，太想董军长了，晚上想得流泪，一次次在梦中哭醒，便蒙着头，捂着被子，在里边默默吹军号。

吹了一年又一年，吹了一个寒夜又一个寒夜，望尽北斗，望断黎明，不见风雪夜归人，再也望不来董振堂军长的身影。

小司号员望得太困了，伏窗而睡，突然看到一个雄魂踽踽独行，好像董军长。小司号员哪里知道董振堂率领红五军在高台最后一役，遭遇马步芳四个旅、三个民团，配以飞机大炮的进攻，六倍于己，高台的守城战已经进行五天了，从倪家营而来的援兵又被阻于路上，迟迟不至。最终，几个城门被破，仅剩下东城城门了，董振堂率领活着的红军战士往东北角冲去，一颗子弹飞来，将他击倒，警卫员忙去扶他，见子弹击中了军长的左胸，人已经昏迷。董军长弥留之际，仍叫部下别管他，冲出去……董振堂军长的头被马匪割下，高悬于凉州城，再也不可能来接他的小司号员了。

这位小司号员不敢暴露红军身份，学会了当地土话，先放羊，再当长工，最终为婿、为父，在陇南的大山守望之中，终其一生。直至生命黄昏，改革开放年代了，组织普查之时，他拿出军号，才最终被确认了红军身份……

晚间回到宁卧庄，甘肃省委宣传部部长和文联主席宴请中国作家重走红军长征路一行。饭后，我与康纲联去了黄河边。

黄河悠悠，人生如影。再震撼人心的事件，再伟大的人物，一如河中泡影，终会化作水沫，化为河泥，入海，蒸发成一片烟雨。那天晚上，我从黄河边上返回，至宁卧庄，在微信朋友圈写下两段文字：

抵达甘肃会宁，三军会师之地。一个神话般的长征落下帷幕。2000 年，美国《时代》周刊出版《人类千年》一书，评出影响人类一百件大事，中国入选的有两件：成吉思汗马踏欧洲和红军长征。有人说，毛泽东与蒋介石的较量，在长征结束时已见分晓。三军会师仅剩三万余人，但精神上已胜三百万国民党军队。岁月悠悠，时隔八十载，因没了历史恩怨与羁绊，人们变得宽容、公正，红四方面军的悲壮之旅，第一次由中国作家协会组织作家重走长征路，我们对这种勇气与胆识，充满敬意。伫立于王坪千人冢，万人无名烈士碑前，我的泪水与雨水交融。流连于嘉陵江红军渡口，我感慨万千，在红原和若尔盖草地走过时，仍觉英魂踽踽独行。历史不只是大人物的英雄史诗，更是由小人物和失败者书写的。余愿为小人物、失败者和无名烈士们歌哭。

返程，十天之重走红四方面军长征路落幕。饭后，暮色四起，与康纲联兄夜游兰州城。从宁卧庄宾馆出发，疾步匆匆，行至水车园，再溯黄河而上，至黄河第一桥。行人如织，步履悠闲，生活如此宁静。余将目光投向远方，投向大草地，投向祁连山深处，向那些喋血黄沙的西路军将士，投去深情一瞥，喊魂！招魂！祈愿天堂在上，忠魂永远安宁。

关中

板桥旧梦

此时非彼时，人生如梦也。

父亲的烟标

云岭就在前方，在转经的路上。

车里放了暖气，在梅里神山前冻僵的身子渐次暖和了，大脑有点迷顿。我沉入梦乡，金沙江在身边渐行渐远。金沙水拍，云梦寒山。

第一次知道金沙江，年仅 5 岁，父亲递了一角二分钱，令我到老街买包金沙江牌香烟。父亲年轻时不吸烟，而立之年遇一场劫难，劫波难尽，愁结不解，故吸起了烟，一天两包烟，烟瘾好大。

我跨出门槛，朝西，步履如飞，行数十丈，便是一家杂货店，高高铺搭上，摆着一个个桶状玻璃瓶，水果糖、话梅、青果、橄榄应有尽有，卖货的是一户付姓玉溪人，舌音如鸟语。我伸出小手，纸币已被手浸润，怯生生道，一包金沙江，却目不转睛地盯着玻璃瓶里的棒棒糖。金沙江离我很近，棒棒糖却离我很远。手攥着金沙江回家，举看烟盒，这是一条什么样的大江啊，两岸绝壁，高峡入云间，一头巨龙夺山而出，奔流入海，乱石穿江，甚是惊心动魄，巍然山影将我覆盖，铜汁般的江水将我淹没，飞扬童年的想象。将烟盒递给父亲，看他撕开卷烟壳，抽出一支，叼于嘴上，一边吸一边干活，悠悠、过瘾，神气至极。蓦地，我以为，父亲的身影一派伟岸，一如此时视野中的这座男性神山。天井里，纸烟袅袅，圆圈一个接一个，腾云驾雾，随着最后一个红点黯然下去，金沙江亦随之寂灭。看着烟壳渐次空了，我伸出小手，向父亲要过来，小心翼翼地撕开压平，做成了烟标。或叠成小飞机，执于手中，朝蔚蓝的天际轻灵一掷，在乡场上放飞自己的童年梦想；或折成一只小纸船，等一场梨花雨后，溪水淌过老街的石板路，我赤脚徜徉街心青石板上，水淹没脚背，膝深，躬身放下小船，漂流自己少年的希望。我冥想，小船随雨水溪流，流入故乡的宝象河，流入那条奔腾的金沙江。

那一张张烟标，成了做数学和作文时的草稿纸，算计着我的明天，也白描了我的童年。

此后，每当父亲将一角二分钱递给我时，我总是兴奋地跑出大门，站在杂货铺搭前大声道，金沙江，金沙江！其实，皆为那张铺平的烟标。

杂货铺的铺搭渐次矮了下来，我长大矣。16 岁从军去一个遥远的地方，为父亲买金沙江烟的任务，次第传给三弟、四弟和五弟。

19 岁那年，我当上军官，领到第一个月工资时，我数了数，54.5 元，在一家人年收入不过 200 元的贫困年代，我一月的工资，对父母而言，不啻天文数字，足够给父亲买 50 多条金沙江烟，两年也抽不完。可是，第一次探亲时，寻遍昆明城，再也不见童年买过的金沙江了，原来这种属于底层大众的纸烟，早已停产。

金沙江纸烟连同我的童年，成了一段历史，一种欢乐抑或苦涩的记忆。消失了，消遁在岁月的云烟里，可是我一直在默默寻找那条童年梦中的大江。

未曾想到，我再一次见到金沙江，人已至不惑，却不在我之故乡，而在遥远的西藏。

20世纪90年代人间四月天，我随西藏自治区老书记阴法唐从天而降，飞抵藏地昌都。沿三江并流处大香格里拉境迤逦而行，伫立于横断山、怒山、云岭之巅，俯瞰金沙江，绝云气，背青天，大风起兮，一路穿峡凿谷，浪击云水，深谷滚雪，磅礴而去，声震大峡谷，令我骇然。待近抵金沙江畔的岗托藏居时，一湾金沙江水，蓝如宝石，静似处子，令我愕然。

父亲早已不吸烟了。那年夏天，他与老妈来京小住，洗澡时，我忘开煤气热水器，淋了几分钟冷水，咳嗽数日，胸痛不已。带他到304医院检查，竟罹患肺炎，医生令其禁烟。等病愈时，父亲烟瘾顿失，一支不抽。我愧为人子，父亲慨然，说他34岁始学抽烟，64岁戒烟。三十年河东，三十年河西，此时非彼时，人生如梦也。

春风大雅彩云南

人间三月天，在我之故乡昆明市，连着三位市委书记中箭落马，其为仇和、张欣田以及最近刚履新八个月的新任书记高劲松，皆先后被拉下高头大马，摔得惨状非常。时，网络上浮出一条微信，云：三位党的市委书记落马，昆明不哭！我颇不以为然！州官贪墨被拘，昆明城郭之父老乡亲该燃鞭炮庆贺，何哭之有？！更犯不着为几个贪官而哭，不值啊！何况此三公皆酷吏也，贪赃枉法，借国家公权任命，本该做一名人民公仆，却不爱民，不亲民，高高在上。仇和新任之初，便败象初显。城中村强拆，为的是一己之私的利益链条，将老家建筑老板带入昆明市场，横戈滇池之滨，批地征地，想拆就拆，根本不顾百姓死活。这位被媒体宠坏了的"宠儿"，戴着所谓"改革家"桂冠，从县官、州官一路走来，强势施政，未现半点亲民之风、恤百姓之情，更何谈敬畏！任职一方，只为自己政绩工程，不惜损害一座城之百姓利益，哪有一点当年父母官之道？

我辈非落井下石者。曾几何时，仇和初到边陲履新，南方一些媒体期许甚高，极尽誉美之辞，仿佛所谓"仇和新政"会照亮云之南天空。令其昏昏然，不知天高地厚，高高在上，不视民间之疾苦，不问小官之劳顿。拆临街防盗窗一例，便是笑话。彼不治城市之安，却卸百姓防盗之窗，何来夜不闭户、路不拾遗，开太平胜境？开会之时，因了下属打瞌睡，便将其撤职，时汉官威仪尽显，淫威愈演愈烈，盖绅士风度一丝不存也。每次巡视昆明城池，倘有女官员相随，因其大步流星，随行女官员不敢怠慢，唯恐跑掉高跟鞋。乍显能吏之风，其实一派酷吏之状，亦能愈酷，却大受媒体喝彩。不可否认，仇和于昆明，在治理滇池之上，亲当河长，让上游水清，绝水葫芦，断生活排放之水，颇显绩效。然，其让昆明科、处级干部纷纷出滇，招商引资，规定任务，完不成者皆以丢乌纱帽相挟，则未免过分。遂一夜之间，长三角、珠三角一些能耗大、淘汰之企业引滇，与昆明温婉之城、清洁之城、宜居之城、旅游之城相距甚远，乃治昆之一大败笔也。再则，为一城绿化，置云南为东南亚植物王国于不顾，伐百年家树，改种江苏银杏，甚至绿化队伍也从江苏带来，令人匪夷所思，觉得此公不是脑子进水，便是被利益所惑。

一位智者有云：要令其倒台，先让其疯狂。仇和之疯狂，在于没有权力制约。后任两位书记亦然。疯狂的结果，便是不受制度制约与监督，最终自绝于一片民风淳朴、百姓憨厚之地，有负昆明之父老乡亲，落得一个身陷囹圄、为民所唾的下场。

春风大雅彩云之南。遥想当年，春秋战国之际，楚国大将庄蹻入滇，是为滇王，系汉人入滇开发西南边陲之第一人，其军队在滇池之畔驻扎下来。后，汉武帝开疆拓土，习楼船，辟海上之路，由东南亚直抵印度，或许便是今日"一带一路"之前身，影响远及东南亚热带雨林。而诸葛孔明七擒孟获，皆显帝国之臣之大度从容。于是乎，云贵高原之少数民族，皆以开放包容之襟，博大之心，迎接八方流民。甚至被朝廷治罪之钦犯，皆赠其一片安妥灵魂之高天厚土。然，贪官酷吏们皆不懂珍惜。元跨革囊，云南大元都督府便建于今日之抚仙湖边，盛极一时，杀戮无数。然，百年之后，蒙古铁骑跃身战马，弃武事，登渔舟，成浪里白条，荒疏马背之上战事，渐次汉化、异化，融合于极边异族之温婉民风里，活过八百余载，且活得有滋有味。最幸运者乃万历年间四川新都状元杨升庵，其因为大礼仪，仗义执言，遭受廷上棍杖之辱，险被活活打死，最后逐出北京，刺配云南路八千。幸哉，处于人生低谷之杨慎喜遇云南，贬谪温婉之地，那一张张慈厚的云南之脸，竟然露出热情好客之笑靥，善待新科状元郎，并以杨天官为荣。为此，彼亦如鱼得水，写下浩瀚诗歌赋。其最精彩之笔，便是《三国演义》开篇那首《临江仙》：滚滚长江东逝水，浪花淘尽英雄，是非成败转头空……

杨慎吟《临江仙》，五百年往矣。可此诗，却是云南历代官员之宿命与写照，不敬畏天地者，不悲天悯人者，不敬畏制度者，礼义廉耻尽失，国之四维既倒，纵使再是能臣、干城，宦海一生，是与非，成与败，荣与毁，从古到今，春梦、冷梦、噩梦和奢华之梦，终化作一场空，皆付于苍烟落照。而青山依旧在，几度夕阳红，唯有天地人心，惯看秋月春风。吴三桂如是，仇和如是，张田欣如是，高劲松如是，皆逃不出一个历史怪圈与宿命。

一块老墙土的寓意

忆我 16 岁从军，走下云贵高原，投笔从戎去处，乃南方一莽林。范仲淹称此地，终年阴晦不晴，烟锁大江，夜雨潇湘，春则牛毛细雨，夏则潮涨池潭，秋后，万木萧索，寒林空山，一场冷雨连一场，渐次冰凝楚地，且数月不止。大莽林中，则瘴气横行，犹如瘟神巡弋于苍生之顶。

老妈担心我水土不服，特用绵纸包了一块老墙土，叮嘱道，若泻肚子时，可掰一块，入杯，沉淀，澄清，然后煮沸，服下可病愈。我信以为真，带之入行伍，几十年未扔。以后羁旅漫漫，几度迁徙，由南而北，25 岁入京畿，年渐长，却不知老妈用意。而立之年不解，四十不惑方顿悟，原来老妈是让我不论走多远，地位爬多高，莫忘乡土、乡情、乡韵，常怀悲悯之心。

三十余载已矣。我辈也算功可光宗耀祖，想回乡时，却发现自己亦沦为弃子，故乡不可望兮，早已沦陷。或被强拆开发，或被千村并镇，或被一条高速公路碾过祖坟，或所有青壮年皆入城打工了，留下童叟妇孺，空阔村落，一片静寂，只有几缕炊烟浮浮冉冉。

炊烟袅袅，是每个游子归乡的坐标。其实，每位离乡的人，

阆中 板桥旧梦

099

都是为了某一天归乡。游子风尘，瘦马西风，回家那一天，也许是金榜题名时，抑或洞房花烛夜，或许成为巨贾，返归故里，为的是不辱没宗祖之祠，乘辇而行。可是现在我发现，君无归处，卿无家乡，亦没了千古如斯的乡愁。

噫！血浓于水。唯有回到故乡，才能沸腾。没了乡愁，便没了在祖屋阁楼上听雨的屋檐；没了乡场上望月的谷堆、麦秸，自然就没了草丛树林里捉萤火虫的暮色苍茫，更没了诗意和浪漫。缪斯之魂、屈子之魂、游子之魂，归路荒芜，英雄剑侠、文人墨客、凡夫俗子之灵魂，皆无处安妥。

问卿能有几多愁？怎一个乡愁了得！乡愁是什么？是无病呻吟？是文人矫情？是病，还是命？

我以为，命也！

常怀敬畏之心

那天，女儿为我们订下回老家云南过年之机票，顿觉年关将近，春节已经不远。自父母六旬之后，我一家几乎岁岁回家过年，绕于父母身旁，贴春联，贴门神，换新符。大年初二，照例陪夫人回娘家，乡音款款，亲情无边，其乐融融。

然，游子归来，母亲对我这个离家最远之长子，唯一要求做之事，便是发挥我之长，为其写一幅烫金之"天地"。是日，老母亲心怀虔诚，照例去赶集，买两张四尺整张纸的红纸，备一小包金粉，一支羊毫大楷，回家后用酒精或汽油调制成金汁，铺陈于桌上，焚香三炷，令我洗手，擦拭干净。然后，新笔蘸金液，仿照已被香火熏黑之"天地"，重写一幅新作。我观之，"天地国亲师位"一行大字正书赫然于中央，不免怦然心动，喟然长叹，对一位目不识丁之老母亲，每天早跪晚拜，焚香祭祀，供奉于香案之上，居然是天地之大，国家最重，亲人与师长皆安。六字楷书，看似轻飘，却字字珠玑，血脉相连，一张烫金之神位，将天地、国家、亲师连为一体。再观左右，人间烟火浮冉于焉，右上角有观音大士，乃信仰也，右侧竖排，依次为东厨司命，乃吃饭也；再次为文武财神，乃生计也；先师孔子，乃教育也。左侧排序为田公地母，乃耕作也；镇宅土地，乃安居也；利市仙官，乃买卖也；最后徐氏历代宗亲之神位，乃血亲也。我饱蘸金汁，临池而书，骤然落笔，一点一横之间，皆供佛龛神位，一撇一捺之中，皆祭江山社稷，一折一钩之间，皆系亲情相依。千古如斯，中国人对于天地、社稷、宗族、人情、农事、生计、商贾，乃至生儿育女等，皆纳于其中，而最后落款处，竟然刻着家谱之上的所有宗亲故人。

我写成之后，见老母面露悦色，虔敬将"天地"贴于香案之上。自除夕之夜祭门、祭祖始，便上香供奉，三跪九拜，朝夕敬奉，月月如斯，天天如此。我伫立于一侧，心中陡然而生一种莫名感动，老母亲默默之举，实则是给我及弟妹们传递一种家庭、宗亲、群族、社会，乃至国家永远不可或缺之传统与信念。一举一动、一言一行，凝聚起来，不过两个字而已，敬畏！

人须有敬畏之心。古来圣贤皆寂寞，多以"为天地立心，为生民立命，为往圣继绝学，为万世开太平"横渠四句，为至高之境，立世之宗。然，不知何时，吾国吾土吾民，突然陷入拜物教之魔咒，对古已有之天人合一之生活方式无情摈弃。与天斗，其乐无穷，与地斗，其乐无穷，与人斗，其乐无穷。不绝欲望，不省过错，不思救赎，穷奢极欲，向天扩张，以为天可无尽，向地索取，以为地载万世，向民攫取，以为民心可欺。于国不屑，以为国非我家；于师不敬，以为斯文永存；于亲不亲，以为血浓于水。不敬天、不惜地、不荣国、不悯情，胆大妄为，恣意开发，巧取豪夺。结果，天罚终于悄然降临，也不知从何时起，我之寄寓三十载之京畿大地，昼不现蓝天，夜难见星空，雾霾满城，唯见水泥森林峥嵘于雾幛，大衢间巷没于其中，满城皆口罩流行。而我生于斯长于斯之赤县，江河污染，河流干涸，家园强拆，耕地被占，古村次第消失，清溪难以一觅，于是乎，青山绿水成为镜花园，逐水而居沦为土豪第。我从小便被告知历史文化、道德信仰也崩裂于此，偶像黄昏，千秋青史均遭戏说，千古英雄多被嘲弄，官不亲民，民不信官，人不敢扶老于道，医不愿悬壶济世，教也不再无类于堂。令我唏嘘感叹，仰天太息，三十多载经济高速发展，而我之伟大民族何以迷失于此？其实，答案再清楚不过，皆对天地人心、历史文化、江山家国、亲朋故旧、师者逝者失却敬畏之情。

重提敬畏，为的是学会敬畏；学会敬畏，为的是少些霸气、匪气、戾气、痞气、俗气，于天于地，于国于族，于家于己，盖大好事也！

归去来兮。我将归去，回家过年，除夕之时，再为老母亲写一幅烫金"天地"，再随老母亲拜一回"天地国亲师位"，心中油然升腾的是对故国、对历史、对家园、对亲朋师长之温情与敬意。

记忆中的年事

甲午年远遁，农历乙未年将至。那个周末，我与朋友谈完一部片子创作，坐地铁归家。时暮霭四起，北京城郭隐于昏暝之中。途中，我给女儿打电话，老妈不在家，晚饭咋解决？

女儿答，老徐，带你上外婆家夜宴。

外婆家远在云南，远水解不了近渴。

可解近渴啊。此"外婆家"不远，离家仅数步之遥。女儿道，店址在金融街商场楼下，彼买了团购，四人餐才百余元。

天下竟有如此晚餐?!

我落座于圆凳之上，茫然四顾，前边排有40多号，皆为晚餐而来。偶有语音报号，乃一女童声，奶声奶气：欢迎到外婆家就餐。

一声外婆亲昵之呼，勾起我多少尘封往事。

农历过大年，最幸福之事便是大年初二，五兄妹倾巢而出，沿老街石板路，东行，由四甲入五甲，至外婆家，请她吃年饭。斯时，姨妈家也会有表姐、表兄和表妹来接。我之弟弟妹妹人多势众，年龄又小，集合起来，兵力堪称半个班。我一声令下，兄妹五个分关把守，或倚门槛，或立堂屋，或伫楼头，或守井台，或候厨房，围追堵截，于最后一刻，终于将外婆挽于臂上，拽着衣角，拥簇而去，雄赳赳气昂昂出门，令表兄妹们艳羡不已。几乎年年得手，岁岁大胜而归。

时，外婆与大舅、小舅一起生活，为人民公社之蔬菜队，粮食国家供应，不愁吃穿，其年过六旬，仍为队里猪场养猪。然，每年，母亲会倾其所有，做十二大碗农家佳肴，鸡鱼兼具，请外婆来吃年饭，亦让我家弟妹过个欢喜年。彼时，我家老奶奶尚健在，比外婆大 9 岁，老姐妹盘坐于铺陈在地之青松毛上，互相敬菜，满脸喜庆。奶奶乃老街小康人家，绣楼上长大，而外婆则出自楚雄大姚县莫家友村，姓友，名娣，有彝人血脉。13 岁那年，父母双亡，步行千余里，来昆明大板桥驿投亲，寻在云南保安团当大队长之大哥。然，一个花季少女抵大板桥，竟遇一场劫难。大哥缉毒时，奉昆明杨县长之令，围剿贩卖大烟之牛贩子，毙毒枭于大板桥驿。岂料闯下大祸，此人乃省主席拐弯抹角之亲戚，后台甚硬。其被五花大绑打入大牢时，杨县长秘示，令其一人扛下，将来会捞其出去。彝人憨厚，信以为真，结果丢了性命。外婆抵时，举目无亲，拭去脸上之泪痕，沿古街挨家磕头，求好心人帮其装殓大哥尸骸，入土为安。后下嫁五甲黄家，改名黄友娣。从此，外婆一生极少说话，默默做事，默默为妻为母。即使偶与人语，低声细语，嘤嘤如蝇，并再未回过大姚老家。

在我记忆之中，吃过年饭，外婆会从大襟怀中掏出一块小手帕，打开，将崭新五张五角钱，分发于我及弟妹。初二压岁钱来得最迟，可在那个贫穷年代，却是我等兄妹得到的唯一的一笔钱，买铅笔、课本、橡皮，甚至再买几个炮仗，皆可。岁岁如

阆中 板桥旧梦

斯。后因压岁钱之事，二姨家表兄妹们争夺外婆吃年饭的战争亦愈演愈烈。

我 16 岁时投笔从戎。行前，外婆将其积攒了一年的三块钱，令小舅赠我，并嘱，外孙出远门，此为她一年攒下来最大一笔钱，唯此相赠。我入伍后，一月 6 元津贴，10 个月后，时值国庆，给家里寄上 50 元，母亲穿越老街去街头邮局取钱，边走边哭，说这钱怎么省得下来啊。外婆闻知此事，逢人便说，我外孙知家冷暖，有孝心，必成大器。此乃她一生之中说得最多的一次话。然，我 19 岁提为军官，一月工资 54.5 元，当年春节欲回家孝敬外婆时，她已远行天国矣。

几年前，我之故里大板桥古镇出版史志，寄我一本。偶然翻开，我愕然，人物传里，一门三传主，我与在省府为官的表哥皆列外婆之后，原来外婆乃云南省二级劳模，当年鼎鼎大名。寻其事迹，"大跃进"年代，到处放卫星，秋收时浪费至极，田埂、驿道、打谷场上，皆稻谷也。外婆于秋雨中默默地扫，浑身浸湿，集了好几吨。随后荒年，救了不少人性命，遂被评为云南省劳模。

羊年将至。屈指算来，外婆仙逝四十载矣，寡言慈貌依稀。然，最令我挥之不去的仍是大年初二之年饭，还有外婆那五角钱的压岁钱。

乡愁成了奢侈品

我少时，读马致远之《天净沙》，竟被彼那苍凉悲悯之乡愁掳魂而去。可少年不知愁滋味，古道，西风，瘦马，游子亡命他乡，一骑绝尘而去，断肠人在天涯。却不知那个牵肠挂肚的乡愁多轻多重。

在路上，前方，夕阳西下，几缕炊烟袅袅，浮冉于村庄之上，一抹余晖，天空呈火烧云状，宛如凤凰涅槃，凤翥九霄，再看则似天马行空，更像吉象云驰，白唇鹿飞跃，盖美不胜举也。斯时，我之心头突然涌起青海一位诗人之诗句："前方灶头，有我的黄铜茶炊？"

前方何处，是我之家乡，还是彼之故里？对于一个游子而言，回不去之处，则为远方；回得去的地方，且作家乡。然，我站在京畿大衢之阳台上，蓦然回首间，故乡在彩云间，湛蓝湛蓝之天空，非京华可媲。其彩云缭绕，云垂得特别低，伸手可摘。憬然四顾，一年四季，一天四季，或三春杨柳，或九夏芙蓉，或十苇稻香，或秋风梳裛。清泉从黄龙洞流经暗河，于一座叫龙泉寺的唐代古刹大龙潭里冒了出来。寺院栽有唐梅，种了宋柏，元代紫薇开至荼蘼，庙不大，虽为三套院，山门、财神殿以及大雄宝殿，进深皆不深，却应验一句古话，山不在高，有仙则名；庙不在大，有佛则应；潭不在深，有龙则灵。因此，不论我走多远，看到这美丽的夕阳、炊烟、村庄、粉红色的寺院，还有将至之时之小桥流水人家，便会有一种莫名乡愁涌动。

记得前不久习主席曾云："让城市融入大自然，让居民望得见山、看得见水、记得住乡愁。"令人顿时有一种温馨之感动。记住乡愁，乡愁，究竟为何物？乡愁就是一个美丽的地方，值得永远怀念、频频回眸之故里。台湾诗人余光中心中的乡愁，少年则是一张小小邮票，中年则为一张窄窄船票，而后来，乡愁一丘荒冢，母亲在里边，自己在外边。作为一位流浪海外的诗人，漂泊他乡、他国，如无根之浮萍，盖其乡愁比别人更刻骨铭心。

我16岁从军，先潇湘，后武汉，再北京，余生有涯，因了一介文人，走遍祖国大好河山，踏遍空山、寒山、苍山，饮尽江南烟雨，凭栏远眺北国风光，观长河落日圆，叹大漠孤烟直，无定河边不写诗，马踏酒泉，祁连山下哭英烈，唯有一炷梵香祭雄魂。有一天，至天马故乡，感天马行空之独往独来，登高远望，独怆然泪下，多少楼台烟雨中，多少风花终成梦，盖英雄苦短，皆为红颜喋血当歌。然，浪迹天涯半生，偶情殇嘉陵，最后一刻终醒悟，故乡才是最终归处。无论荣辱沉浮，毁誉参半，功成名就，饮誉九州，富甲天下，穷奢极欲，终逃不出富不过三代之魔咒与怪圈。故所谓其荣亦焉，其勃亦焉，其衰亦焉，其亡亦焉。唯有血浓于水之故乡，唯有诗意温婉之乡愁，令人终生难忘。

然，时光匆匆，如白驹过隙，仅三十多年间，故乡已失旧时模样。回故乡寻找乡愁，便成了一种奢望。自从昆明城郭地盘往西迁、北扩、东移，尤其是那个叫长水之国际机场，搬出巫家坝，东迁至我家大板桥镇之东七八公里处之分水岭上。余之老街，一座两里路长的古老的驿站，随着小城镇改造，家家将立有木柱、木楼梯和木楼板及马头墙之祖屋拆除，失去自元代以来的古屋格局。遥想当年，全民炼钢，砸锅寻铁，先将东西城门拆了，随后，十年"文革"，南北扎子和城墙又毁于一旦，青石板路条石被撬去盖电影院和民舍。一切恍然梦中，盖桃花雨汛时节，东边日出西边雨，雨水流成小溪，由街东往街西流，宽敞的青石板镶砌之路面，雨水汩汩，清澈见底，可放纸船，我等卷着裤管，随一叶纸船而一路追寻，水花溅起，其水由五甲至四甲再至三甲然后二甲一甲村，由西街桥头流入槽河，经宝象河，终入滇池。可如今石板路不见了，沿街每家门口、窗下卖货或晒太阳之铺搭拆了。拆去了元代的老街龙骨，拆去了明代之老屋结构，最终拆去了故乡文化之魂。一个没有风情的老街，必沦为穷乡僻壤；一个没有历史之故地，必导致文化之贫血，一个风情、历史、文化和精神之故里，最终会顿失乡愁。因为，天下再也没有了值得你眷顾和回眸之地。

老无所归，葬于何处？于是乎，少小离家老大还，乡音未改，青丝染霜，将通京驿道上之瘦马，变成铁骑，嘚嘚蹄声换车轮滚滚，往故乡疾驶而去，也是这般斜阳西下之时，也是这般余晖融入西山睡美人之际，可是我梦中之故乡已经不再，桃花春雨，梨花酿酒，稻田鲤鱼游过，醉饮稻花之粉的田园，皆失，庄园已毁兮，乡村中国之美景，再也不见。

乡愁何处寻，乡关已无，乡井废止。再也没有饮一瓢故乡水的清爽甘甜，再也没有淋一回故乡雨的清凉滋润，再也没有在古街上吃一块烧饵块的稻米芳香，再看不见晚饭时一群孩子端着饭碗将各人碗中卤豆腐、苦菜、腌菜、炒洋芋片或牛干巴你夹我碗里一块、我夹你碗里一块之亲密无间。

于是乎，要寻乡愁，唯有到唐诗、宋词、元曲里去寻觅、品味。乡愁成了奢侈品！

乡村的眼睛

寄寓京畿三十载有余。

然，总觉得此地非我之家乡。虽在此娶妻、生女，却有无根之憾，无归属之感。既然远方无亲戚可走，便回归故乡，我故乡在遥远云岭之南。因此，每逢春节，我皆携妻女，飞回昆明城东之大板桥驿过大年。

对于远方游子，回乡之路，既轻松，亦沉重。无论你多辉煌，亦不管多背运，回乡之旅，皆是一场大考。历史上，多有光宗耀祖者，亦有辱没先祖者，更有落拓不羁者，也不乏穷困潦倒者，当然最多的乃默默无闻者。荣也罢，毁也罢，成也好，败亦然，家乡之父老乡亲皆以博大之胸怀接纳远方游子归来，也以犀利之睿眸审视之。这双眼睛，乃乡村之眼，代表着宗族、地域、亲情之眸，既明亮，亦温柔，既冷酷，亦温婉。若乃成功者，彼会一笑了之，若乃政坛失意者，彼会呵护备至，若乃贪墨赃官者，彼会冷眼以对，嗤之以鼻。故游子远游，不论在外边当多大官，或居朝堂之高，或处江湖之远，或封爵称侯，官拜封疆大吏，皆对故乡之眼睛，忌惮三分。大多数为官之人，在任上皆洁身自好，有为人当官之道德底线，以为百姓做好事、得万民伞，作为回归故乡之最大荣耀。

可是，也不知什么时候，因了一个红色激情年代，烧家谱，拆祠堂，千村并镇，古村落空空如许，仅剩妇孺童叟，乡村之眼罹患白内障，云翳密布，尽失监督之功。从乡村走出去之士子亦发生人格裂变，心域荒芜，荒草萋萋。再不顾忌乡村监督之眼，本来人之初，性本善。改革年，物丰满，钱如水，更欲望无边，贪赃枉法，大肆敛财，恬不知耻。即使贪墨事发，也不顾及家乡之眼。一点罪孽感也没有，其之家眷，不以为耻，反以为荣，毫不顾忌家乡之千夫所指。

少小离家老大还。对于我辈文人骚客，却非常顾及家乡监督之眼睛。因了父母年大，每次过大年，胡不归去？归至父母身边，听其唠叨，感其呼吸轻重。彼时，会觉得陪一天少一天也。斯时之父母已经数着日子，看人生之帷幕缓缓落下。更祈求儿子平安，然漫步家乡之老街之上，我顿时觉得有一双父老乡亲之眼睛在审视自己，监督自己。

故五千年岁月如河，人皆历史长河之一滴。人生苦短，来日无多，故无论走多远，皆忌惮故乡、家乡之监督、审视之眸。

然，改革开放年代，国门骤然向世界洞开，随着物质生活极大丰富，人之观念随之而变。一个理想主义年代渐行渐远，拜物教大行于道。英雄被调侃，偶像黄昏，摈弃于荒芜之径，历史趋于虚无。那些我辈崇敬过之先贤，皆遭质疑，小人得势，贪官当道，鸡犬升天。毫不顾忌家乡监督之眼。

我闻有一官员，因东窗事发，拔出萝卜带出泥。查出贪污数千万，包养二房，生儿育女，被判重刑，缴其赃款时，其家人竟又哭又闹，毫无一点罪恶感。

泱泱之国，偌大华族，不知何时我们竟失却礼义廉耻。官无敬畏，民生戾气，国之四维，一夜之间尽废，一个官员身后之家乡之眼、道德之眼、监督之眼，被蒙上一层时代云翳，家乡游子蓦然回首故里时，那双千百年来监督士子入世的乡村之眼，已黯然失色。

故乡不可望兮，唯有痛哭。如今之乡村，千村空落，青壮年奔走于城市打工，古老村落仅剩妇孺童叟。随父母入城之民工二代，亦不可能再返故里栖息。声势浩大之小城镇建设，将遍及中国每一角隅，切不可千村一律。对于一些历史悠久之古镇，亦不宜一拆了之，应区别对待，宜留则留，该保则保。切莫因为千村入城，而将五千年乡村之眼睛从此消失了。倘失去了乡村监督之眼，荣归故里之人，不会有荣耀之光环，瘦马西风归家之游子，将无灵魂皈依之所。一步步远走他乡之莘莘学子，则无乡井可饮。被暗箭中伤回家疗伤之游子，再也找不到将息和安放灵魂之船。而那些贪赃枉法、买官卖官之人，再不会忌讳乡村之眼睛。

故乡之眼，充满了希冀，温馨而清澈。不论你走多远，爬多高，都会给远方之游子以力量与审视，令你低调做人，小心办事，兢兢业业，为官为人，对于天下游子而言，永远别忘了故乡之眼睛。

那一双深情的慈航之眸

今年古镇上的年，过得有点清冷，除夕的鞭炮不像去岁，燃放得那么久，一家连一家的，震得那般欢。楼顶上的烟花也稀落了，鲜见夜空的炫目。

最尴尬的事，是开年夜饭前，按惯例，要给天地国亲师神位烧香、敬食的，过去一律老母亲操办。可今年春节，妈妈不在了，轮到了妻子，她却忘了婆婆教过的咒语、祈语。我连忙让四弟媳妇救场，也是心慌手乱，连皂角也未燃尽。好在，我最终点燃两炷高香，算是给列祖列宗一个交代。初六，一家人陪着老父亲远涉鸡足山，沿着仍留有母亲气息的佛境走了一圈。归来时，该收假返京了。航班订在傍晚，送机的小车停在小巷岔口。我和妻子、女儿出门，拖着行李箱走至车前，司机装好了行李。我站在车门前，迟迟未上车，蓦然回望，老家门前空空如许，老父亲被小弟接去安度晚年，再也见不到母亲与父亲并肩，伫立于老屋的石阶上，目送我们远行京畿。那深情、慈航的慈母一瞥，消失于小巷深处，也飘逝云天之上。我的周遭，遽然被一股孤独、飘零感所钳制，心起飓风，情感的大坝溃堤了，泪水溢出眼帘。我掩泪钻进车子，按下车窗玻璃，任故乡的晚风恣意吹拂，妻子问道，老徐，你的眼睛为何红了，我说是高原的风吹的……

第一次感觉到母亲的牵挂之眸，是当兵那年。十年浩劫将近末季，我刚高中毕业，前途一片黯然。恰好，导弹部队来镇上接兵，招的是特种兵，开出的政治条件极为严苛，查遍祖宗三代。500多农家子弟前去报名，哗啦啦地刷下一片，只录32人。接兵排长王爱东一眼便看中了我，意带我去连队做一个小文书。然，大舅与大队书记打过架，结下梁子，死活不让我走，百般阻挠，天时地利诸多不顺。第一次在公社验兵，医生说我心脏有二级杂音，勉强过关，轮到去区上验兵时，母亲好担忧，不知从哪里换来两枚鸡蛋，一大清早，就煮了一碗红糖水鸡蛋，非要我吃。我知道小脚奶奶在世时，常发头疾，只有红糖煮鸡蛋可解，唯有奶奶有此口福。当时家徒四壁，五个孩子加上奶奶，全靠父母挣工分度日，辛苦一年，年终生产队分红，不仅分文无收，还倒欠队里300多元，生活过得拮据。一过了年，家里的米柜就见底了。等到小春麦收，还有百余天，母亲带着我推着小板车，到山里人家去赊苞谷，到了秋收，再加倍还大米。当时，一碗糖水鸡蛋，简直就是山珍海味，稀罕得很。母亲从来舍不得吃，省给奶奶，我更不敢动筷子。母亲说："吃吧，吃下去，心就不会乱蹦啦，验上了兵，到部队上，去吃一顿饱饭吧。"我推给母亲，母亲又推至我跟前，说傻孩子，吃吧，红糖水煮荷包蛋，红红火火，圆圆满满，这碗里有你的前途啊。我点了点头，噙泪吃了下去。果然到了区上，母亲的话灵验了。心脏杂音消失了。却又查出鼻膜炎，眼看当兵就要泡汤了。可接兵排长王爱东很仗义，堪称我人生的第一个贵人，硬是据理力争，非带我走不可。最终，应征通知书下来了，那天，他特意从附近炮兵团同乡战友那里要来一袋白面，父亲向别人借钱，从食品站称来一斤五花肉，为我家包了一顿饺子，以示庆贺。这本是老徐家最高兴的一天，可自那一天起，母亲竟卧床不起，默默流泪。儿行千里母担忧，从感情深处，她舍不得我走，毕竟当时我年仅15岁半，要行远路，去独闯一个世界，为娘的岂能不忧啊！告别日子临近了，我一直躲闪着，不敢直视母亲那双深情慈祥的泪眼，欢天喜地与同学告别。那天下午，新兵集合了。全家人前去送我，从家到镇上的路并不远，数百米之间，可母亲走一路哭一路。我背着背包走在前边，爬上大卡车后，仍背对家人，不敢回望一眼，喉咙几度哽咽，我知道，只要与母亲眼睛一对视，我就会哇地一声哭出来。终于，开车了，家乡和母亲彩云深处渐行渐远，可是我始终觉得，这一生前行的路上，有一双慈航牵挂眼睛在目送着我。

那个年头，当兵的津贴费一月仅有 6 元。除花 1 元钱买当月用的邮票、信封和信笺外，我几乎不多花一分钱。入伍第 10 个月，我攒够了 50 元，便一笔寄给了母亲。她从邮递员手里接过汇票，人家告诉她是 50 元。她的手颤抖了。在当年，这笔钱于母亲，不啻天文数字。她攥得紧紧的，边看边哭，边哭边看，去古镇西头邮局取钱。街坊邻居说，黄继仙，你有钱花了，笑都笑不过来，你还哭什么呢。母亲摇头道，我心痛我这大儿子啊，一个月才 6 块钱，10 个月寄来 50 元，这钱是咋个节省下来的。时隔许多年后，当舅母将母亲取钱这一幕讲给我听时，我也不禁唏嘘。那年月，我年过花季，本可用稚嫩的肩膀，帮父母分担一点家庭的窘境，却拍拍翅膀远走高飞了，将一个贫寒之家和五张嗷嗷待哺之口，扔给了父母和 13 岁的三弟，真有点自私之嫌。

19 岁那年，我提干任团政治处书记，拿当下少尉排长的钱，一个月工资 54.5 元，可贴补家用。第一年探家，我穿着四个兜的军官服回来时，母亲那双淤积了太多苦难的眼睛，突然现出一抹灿然，稍纵即逝。呢喃道，老徐家祖坟上冒青烟了，你为你爹正了名。可惜，最疼你的小脚奶看不到这一切啦，但是她奶的预言成真，大孙子不负厚望啊。

我默然地点了点头。现在回想起来，母亲自嫁入徐门，这一辈子过得极其不易，仿佛有魔咒缠身，担惊受怕了一辈子，历经三场劫难。年轻时为夫，壮年时为子，暮年……每一场都是摧毁似的，可她以女性的柔弱之肩膀，撑起了一片天，定盘了一个家，以至每一回都劫后余生，否极泰来。第一场是年轻时，母亲初入徐家，16 岁参加革命的父亲时为供销社主任，每月四五十元的工资，还有商校毕业的叔叔帮衬，日子过得挺滋润。可后来遇上荒年，父亲听信一个下属出的馊主意，亦为让自己老母和孩子们不至饿死，挪用百十元钱，结果下场很惨，被一撸到底，失业回家，人生重又退回了原点。繁重的体力劳动，还有异样的目光，令父亲的性格变得很坏，暴戾，易怒，32 岁学会抽烟，一天要抽两包，以消弭心中苦闷。母亲却从未埋怨过半句，仍以妻子的忍让和宽慰，默默地承受一切，帮助父亲走出了劫数。第二场劫难却是为我，彼时，我少年得志，26 岁当上第二炮兵党委秘书，居万人之上，一人之下，领导青睐，春风得意，前程似锦。30 岁那年，抑或是老徐家的魔咒轮回。那个春夏之交，因一时疏忽，少收了一份自制的文件，竟被另一秘书钻了空子，露了出去，贴得满街皆是。结果，多人受累，百日后，劫尽余波归来，回老家过年，看到一年未见的母亲，仿佛一场大病未愈，她脸色菜黄，解开头帕，褪下黑色的金绒头箍，说，眉眉（昆明孩子称呼）啊，这一百天来，我每天晚上都白睁白眼的，数着星星到天亮，头发全白了。那一刻，我愧悔万分，恨不得寻一个地缝钻下去。

这一辈子，母亲于我，要求最为严苛。少时去小舅家，外婆和舅母给东西，她不松口，我根本不敢接。长成之时，四个儿子，三弟、四弟和五弟，在她面前耍横，她一点也不计较，笑笑就过去了，甚至会赛着与他们嚷，跟他们吼。可我则不行，哪怕语气稍重一点，她也受不了。愤愤道，你是喝墨水的，不是喝粪水长大的。从那场劫难后，凡我探亲回京，临别时，她都会像祥林嫂一样交代，千叮咛，万嘱托，给公家做事情，要小心，千万要细心哪。年轻时粗疏的后遗症，令母亲一生都未走出阴影。

然，母亲心性的宽厚与大方，却与生俱来，有时令我们晚辈都觉得不可思议。每年探亲回家，她都要叮嘱我包一顿饺子，不仅因为她喜爱吃，还有送街坊邻居。于是，我和妻子、女儿从中午就开始准备，毕竟是一大家人啊，得买好几公斤猪肉，撕开从北京带回的富强粉，从下午 2 点便开始忙活，剁肉，揉面、拌馅、擀皮，包饺子，忙了四五个小时，包了好几大簸箕。到了傍晚，我们还在包着，弟媳开始下锅了，一锅一锅地煮，母亲就一碗一碗地往外端。房前屋后，左邻右舍，一家一家地送，前街后街，亲戚朋友，一盘一盘地端，以至落得最后，她也吃不上几个饺子，而我和妻子、女儿则最终没有吃的，去煮米线。还不能埋怨她，此时她正高兴呢。向舅妈提及此事，她哑然一笑，说你妈从小就手散，穷大方。小时候，与邻居孩子一起玩，晚上饿了，她将家里炕好的麦粑粑端出来给大伙吃，这是一家人的晚饭啊，大人劳动一天回家没吃的，问清原委，少不了一顿挨，可她却一生不思悔改，我行我素。有一回，一位外地妇人到老街卖香，与母亲素昧平生，只因向人家买香，便熟稔起来，就领那妇女到家里，吃、住全包。儿媳们不解，说您买香付钱，为何让无缘无故的人住到家里。母亲淡然笑道，她卖给我的香，每把便宜五角钱啊，以搪塞儿媳。媳妇们不便驳她，却窃窃私语，婆婆真傻，你才买几把香，吃和住要花多少钱？后来，她悄悄对我说，这女人可怜啊，做的是小本生意，节约一点是一点，能帮一点是一点。我以前带一窝孩子，受罪太多，如今日子好啦，不能忘了过去。

　　母亲虽为大头百姓，其实蛮有性格，坊间大妈的羡慕嫉妒恨，她亦兼而有之。十年前，妻子回家，将她和父亲改革开放之初盖的木结构的土坯房拆了，建了一幢五层楼的乡间别墅，落地大玻璃窗，双子星结构，在古镇独具一格。那年春节我们回家暖灶，我请亲戚朋友吃饭，她将我拉于一边，严厉问道，你一个公家人，就那点工资，哪来的钱起高楼。我笑了，很严肃地回答她，老妈请您放心，这幢楼的每块砖、每片瓦、每块地板砖，都是自己二十年专业写作，一字一砖一瓦地敲出来的，是我的血汗钱。听毕，她才舒心地笑了。

　　新世纪初，母亲患上贫血症。大病初愈，向我吐露心曲，说你三表哥带大姨爹去江南耍了一趟，回来大姨爹狂得厉害，说还有人跟着，让一条老街都知道，令她心生不爽。我笑了，说三表哥当过区委书记，如今又是省里大员，认识的人多嘛，我们没法与他比。我悄然问她，老妈，你是不是也想去游江南呢？她默默点头，说这场大病后，看到少年时伙伴一个个走了，想开了，人生一世，草木一秋呀。我说，好，我来安排。于是，那年国庆长假，我和夫人、女儿从黄山转至南京来等她与父亲。彼时，江南仍有几分燠热，众人还在穿短袖，母亲却棉包棉裹地穿了七件衣服，下了飞机，顿成一道风景，引来回头率频频。此时，她已患上糖尿病，饭前，都是父亲给她注射胰岛素，还须忌口。故出门前，她专门炒一斤太和豆豉，让老父亲装在食品袋里，以便下饭。进了金陵城，我们带她逛中山陵、明孝陵、总统府、秦淮河，她说这里不好玩，要去金山寺烧香。我告诉她下一站常州已经安排。到了金山寺，她信佛人的虔诚一览无余。一个个菩萨膜拜，一座座大殿上香。出庙门，云垂江低，江雨欲来，台风余威横扫江南，要再演一场水漫金山寺，她却毫无惧怕，露出夙愿已了的满足。随后，我们驱车入无锡城，时大雨落下，犹如天漏了一般，可她非要冒雨去参拜灵山大佛。下车伊始，狂风肆虐，雨伞都吹翻了，我用一件冲锋衣将她严严实实裹住，带她走向一公里外的灵山大佛，她的毛布鞋和裤管全被雨水浸湿了，一步一个水印地走进佛堂，抱了佛脚，跪拜在莲花座下，绽开了舒心的笑靥。晚上，一位领导请我们吃大餐，有多位局长作陪，看着桌上阳澄湖大闸蟹、东兴斑、大龙虾，她居然不动筷子，仰起头对伫立一旁的酒店女经理说，请给我炒一盘青椒肉丝吧。经理照办，连忙交代大厨去做。一会儿菜便端上来了，她要了一碗米饭，将青椒肉丝扒到碗里，再从我老父亲手里拿过食品袋，解开结，挑出一筷子豆豉，便幸福地吃了起来，毫不忌讳左右，令满桌高朋面面相觑。晚上回到房间，我埋怨她不给领导和朋友面子，她却一本正经地说，我不是这个意思，真的是吃不惯海里的东西。

一场台风过去了，我们进了杭州城，陪她登上雷峰塔，她不问白堤、苏堤何处，却手遮正午的太阳，问我断桥何在。我指着远处的白堤，告诉她说一会儿坐船去游。吃过午餐，有导游相陪，带她登上小舟，她问我为何不坐大船，我说小船票价比大船贵啊，她问多少，我如实相告，她有些不高兴，嫌贵，我说人家已经安排好了，无法更改。她悻悻然踏上小船，感叹地说，七岁时，在昆明大观楼划过一回船，60年了，这是第二回坐小船。晚上回到了金溪山庄，第二天早晨，父亲却将她的豆豉忘在椅子上，被服务员扔了。到了上海，她还埋怨许多日子。

母亲与父亲，年轻之时，为我们兄妹五人的生计，吵过、闹过。尤其是父亲被贬之后，母亲让着父亲，可是到了晚年，却倒了个，父亲呵护着母亲。每天晚上，他总是将洗脸水、洗脚水倒好，换脚鞋放好，请我母亲洗漱，然后将洗脚水倒了。母亲晚年信佛，入小镇东边的龙泉寺挂单当了居士，初一十五，逢年过节，都要入寺当值。除夕晚上，吃过年饭，父亲打着手电，行两公里路，将母亲送至寺庙值班，自己独自回家，看完春晚，不管天色多晚，夜多深，等烧头炷香的人散尽，他又打着手电，再去将母亲接回。执子之手，与子偕老，令我们晚辈喟然长叹。

改革开放后，老两口一起做豆腐卖，经常起五更，睡半夜，熬尽膏血，可别人家都挣钱，唯有他们老两口总做赔本买卖。父亲思来想去，终于发现亏本之因，是母亲总把卖豆腐的钱，私下接济三弟与二妹。后来，两个老人改种小舅家两亩菜地，一种就是十五载，秋霜苦夏，春雨雪夜，总忙乎在地里。我支持他们种菜，可老街上微辞四起，说老徐家还养了一位大军官，却让80岁父亲、母亲种菜。孝在何处。我颇不以为然，姑妄听之，只图两位老人能运动，有一个好身体，并郑重告诉老父亲，谁问哪个儿子让你种菜，你就说是大儿子徐剑，我愿背负这个坏名声。父亲诺诺，母亲愕然，就这样屈从于我，一直种到80多岁。直到前年中秋，我们回家为老母亲做八十大寿，那天，她近似央求地对我说，老大啊，我真的种不动菜啦，不能拖着这副老骨头，与你爹在地里盘啦，菜地还给你舅舅家吧。我有几分不乐意，最终还是点了点头，后来方悔悟自己太自私了，让老母亲受后半辈子的累。

　　然，母亲一搁下手中农活，身体便急速地垮了。去年春节，我回来时，妹妹与弟媳告诉我，母亲出现幻觉，经常大白天与作古之人交集，还独自一个人捆布娃娃，当小孩哄，并喃喃自语。父亲将饭菜端上来时，她每次都要求多舀一碗饭，请一个虚空的陌生人吃，我不以为然。父亲告诉我，你母亲真的有点昏了，妹妹亦说，她经常叫着死人的名字，可吓人了。母亲当时耳朵有点背了，突然听到，惊呼道，徐剑，千万别信她们的，我没有昏，她们在咒我死哩。我哑然一笑，有点不辨真伪，但相信母亲不至骗我。然，过年一天天近了，直到有一天傍晚，她指着吃年饭要铺的一袋松毛，说那里坐着一个人时，我开始将信将疑，不得不正视一个残酷的事实，母亲的糖尿病后遗症显现了，且向老年痴呆迅速恶化。

去年 6 月中旬，我刚飞到上海浦东采访海南填岛人的故事，父亲突然打来电话，声调略带哭腔，说你母亲住院了，快回来看看吧，不知她能不能闯过这一关。父亲一般不会这么打电话给我，这是我当兵 43 年的第一次，我深知事态严重，连忙买机票，飞回老家。傍晚抵达时，因为母亲住在医院太闹腾，又喊又叫，医院特许她白天输液，晚上回家住。小弟告诉我，哥，你得有心理准备，说不定母亲认不出你。我说不至于吧，我可是她远方的游子，是她最牵挂的人。黄昏泛起，我在一家酒店点了一桌菜，只待母亲归来。暮色将至，四弟驾车拉母亲回来了，泊在停车场上，我拉开车门，见母亲瘦得脱形了，眼睛凸露，有点像外星人。半年不见，她一下子老去了 20 年，令我大为惊诧。强忍酸楚，喊着，妈，认得我吗？她大声答道，你是我大儿子！我欢天喜地地一跃，对每个亲人说，妈妈认得我，妈妈认出我哪。一颗忑忐的心落地了。

然而，第二天早晨风云突变，待我陪着母亲去医院时，她竟认不出我了，只会微笑，我再三逼问她我是谁，她却扯出我根本不认识人的名字，令我痛如锥刺。母亲住院十天，我在医院病榻前陪了十天。可是她躁动不安，坐卧不到一分钟，便爬起来乱动，力气还特别大，输液时稍不注意，就将针管拔了。因此每次输液，四个媳妇全部出动，哄她，逗她，按着她的手脚不许动，方能安心输液。我觉得这样做太过分，请她们松开手，让母亲下床，我举着轮渡瓶子，挽着她走，可走不过百米，她已经气喘吁吁，复又回到病床，重复以往。费一天时间，才能勉强输完当日的量。到了第十日，母亲居然奇迹般地好转了，能吃一小碗米饭，人却时而清醒，时而糊涂，对我始终客客气气，唯有一笑了之。能吃就能活，我认定母亲能闯过这一关。并与她约定，"十一"长假，回来陪她过中秋。

9月30日，仿佛心灵有约，我如期而至，飞回了老家。那天见面时，她比六月天更瘦了，准确地说，是形神枯槁，惨不忍睹，但精神出奇地好。我问她我是谁，她又扯上别人名字。我责怪她，妈妈认错了人，就只会笑，她说笑好啊，拈花一笑。我竟听不出这是回光返照时的告别之语。彼时，夕阳西下，我与妹妹搀扶着她出门，在河边走了几十米，她竟喘得脸色如白纸，吓得连忙扶她回屋。落座后，我陪她好一阵子，她突然冒了一句，你何时转业？我一跃而起，大声喊道，妈妈没有糊涂，认出了我来啦，吓得她张大了嘴巴。那天傍晚，她后来竟然叫着我夫人和女儿的名字，问道，小妹和晓情都好吗，我说她们现在巴黎，过些天回国，就来看您。她点了点头，又摇了摇头，什么话也没有说，我的泪水顿时涌了出来……

第二天是国庆节，我和小弟进城，为老母亲选购了一辆轮椅，拉回家后，我推着她在河边走了一圈。随后，老父亲又将她抱进轮椅，沿着河边走了一趟，朝着她出生地、长大，成家育子的古镇走去、走近。

翌日上午9时30分，母亲在睡觉中梦殒。等我从老街拼命赶过来时，接到了她最后一口气。她没有丝毫痛苦，安然睡去。当妹妹和小弟媳为她洗澡换寿衣时，我抱着她，搂着她，支撑着她，这是我第一次也是最后一次看到妈妈的裸体，法体，她已瘦得尽失一个女性所有的特征，像一个婴儿，更像我见过的坐化的活佛，抽干了身上的水分，从容西去。母亲的体温就这样在我的怀里一点点冷却下去，安然回归天堂。

　　母亲的灵柩在家停了四天，表弟们从山下砍来青松和翠竹，为她搭了灵幛。到了第三天，我竟然发现一只巨大的黑蝴蝶栖息于灵堂的青枝上，惊呼道，蝴蝶，有蝴蝶啊!! 五弟媳说，她从母亲逝世当晚就飞来了，一直徘徊不去。啊！那是母亲的灵魂盘旋于家，依依不舍呀。那一刻，我先是骇然，继而肃然，最终释然：母亲一生崇佛，修得正果，终化蝶而去。35 天后，我与妻子回到昆明老家，为母亲做"五七"，那天晚上，古老的洞经音乐刚刚吹起，忽又有一只彩蝶飞入家中，盘桓不去。第二天法事做完，冥纸化尽，溘然离去，从此不见踪影……

　　"三生蝶化南华梦，只有情缘重。"母亲于清秋之日，化蝶远去了，她的坟茔就埋在茨冲，葬于北山之巅，坐北向南，可鸟瞰板桥古镇，可远眺我登机北去的长水机场。旅梦乱随蝴蝶散，袖拂烟痕写远游。母亲化作彩蝶远去，可是那双慈航之眸，却一直审视着我，目送着我这个远方的游子，三生三世不泯啊。

爷爷的抗战

秋凉时分，三天雨夜过后，京畿的秋空突然放晴了，呈现一片阅兵蓝。我站在十里长街一侧，远眺分列式开始了，一群参加过抗日战争的老兵，有八路军、新四军，还有国民党的中央军，以及滇川黔之杂牌军的老兵代表，皆坐于车上，光荣地驶过天安门广场，接受祖国和人民的检阅。

时，我看到坐于检阅车上的老战士，个个青丝霜白，年龄皆逾八九十岁，盖一代老英雄矣。倏忽，我之眼泪突然涌出，泪眼迷离，仿佛看到本家爷爷徐金牛亦坐于受阅车上。

光荣啊，爷爷。我惊呼一声。然，也许是一时错觉。此时，斯人已矣，黄泉之下夙愿已了，令我既兴奋又怅然。所谓兴奋者，乃三军徒步方队与战略导弹战车驶过天安门，接受三军统帅检阅，仿佛向世人昭示：西方政治家喝着咖啡决定一个民族命运的时代过去了，海盗之族若再敢登陆中国大陆，必将败得比长崎、广岛之灾更惨。所谓怅然者，则令我想起徐家之老爷爷，一位滇军老兵，打过台儿庄、武汉会战、长沙会战的杂牌军班长，再也看不见中国人扬眉吐气这天也。然，倘爷爷之魂有知，倘徉于天堂，看到人间伏妖魔，必笑慰九天。

爷爷何许人也？姓徐，名金牛，乃云南都督唐继尧麾下一壮丁，与我之奶奶徐兰芝氏，堂兄妹之称也。彼父亲之辈，为同胞兄弟，及至金牛、我奶奶徐兰芝氏之辈，家业兴旺。金牛兄弟两人，彼为小，兄为大，兄刚新娶，时唐继尧承蔡锷之衣钵，征广西，伐广东，与桂系悍军鏖战。欲抓壮丁扩其滇军，乡保长手执绳子来绑人。爷爷挥了挥手，道，二丁抽一，天经地义。大哥新娶，当在家继承祖业，扛枪打仗乃我男儿事。彼与大板桥街同乡老兵班长张凯，随唐都督远征，左臂被击伤，仍不下火线。凯旋时，被授予上士班长。归家之后，彼娶新妇。然不久，中日战争爆发，东北陷落、北平陷落，日本军队气势汹汹，朝徐州扑来，剑指南京。于是，桂系虎将李宗仁为战区长官，召西南杂牌军之川军、滇军共赴国难。时，我之爷爷跟随卢汉军长之六十军再度出征，每人背包后边背着双枪，即大烟枪和水烟筒。尤其水烟筒管特别粗，不知者误以为背了六〇迫击炮，吓得沿路之日本间谍胆战心惊。

然，滇军出滇，四万滇军子弟出云南，父老乡亲皆来壮行。卢汉骑在高头大马之上，其锋前抵大板桥，四十里驿道之上络绎不绝。风萧萧兮宝象水寒，我之爷爷就在大板桥街上，与自己新娘一别。爷爷对新妇云，我若战死，找个男人嫁了，切不可守寡。新媳泪涕涟涟，倒入我之奶奶徐兰芝氏怀中，说我会倚门待君，望夫岩上，等君而归，若君不归，妾愿化作石头相望。盖我之爷爷乃硬汉也，一滴眼泪未流，决绝而去。

滇军出云南，入贵州，过湖南，唱着豪情天纵之六十军军歌，渡湘江、长江，直至徐州。部署于陈瓦房、邢家楼、五圣堂、禹王山一带。时，李宗仁交代军长卢汉，只需抗击日军第十师团矶谷廉介中部之第三十三联队、六十三联队前锋三天，中央军主力汤恩伯部便会赶到，合围日军。卢汉受命而去，驻扎于陈瓦房、禹王山上滇军狙击日军，居高临下，打退了一次次冲击。三天、一周、十天，也不见汤恩伯部半点踪影。爷爷属一八四师张冲部，回忆那段经历，彼感叹道，都说川、黔、滇军三杂牌军，是战场上的三只羊，可一个民族危亡之时，羊真的变成狼，群羊扑向孤狼，死伤惨烈。滇军连长以下官兵阵亡1392人，死伤过半。最终六十军我部从禹王山断后而撤，爷爷身上穿了几个窟窿眼，还是同乡老司务长张凯背着他匆匆撤退，留在禹王山乃一片片滇军和日本帝国军队第十师团之大量尸骸。日本人收尸之后，滇军官兵尸骸成山，成孤魂野鬼，于风高夜黑之时，嘤嘤哭泣。抗战七十周年前夕，禹王山一位果农透露，很多年前，彼开果园，挖出一百多具滇军英烈白骨，遂埋之荒冢，彼守墓二十载，敬英雄之壮烈也。

爷爷云，禹王山之战，彼九死一生，拾回一命。伤愈之后，又参加了武汉会战、长沙会战、常德会战。武汉会战落败，国民党中央军与杂牌军之滇军、川军向着长江方向后撤，准备打长沙会战。渡过湘江之时，日本人的铁蹄已经从岳阳、汨罗抵达湘江北岸。时，爷爷之滇军已经被打得狼奔豕突，彼随同乡张凯，随营长奔突而去，时一营部队，仅剩爷爷所带之警卫班，寥寥几人矣。而营长通信员背包里，却背着几公斤重的大烟土，此乃士兵之军饷也。是晚，彼等在湘江边上埋伏时，突然发现日军已经抵湘江岸边，三八大盖枪声嗖嗖响起，时滇军营长带着一行十几人抵抗不了，唯有逃跑。至长沙城时，因武汉、长沙会战败局已定，蒋介石行"焦土抗战"之策，一炬令下，长沙古城毁于火海。时爷爷伫立湘江畔，悠然芦苇荡中，唯见烟柱冲天，狼烟四起，滇军已经作鸟兽散，彼等觉得亡命之时已到，于是在完成洞庭湖、岳阳之间狙击后，鼠窜般地逃离沅江，向常德城进发。因了这支队伍里有兵痞掺杂其中，就在卧倒等照明弹之瞬间，背着几公斤大烟土的营长通信员落伍，后被追上来的惯匪杀害，数公斤大烟土落入绿林兵痞之手。从此，营长无大烟可吸，每天毒瘾发作，泪水涟涟，只好给一片去痛药令其睡也。次日，早晨太阳照常升起。而失去了烟土的营长，烟瘾未发之时，仍然一壮士也，看芦荻悠悠，彼云，身为滇军男儿，我等上不愧天，俯不愧地，带着尔等匆匆撤离于焉，就是为在沅江前沿作最后抵抗。当常德城完成周遭狙击之后，爷爷看到常德城里的八千虎贲弹尽粮绝，五十七师师长余程万率残部逃出常德城，爷爷与其老长官张冲、张凯等向倒在长江、湘江、沅水之间的滇军官兵行了一个军礼，然后长跪不起，洒泪过后，匆匆而去，向故乡云南方向逃窜。

八千里路云和月。爷爷与张凯司务长拿着官防证，一路南下，沿着余之老家通往北京之驿道西行，最终回归故里。然，待我之爷爷抵大板桥时，踉跄而行，于龙泉寺喝了一口家乡水，骤然倒下，被和尚发现后，抬入大殿。爷爷醒来时，说请快到四甲村老徐家叫人吧，抬我回去。我亲爷爷等闻之，偕金牛爷爷兄长一起赶到龙泉寺，将徐金牛爷爷抬了回去。然，抵家时，见门口已无新媳。彼大声呼喊自己阔别六载之爱妻名字，却无人答应。

爷爷知新媳已殇，大喊一声，天亡我也，一口血向天而冲，骤然倒下，昏迷三天三夜方醒来。从此，成为鳏夫一个，心灰意冷。后，其兄英年早逝，余下一子，而其母亲又改嫁他人，金牛爷爷遂将其收下抚养，视为己出，爷俩相依为命。

日光流年，青山不老。时，蒋家王朝兵败，国民党之第八集团军李弥之残部，第二十六军军长余程万散兵游勇在淮海战役中成漏网之鱼，鼠窜云南，进至余之故里大板桥古驿老街，被卢汉保安团挡在鸡街子山头之下。一支泱泱大国军队居然被一拨乌合之众挡到山下，雄关不可逾越也，便入街烧杀抢劫。一日，第二十六军残部冲入我徐家老宅，入金牛爷爷屋里抢东西，被我之爷爷用梨树柴块打了出来。赶至门外，中央军残部拉开卡宾枪枪栓，欲向我之金牛爷爷扫射。爷爷大襟衣裳一撩，露出满身的枪眼、刀痕，怒骂道：中央军，遭殃军，龟儿子，老子在台儿庄、常德城死过一回了，有种的就往这里打。

壮士！壮士也！时余程万坐着美国吉普从老街而过，目睹此景，戛然停车，一跃而下，大声吼道，娘卖×，不许乱来，此公堪称虎贲，壮士不可辱也。当晚，余程万请我之金牛爷爷喝酒。微醺之时，爷爷摇头道，余长官，当年何其英勇，八千虎贲，在常德城郭，一代枭雄是也。今日之败，鄙人知道败给谁了。余长官不解，问败给谁。我之爷爷说，败给自己。余程万点点头，沉默不语。

云南和平解放，金牛爷爷老了，隐姓埋名，以老牛筋之绰号，为生产队放牛，惨度余生。治保主任皆因其刚烈，不敢招惹。遥记少时，我周日放假，被金牛爷爷叫去放牛，以补家用。

彼令我在前边走，中间为数十头牛，末尾为金牛爷爷。彼牧之牛，性格像金牛爷爷一样，沿古驿道东行，群牛如君，大胆撒野，一片疯牛之状抵小甘河之上葡萄园下之牧场。时春风徐徐，夜莺天唱，爷爷脱下大襟衣服，袒胸露怀，一身枪伤刀伤犹在，彼一边晒太阳，一边捉虱子，看到嗜血身红之虱子，两个大指头盖一合，大声骂道，掐死你，小鬼子。

我远观之，金牛爷爷之卧于石上，阳光之下，天边天蓝，祥云低垂，彼一派仙风道骨，大襟露怀，枪眼刀痕历历，犹如竹林七贤之嵇康，长发飘飘，一片霜染。彼边晒太阳，边掐虱子，边骂日本鬼子，两拇指盖剪刀般一合，仿佛扣动扳机，放出一枪，击毙一个日本鬼子是也。

爷爷老了，耄耋之年将近，已经放不动牛也。秋冬之季，只能坐在老徐家族之门前烤太阳。斯时，我当兵八载，调入北京战略导弹部队大机关。数年后，妻女皆随军入京，几年之间，才回故乡一趟，然，当我们一家匆匆走过故里大板桥镇的两公里长街时，不时会遇见垂垂老矣的徐金牛爷爷。彼坐于长街旁边，眼观八面来风，四乡来客，我上前一步，向他行一个标准的军礼，只见彼会露出开心一笑。时，妻子连忙掏钱，敬献老人，让其安度晚年。

日子如筛糠一样，从指缝间流逝。白驹过隙，金牛爷爷老了，已经是93岁高龄，越来越麻木、冷漠、眼神呆滞。偶然之间，亦会像一个少年，天真无邪地望着云南天空，打望着云之南彩云与祥雨。看到我与妻女匆匆走过，彼时，他眼睛遽然一亮。一股即将熄灭之生命之火，又被点燃了。一个老英雄的形象，永远镌刻在我们的记忆里。

爷爷的抗战，爷爷的世界。死神终于一天天逼近了，彼到了去见壮烈牺牲之战友的时候了。那天晚秋的清晨，一片白霜过后，金牛爷爷坐在门前的铺搭之上，敞开胸前的大襟长袍，晒着从东边升起的暖暖的太阳，战争的刀痕依旧，像一道道蚯蚓盘缠于胸前，彼点燃一支旱烟袋，痛痛快快地吸了几口。然后，仰天一声长啸，仿佛是喊了一声"冲啊"，便无疾而终。死得从容，修成了正果。

往事如烟，是时，大阅兵车队一一驶过，我觉得天庭之上，一双双英雄之眼，俯视着神州第一街，那一双双喷着火焰之眼，或许有一双是金牛爷爷的。眼底映衬着白云，此时，爷爷的笑容，与白云一样壮美。

下阕

灵魂之所

是谁，让走过这里的所有苍生俯首苍茫？

城郭之轻

子夜已至。却无法入眠，倚在枕上，夜空的繁星犹如镶嵌在忽必烈战马金鞍上的宝石，眨着冰冷的鬼眼，将天堂与人间连成一片。马可·波罗端坐在雕花的茶几前，挺直腰板，虔敬地向忽必烈叙述神游世界 50 座城池的感受。可汗的眼睛半睁半闭，听到开心处，僵硬的咬肌倏忽松弛了，但稍纵即逝。俯视众生的王者英气，从马可·波罗蓝瞳飞掣而入，穿透骨髓，让他倒吸一口凉气，脊背上也寒风凛凛。随后，大汗如炬的慧眼从他的脸上移开，穿过云层，投向蛰伏在夏夜躁动中的元上都，炯炯之目，像刺破苍穹的青锷光带，凌空而下，让整个城邦为之胆战心惊。

远行锡林郭勒大草原的背囊放在床前，室内一片寂静，可闻时钟之舞的匆忙脚步，已经是凌晨 2 时了，仍无睡意。顺手摸了卡尔维诺的六卷本文集，却无意中挑了他的举重若轻之作《看不见的城市》，当年马可·波罗游历忽必烈可汗麾下的大都会，极目之处，支撑帝国江山的擎天之柱爬满了白蚁，晚风拂过，冷灰纷纷落下，残阳里尽是千疮百孔的衰败。盛极一时的元上都已沉落在血色苍凉之中，气数将尽。

卡尔维诺老头的神来之笔，真让人叹服、倾倒。小说可以这样写，童话可以这么写，散文可以这般写，一支毫笔撬动和颠覆了整个世界，居然没有被压得龇牙咧嘴，步履蹒跚。相反，一副悠然自得的从容，一缕游刃有余的灵动，一种变幻莫测的奇崛，颇得中国老庄的神韵。作文和治国如小烹，意大利老头把老庄的仙风道骨参悟透了，健笔行走，如天马行空，纵横捭阖，出入无人之境。沉重的城邦在他的笔下或如飞扬的羽毛，或如漫天飞舞的蒲公英，孰轻孰重不言而喻。

轻羽如鸿，透明的双翼驮我上青云。迷失在忽必烈可汗的元上都里，凭栏远眺，南接燕岭与阴山接壤的余脉，北向广袤无边的大草原，内城为宫殿，外城为众生之所。流连在阡陌间巷里，沉醉在灯火阑珊处，一队头戴战盔的武士疾风驰过，蹄声踏得石板路一片清脆。千家万户的门窗上高悬着红灯笼，蒙古王公的小姐阔少戴着面具匆匆从大衢小巷穿行而过，残留一片青草的清香和羊膻的混浊。我走失了，前瞻后顾有点找不着北，不停地昂首叩问明月星辰，这是刘汉的咸阳，还是李唐的长安，抑或赵宋的东京，还是朱明的金陵……天地无语，上帝诡谲一笑，更令我晕头转向……

尖啸的铃声将我从半睡半醒之中惊起，一看时针恰好指向凌晨 4 点 30 分，赴内蒙古考察出发的时间到了。匆匆洗漱，夺门而出，发现一群才子佳丽早已伫立在曙色初露的院落里，玉树临风。天色灰蒙，小雨初歇的天空有几分黯淡。清晨 5 时 30 分，车队出发了，日产"巡洋舰"成了开道先锋，一如可汗当年身着牛皮铠甲的卫士，骑着高头大马，战盔上的红缨在晨风中飘扬，旋转出一道道光怪陆离的虹，令一双双浓睡未醒的眼睛一阵眩晕，被漠视已久的身份、身段、身价的认同感，突然在晓风残月中有一种奢侈的爆裂，一种威风凛凛的挥发，神思随着身体飘了起来，悬在空中。而北京城似乎早已经不是 700 年前的元大都，开道车开出 15 分钟，刚驶过元大都旧址的蓟门桥时，便迷了路，找不到出城的门。

今夕何夕？北门何在？仅仅 700 多年的光景，回故都的可汗骑士后裔们居然找不到出城的通道。在京畿一隅四处乱窜，差点撞到燕岭之上。忽必烈可汗坐在天庭之上龙颜大怒，王杖从天庭之上划下，砸在了不肖子孙的战盔上，一个找不到城池方位的骑士何以言勇？何以为战？俯视着在城中转来转去的开道铁骑，可汗闭上了王者之眸。回家的英雄之路荒芜了。

成吉思汗的蒙古大帐正对着浑善达克沙地。

秋阳西斜地照了下来，犹如上帝温湿的舌尖，舔舐着蒙古包顶上那颗红润的樱桃，一抹酒红从辕门潜入虎帐之中。大汗放下手中的马奶酒杯，轻轻地捋了一把胡须，犀利的目光投向浑善达克沙地的尽头。天上悬着这样燃烧的帐幕，沙地却铺陈着仰天疯长的红柳和野茅，天与地接壤处的界线如此混沌，一片火烧云像刚从地壳里奔突而出的岩浆，漫漶无际，渐渐地冷却为黑炭。显然这是黑夜垂死挣扎的前驱，也是燕岭之下的金国和远在钱塘湾边上南宋最后的一抹亮色。大汗目光凝望之处，浑善达克沙地沉默着，已经沉寂了一个又一个世纪，蓦然之间醒来，悄然地等待，静静地谛听，等待一场血染沙原的大战，谛听金戈铁马武士躯体倒地时的轰然声响，等待一个万劫不复的末日。

晚风呼哨般掠过沙地，一览无余地凸显靠近暮色时的死寂。

这是一场大战将至前的寂静。野狐岭上金国 40 万大军虎视眈眈地逼来，而大汗麾下只有 10 万蒙古骑兵，兵力 4∶1，成败在此一役。踏碎燕岭，鼎定江南也在此一役。这是一阵比一阵凄迷的血色黄昏。大汗的目光由远及近收回帐内，定睛在虎帐前挂着的羊皮军事地图上，朝身后的近侍武士挥了挥手，传四王子！传——四王子！蒙古武士的呼唤撕裂天幕，没有一点后来草原牧歌的忧伤。一阵马蹄声掠过，枣红色汗血宝马的响鼻让大汗的军帐一阵颤动。伟岸威武的拖雷（忽必烈的父亲）滚鞍下马，铿锵脚步踏起一片响沙，追逐搅动着朝大汗的虎帐奔去。

大汗坐在王座上，急切地等着最心爱的小儿子。他对 60 多个蒙古郡主生的儿子们明争暗斗觊觎大汗王座的内讧早已厌倦了。

谁也别奢望坐大汗的万里江山，都是一些杀戮暴戾、嗜血成性的家伙，没有一点安邦治国的城府和政治眼光。他们不配，充其量只配做一个角斗士，与兽决斗，捐躯疆场。不像他最宠爱的小儿子，处处彰显着不同，武功盖世，却像匹良驹淹没在千万匹奔涌的骏马中，不事张扬；深谋远虑，却似一只猎隼蛰居青草丛中，乘青萍而起，听号角而动。按照蒙古人的习俗，所有的家业都属于小儿子，拖雷若有一天握住蒙古大汗权杖，将会成为东方伟大的恺撒。大汗静静观察四王子许多年了，他什么也不缺，唯独缺浑善达克沙地一战，以剑与血的全胜来奠定他在蒙古部落三军的拥戴和深孚众望。未见爱子身影，已先嗅到随他的脚步搅动的黄沙的呛味。身着牛皮铠甲，头戴金属战盔的拖雷踏在红地毯上，朝大汗行了一个蒙古骑士的下跪军礼，气宇轩昂地问大汗，此时召见他是否意味着战争的大幕天亮时就要开始。

　　成吉思汗遽然一惊，微微点头，能感应他的神思的莫过于这个儿子。随后询问明晨之战中军谁做主帅？拖雷！小儿子当仁不让地欲夺帅印。拖雷湛蓝的眼睛折射着天空的辽阔和淡然。蒙古骑兵人数虽少，却是眼下最威猛的雄师，铁骑洪水般地一拥而下，踏破燕岭宫阙，将金国40万大军踏个人仰马翻，灰飞烟灭。步骑之争，金国之旅与蒙古铁骑无疑隔着一个时代。大汗的蒙古勇士已赢定了这场战争。大汗心头略略一振。自己老谋深算经营了几十年的经国大事，却被这个年轻王子一语点破了。你若当主帅，如何破敌阵？大汗瞳瞳之目直逼小儿子。拖雷自信地一笑，伸出三个指头，说出思忖已久的三个字：闪电战。金国军队分成中左右三翼，承袭了长城内军队的传统战法，中军为帅，兵力最少，左右两翼雄兵各15万，却远离中军，无法接应，这是一种昨天的战法。

　　擒贼先擒王，蒙古铁骑越过谁也无法逾越的浑善达克沙地，以迅雷不及掩耳之势，闪电般撕破中军，捣毁中枢，金国军队便会不战自乱。那时40万金兵的头颅都会滚落在蒙古武士的战刀之下。大汗击掌，拍案叫绝。与金国交战，中军统帅非拖雷王子莫属。口谕宣过，坐在虎帐左右两排的三个王子术赤、察合台、窝阔台愣怔了。兄弟几个内斗数载，却虎符旁落，落在了四王子这个乳臭未干的毛孩子手上，这意味着大汗之位已有了归属。失落，无奈，喟叹，乃至幸灾乐祸突兀地写到脸上。不过，他们暗暗诅咒，希望拖雷落败，好看他掉脑袋。四王子起身告辞时，大汗突然说，且慢，有一件事身为统帅是不该忘却的，兵马未动，粮秣先行，把东、西乌旗献来的十万头牛羊连夜宰杀，年轻女人们也分掉吧！生起篝火，烤成牛羊肉干，这场浑善达克沙原上的血战，少则三天三夜，多则一月半载，武士们吃饱了，女人也睡过了，生命中不再有什么遗憾才会拼死一战。

拖雷跪安时，大汗将令牌扔了过来，口气凛然：军中无戏言，此役如果战败，就不要来见我了，让贴身武士将你的头颅挂到军帐前的旗杆上，血祭旌旗吧！儿子决不会让大汗失望！拖雷起身行了一个大礼，从容离去。浑善达克沙地黯然了。一轮杏黄圆月挂在蒙古包上，策马千秋月，踏破燕京阙，这是匈奴的圆月，抑或鞑靼的月华，年复一年，月复一月，日复一日，沧海横流，桑田变迁，今夜的浑善达克沙地仍是旧时模样，不同的是羊咩牛哞马啸狼嚎，十万只牛羊血流成河，浸润着芳草稀疏的高原沙地，一簇簇篝火点燃，月亮的倩影在火中独舞，空旷的沙地随之狂欢。大仗过后，在蒙古包和金国行辕兵营的灰烬中，将会生出一片片如火如荼的金莲花。

驶过一个叫沽源的收费站，燕赵之地从此随风转身离去。太仆寺旗、正蓝旗广袤的草原扑入视野。沙地之上的荒丘芜阜极力铺陈着，仿佛是40万大军倒下时留下的一座座古冢，无言地叩问着飘逝的孤烟。只有一棵独树在旁默默相伴，尘埃落定，万里黄沙的掩埋是一种恐怖的冷漠和遗忘，历史早就淡忘了浑善达克沙地边缘的最后一仗，黄沙早就掩埋了为江山版图流尽最后一滴血的无名武士。

不曾回忆，但闪电河三个字却像一束电光闪动的银针扎在记忆的痛穴上，激活万千往事。拂晓时分，王子和3万蒙古勇士畅饮了一杯大汗亲赐的出征酒，横穿 400 公里的浑善达克沙地，欲在沙地尽头滦河源与金国大军决一死战。碧血黄沙，一将功成万骨枯，三天三夜强行军，狂飙、沙暴、烈日、暑气、干涸，没有吞没这支铁血劲旅。野狐岭上，金国完颜承裕主帅夜听悠长的箫声，不见群狐轻灵地跳跃，却搂着媚狐样的女人在帐中寻欢作乐。他断定蒙古大军会从水草肥美的锡林郭勒草原东进，而他左右两翼 30 万大军正张着饕餮大口，等着合围这支虎狼之师，三对一，决胜的天平在想象中已经偏向了金国。一只嗜血的战争怪兽蛰伏月下，雄睨着野狐岭，末日之门悄然打开。完颜氏飞扬想象的翅膀，怎么也想不到成吉思汗的四王子会从浑善达克沙地长驱直入，而他的三个王子哥哥兵分两路从两翼包抄。高原沙地是死亡之旅，更是金国中军帅府的天然屏障，蒙古大军纵使天马行空，插翅也难以逾越。可是大汗的铁骑突然神兵天降，10 万大军嚼着烘干的牛肉，马踏黄沙，竟然没有一点动静和声响。

　　酒酣夜阑。完颜主帅迷离的睡眼猛然看到远处草原夜空中划过一道道蓝色的弧光，金蛇狂舞往草地钻去，将厚厚的铁幕劈开，惊雷响起，蓝光之中，一群徘徊在军帐边上寻食的野狐四散，完颜承裕吓出一身冷汗。他连忙问身边的国师天象凶吉？国师哈哈一笑，这是草原雨前的自然之象，主帅无忧，可抱着女人，听着雨打帐篷的大珠小珠落玉盘之声，睡个好觉。完颜主帅朝国师的屁股上踢了一脚，他太聪明，总会投主人所好，主子刚刚萌动的心思便被他点破。有这种师爷卧睡榻旁，主子还不夜夜睁着眼睛，但完颜承裕仍旧搂着女人往帐中蹒跚而去。

　　要下雨了。四王子拖雷觉得绝好的战机到了，闪电河，他要在闪电河制造一场闪电战。他将3万家奴召了过来，下达了蒙古主帅的第一道军令：明日金国中军踏破之日，便是各位自由人之时。3万将士欢呼，地动山摇。四王子战刀一指，3万铁骑，3万虎狼之师扑向了金国的中军。

兵燹。

尖叫。

刀光剑影。

碧血冲天。

如雨的蹄声，如雷的喊声，乘着闪电河的电闪雷鸣，蒙古铁骑一拥而下，硬将长夜的黑幕用鲜血抹红，涂鸦成一片殷红的亮色，又从拂晓战至血色黄昏，整整一天一夜，金国中军硝烟袅袅，40万大军脊梁被敲断，首尾难顾，左右难援，兵败如山倒，丢盔弃甲逃回中都。而拖雷的3万家奴也只剩下3000。硝烟散尽，闪电河边一片狼藉，血腥之气弥散在天空。年轻的四王子踯躅在空旷的草地上，仰首望天。这时家奴突然来报，夫人在帐中产下一子，等着王子起名。

只见一只猎鹰从草丛中鹞然而起，告诉夫人就叫忽必烈吧！他挥挥手，叫贴身卫兵拿酒来！拖雷将羊皮囊装的马奶酒倒在草地上，说：蒙古勇士们，最后饮一口蒙古母亲酿的马奶酒吧，我熟悉的弟兄们一个个走了，但今天蒙古军中又多了一个勇士。

也不知过去了多少日子，浑善达克沙地吹来的风尘，掩埋了蒙古骑士和金国武士的躯体，被天鹰叼过，被野狼啃过，被蚂蚁爬过的骷髅眼眶、耳郭里长出了一株株青草，一朵朵金莲花。

城郭在斜阳下惊现。旅游大巴缓缓驶入那片废墟时，忽必烈上都的正北门。城门就剩下一个残留的土丘，残垣断壁能分辨出当年城郭雉堞的巍峨和宏阔。车刚停稳，我便匆匆地登上已沉落为土包的箭楼，极目远眺，坍圮陆沉的城墙静静地躺在残阳里，在旷野漠风中蛰伏了一个又一个世纪，唯有一片片盛开的金莲花唤醒对昨日奢华的记忆。当年，忽必烈为构筑这座登基之城，将金国、中原、中亚和欧洲掳来的10万战俘和工匠云集此地，用泼水成冰的旱船运来中原的花岗石，用数万匹战马拖来了长白山的巨松，大队大队的战俘奴隶用牛皮系成的缆绳，拖着蛇纹状的大理石走向金莲川草地。整整三年，忽必烈大帝以横扫欧亚狂飙的战争方式，建起了这座皇城王宫。

元上都骤然崛起之际，四座方城一座套着一座，分成外城、皇城、宫城和外苑。其建筑风格是典型的中西混血。汉唐长安、大宋东京气韵沉雄的王朝之美尽显其中，又透着基督、穆斯林文化的风情。每个城郭都有四个城门，依照季节而轮流打开。1259年落成，翌年，忽必烈在这里登上皇位，先称开平府，四年后加号上都，成为夏天帝国皇帝和大臣将军办公狩猎的一代陪都，与北京的大都并称为两都。在娘胎中就浸泡着中原文化优越感的汉地文人，自然不屑为忽必烈陛下作一篇辞章艳丽的两都赋了。可是却成全了威尼斯青年马可·波罗，他骑着堂·吉诃德的那匹瘦马，不辨东西南北地闯入上都，眼睛豁然一亮，被这座繁华的国际大都会惊诧了。

那是看了一眼就会终生难忘的城郭，清澈的溪流从山间哗哗流淌，玉带般地抛撒在空旷的草地上。运河上错落地横跨着一座连一座的汉白玉拱桥，金碧辉煌的大理石台阶浸在水中，摇着长桨的轻舟在码头前卸下一筐筐碧绿的青菜。伫立在皇宫的阳台上，俯视井字形的城市，四座城楼伸向遥远的天际，风儿伸出一只无形的手，在城隅之上精心雕塑簇簇云团，载着元上都在缓缓流动。天上之城！伫立在石桥之上，俯瞰着流水淙淙，马可·波罗惊呼喟叹，再也无法将其从记忆中抹去。环顾左右，前方花岗岩铺就的中轴大衢上，牵着骆驼的波斯人、亚美尼亚人、叙利亚人、埃及商旅匆匆走过，扭动腰身，跳肚皮舞的波斯女人吸引了一群孩子在身后乱跑乱窜。当马可·波罗正在好奇地张望之际，一队手持长矛的蒙古骑兵将他团团围住，惊喜地说，就是他，大汗找的正是他。

马可·波罗被押进了忽必烈的木兰花园，在木兰树下流连的大汗转过身来，伸出戴满一枚枚稀世宝石的白皙手指，多年不握战刀剑柄的柔软手指，指着葡萄架下一盘尚未下完的国际象棋说，已经有100多个恺撒的子孙输了，死于朕的剑下，你若赢了，就是我的座上宾。一看到故乡的国际象棋，马可·波罗恢复了平静。棋盘上王后和武士正朝他微笑，心便淡定了。那天一盘棋整整走了一个下午，落日照在元帝国皇帝的皇冠上，他看见了忽必烈额头上沁出一颗颗汗珠。赢定他了。最后一颗王兵落子时，马可·波罗拿掉了国王。忽必烈伸出双手热情地拥抱他，年轻人，朕的朋友，治国如下棋，你就将游历过的朕的王土城池，就像这棋盘上的黑白方格线一样，如实讲来，朕要听真话。是，陛下！马可·波罗如释重负地吁了一口气。新来乍到，不懂东方语言，他像演哑剧一样，靠手势、跳跃、惊奇和尖叫，乃至学鸟兽的叫声，描绘皇帝治下的城市，让忽必烈跟着自己猜哑谜。精明的可汗渐渐明白了威尼斯青年人的意思，或摇头或点头或捧腹大笑。

最后一天，忽必烈柔软得像女人的手指，朝雨雾缥缈的元上都轻轻一指，问马可·波罗，大元帝国皇城还能存在多少年？100年。雨后黄昏的宫殿里乍暖还寒，灰盆里渐冷的檀香木灰烬余烟袅袅，马可·波罗一语成谶。他梦中的天上之城元上都真的只存活了100年。劫数来临在忽必烈大帝殁后64年之后，揭竿而起的农民起义军——红巾军，复仇般地点了一把大火，把元上都焚毁了。

烧毁了！元上都废墟里再也没有车辚辚马萧萧，700年间再也没有一缕烟火。每段残垣，每棵野草，每只蚂蚁，静静地守望着西沉的落日，着迷地冥想着自己杳然的日子。逆光下一片片一簇簇野茅草，草叶如锋，闪着剑刃般的光带，怒张地刺向天穹，刺向落日，那是葬身的蒙古武士喋血倒下时的最后一剑，在湛蓝的天幕上留下一道道伤痕。

辽阔的草原不属于我们，我们正一点一点地失去自己，也失去了草原。唱一首蒙古人的《天堂》吧，击节而歌，我的泪水涌了出来。我梦中的天堂陷落了，英雄之城坍塌了，化作一朵蒲公英，在广袤的草地飘荡，飘荡，无家可归！英雄之魂无家可归！城郭如此之轻。

黄钟大吕听雄安

那天早晨，雄安的天空一半晴着，一半阴着。夏季的北方平原，青纱帐一望无际，浮在地平线上。天将拂晓了，可黑云低垂，霾锁城郭，有点想下雨的预兆。从北京城南跑出来170公里了，天穹依然有霾啊。何处才是原乡，何地可寻归处，何祠可资灵魂供奉？城郭被污染了，乡村也污染了，桃花源里人家不再，唯剩一湖白洋淀，还浊浪滔滔。那一群犹如白衣隐士的鹭鸶飞到哪里去了，万顷芦苇不见我梦中的荷花淀。冥冥之中，我仿佛看见一行雁翎掠过长天，一个年轻的太子，燕国的燕子丹朝我走了过来，擦肩而过；一位风萧萧兮易水寒的剑客横刀在马，兀自而立。

昨晚一梦至燕国，梦到的竟然是一群死士，表情怆然，一副慷慨悲凉状。梦魇压身，一朝醒来，已汗水淋漓。后，竟一夜无眠。太子丹、荆轲、高渐离的雄姿不时岿然于夜空。一夜与古人语，拂晓时才入睡，以为上午9时出发，昏昏沉沉睡去。直至梅驿来电话催促，才知去雄县是7点半发车。匆匆洗漱，一看表，已经是 8 点了。下楼，人都在等我，显得有些尴尬。梅驿说，徐老师别急，先去吃早餐，还有人未到。我将双肩包一扔，便斜入餐厅，要了一碗粥、一个鸡蛋、一个馒头，五分钟便解决战斗。出来时，同行皆惊讶，说到底是火箭军啊，吃饭都有发射之感。我抿嘴一笑，当兵的都这样。

登车朝雄县方向而行，就一个小时的车程。窗外，黑云翻卷，天垂地阔，飞起了小雨。雄安朝雨浥轻尘，燕地的玉米地一片连一片，墨绿漫漶，够辽阔了。可烟树模糊，乡井难寻。一行人从安新驱车而来，车窗外擦身而过的，依旧是我们所熟悉的北方大集镇，只是燕风犹存，古韵不在。太多的后现代建筑仍连村接城，已改变了旧时模样。下车之始，第一个参观点是雄县古董一条街。据称，这是北中国最大的古董市场，北京潘家园的真品、赝品、仿品、劣质品皆源于此。倘若想在此捡漏，淘到一个文物，除非有一双孙悟空一样的火眼金睛。

我辈皆凡人，祖上非殷实人家，从小未受过家藏古董的熏陶，故极易打眼。然，当我与绍武兄匆匆走过古董摊时，仍想淘一柄长剑，带回孔雀城镇宅。古人云，识千剑而知器，操万曲而知音。我写《大国长剑》，后再续《大国重器》时，有记者八卦地问道，徐剑写剑，是不是因为我老爸有先见之明，赐我一个剑名，注定我一生之中要写《大国长剑》之类的国之重器啊。我掩嘴笑了，家父乃老农，何来此雅兴，若说剑，只因家有一柄古剑，不知造于何年何夕，祖上传下来的。在老家过年，除夕夜封门时，才找出来插于门后，做门神之用，镇邪呢。"文革"时也不知藏于何处，不得而终。至于我之剑名，却是家族有一位大伯，为识字之人，我降生之时，见此古剑，故引唐人老杜一句五言诗，"欲挂留徐剑，犹回忆戴船"，赐予我名。今日至雄安，我何不淘一柄古剑，最好是越王之剑，次之也要吴王金戈，抑或太子丹、荆轲用过之剑。然，走过一条古董街，目光所及每一个摊点，仍未寻到我想要的剑戟。

悻悻然踅返，梅驿打来电话，说赶快过来，到街边找车，去第二个参观点，观宋辽古战场地道。我与绍武兄及后来碰见的李春雷、刘萌萌疾步朝街边泊车处赶去。登车，行半里路程，在一个题有"宋辽古战场地道旧址"前停下，下车，仰望箭楼拱门，循楼洞而入，忽见一群衰翁老妪，手执笙、箫、笛、镲、鼓及钹和钟磬等乐器在奏古乐，我一听，惊呼，这是大唐工尺曲和洞经音乐啊。

初入雄安听黄钟大吕，然，我此时最想听到的是燕国古乐。

2

那一年初冬，离过年越来越近了。彼时，史军平还在读高中，有一天傍晚，他骑车从亚古城越过。突然有一缕洞箫声传出，犹如一声声杜宇啼血而鸣，恰似一鹤冲天引颈而唳，时而凄凄戚戚，时而铿锵激越。史军平骤然刹闸，跳下自行车，伫立于门前，仿佛感受一股大河之水夺峡而出的千钧之力，一抔大珠小珠落玉盘的清脆之音，一曲胡笳十八拍穿越风雪的悲怆余声，更是大唐宫廷胡曲彻夜不绝的妙音，最后则变成了高渐离击筑惊鬼泣神的绝响，随着石编钟打击乐的划破夜幕，清泉流音，深谷跌瀑，史军平的心被遽然一击，灵魂之壳被这种重金属敲击之声震得心旌荡漾。于是，他锁上自行车，循声走去，伫立于王家门前，屏气凝神，将一组古燕乐、胡笳、佛乐、大唐洞经听完，脸上绽开悦色。王门立雪，朔风吹过来了，暮雪寒烟最终未落下来，史军平大梦初醒。不知天冷，更不晓得饿，还要骑二十里地，可他感觉这一顿音乐大餐已填饱了肚子。一个念头在心中浮起：我应当成为这种古乐的传人。这时，古乐霍然而止，陶醉的时刻过去了，史军平的凝神听乐突然松弛下来，冷饿交加，瘫坐在地上。门咯吱一声开了，一位年过六旬的乐师走了出来。一看门外有个年轻学子，连忙扶了起来，问道，你是做什么的，地冻天寒，坐在我家门口做甚？

我被师傅的古乐迷醉了，忘了回家。史军平说。

哦。师傅沉吟片刻，点了点头，暗忖，孺子可教。

师傅，我想学古乐演奏。

你什么文化程度？

在读高中。

为何喜欢古乐？

因为被震撼，所以喜欢。

看着这小伙子脸上未拭尽的泪痕，王志信看得出来，他真的是被感动了，这种表情装也装不出来的。自己等了多年的弟子叩门来了。

你既有心学乐，须随我演奏几年，只当学徒，分文不能取。

可以，只要师傅收下我！

先把高中念完。如果考不上大学，就随我去吹箫，敲磬，打鼓，敲锣，合镲，成我这派的传人。

谢谢师傅收留。史军平就这样跨进了雄县亚古城圣乐会的门槛。

那天上午，雄县的天气有些燠热，着白色大汉襟服的大爹大妈围坐在一条长桌前，或手执横笛，或双手合笙，或将大镲高举过头，嘭嘭地合镲而击。一位年逾八旬的老者，敲打一片片小黑石片制造的石编钟，一音独奏，齐声和鸣，一曲文戏后，又一场武戏，轮番登场了。

我站在一侧，倾心静听。长发飘飘的赵国女诗人青小衣看到老者敲磬，颇好奇，走到老人一旁，接过一只小铁锤，跟上节奏，随着老人一起敲起来。一仙翁，一娇娘，配合极佳。那一刻，一点一击落清泉，那一瞬，一音一波成旋律，波涛汹涌，流音诛心。我的眼前一片朦胧，自古燕赵多悲歌。远处，白洋淀的苇塘，一湖芦花白，有一条小舟向我徐徐驶来。

3

也是像今天这样的黄昏，太子丹身着白色长袍，伫立于船头，头仰得高高的，似在眺望。荆轲、高渐离、秦舞阳三人坐于船尾，都是一身白，与湖里的芦花竞一湖之色，白茫茫的，仿佛每株芦荻都是死士，都在准备与他们一起走进冬天，一齐赴死。酒从早晨喝至傍晚了，离歌击筑，高渐离弹了一曲又一曲了。一壶浊酒家万里，一船浊酒壮君行。太子丹起身走至船头，时，西风四起，一抹残阳落在白洋淀里，一阵风将他的白袍吹得风中鹤舞。白袍壮士，一襟晚照，映在燕国长城的堞楼，更添了几分死寂之美。断鸿声声，天上什么鸟在啼？敢与高渐离的离歌和鸣。

哦，又有一群雁已开始南飞，离乱之际，一片片雁羽从苍穹翩然飘下，犹如死神之翼在传递一个信号。它是春秋大雁遗落的，还是战国之鸿抛掷的，抑或是大秦年间的那群稀世之鸟朱鹮赠予，遗下一片片雪白，向人们作一种特别的暗示？

　　兮兮然一片白，汪汪然一片白。太子丹并不喜欢这样的白，他讨厌自己身上这身白。丧服在身啊，彼可是燕国太子，从小被王室的金黄包裹着，燕国的麦子黄、稻菽黄、芦荻黄、旌旗黄、殿堂黄，在他眼里，都是高贵之果、高暖之色、高巍之殿，但很快都会灰飞烟灭，最终将被秦皇黄土之色埋葬。秦军敢坑四十万赵军，也敢坑燕地一国寡民。一滴血，一摊血，一片血，血流成河，将黄土浸泡成了红色、黑色，肥沃千里的黑亮。念此，太子丹的手颤抖了一下，他不能再等了。那天早晨，鸡鸣芦苇荡，霜落白洋淀，水天都是一湖芦花白。天将拂晓时，秦军已兵临易水，剑指延芳淀，离白洋淀就只几个时辰的行船距离。燕南赵北，赵国已殇，燕国覆灭的日子还会远吗？唯有一搏，养士千日，终有一用，荆轲该出发了。为了这一天，为了保守刺秦这个重大国家机密，自己老师鞠武死了，保荐荆轲的田光死了，刎颈绝口，以示守口如瓶。还有义友樊於期也死了，割头相赠，这是什么样的义啊。义薄云天，此语太轻太轻，应该是义重燕国吧。三个死士舍身报国，是在救我燕国，为了让秦王相信荆轲。然，荆轲迟迟不肯行，还在贪恋女色，偎红倚香，女人酥胸暖衾太令人英雄气短。说什么还在等一个人，哼！等谁呢？派13岁就杀人的冷血杀手秦舞阳跟他去当助手，还不行吗？荆轲听了，一脸的不悦。说好吧，既然太子一再兰舟催发，那我就天明启程吧。

那天太子丹真的起了一个大早，站在燕南赵北的国界吧，就是今天的白洋淀大堤上，等荆轲、等高渐离坐的高车从城里驶来。凭栏燕长城，太子丹环顾四野。蒹葭苍苍，白露为霜，有个壮士，涉水即亡。赵国已亡，燕国的末日将近。燕子丹无厘头地想着，晓风之中，何止是死一个壮士，亡一群侠士，弱燕与强秦，图穷匕首见，刺秦不成，燕国将毁于自己之手。

太子丹招了招手，太子门下的几百幕客全都来了。一个个皆仿太子装，身着白袍，头扎白毛巾，幕天席地，欲为荆轲举酒饯行。高渐离是燕国的音乐大师，击筑而弹，众琴师相和，那燕乐是何等的回肠荡气，更有一种蝉凄雨冷之寒。一箫伴一磬，清霜摇芦荻；一笛合一琴，壮士听雁唳；一鼓领铜镲，抚剑尽清辉；一筑一离歌，死士魂成灰。太子丹摇了摇头，燕乐太悲，简直就是一曲大悲咒嘛。荆轲的头仰得高高的，那是喋血之吼，是为自己壮胆，还是为燕国壮威？瞧！荆轲已经竭尽全力而歌，唱得脖子上的青筋贲张。高渐离和歌击筑，一击心亦颤，再击心生寒，荆轲的绝唱渐至高潮："风萧萧兮易水寒，壮士一去兮不复返。"

离歌，就这么两句吗？和声咏叹调，来回往复，旋律太单调，也太悲凉了。军人出征须得鼓士气，得有气吞八荒之勇，席卷天下之势，方能与虎狼之师强秦抗衡。太子丹拍了拍手，门客跑了过来，说太子有何吩咐。

奏一曲古燕乐吧。只许吹奏武场，不许再奏文场。

诺。太子丹的门客匆匆走过。

燕乐四起，堞楼高歌：

恰如一阕词

岂曰无衣？与子同袍。王于兴师，修我戈矛。与子同仇！
　　岂曰无衣？与子同泽。王于兴师，修我矛戟。与子偕作！
　　岂曰无衣？与子同裳。王于兴师，修我甲兵。与子偕行！

　　停！不许唱此曲，此为秦风。是敌国军歌，长敌威风，灭我志气也，重换一曲。太子丹有点怒不可遏。

　　众幕客瞠目结舌，刚才只顾选流行歌曲，童叟喜听的唱了，而忘了讲国格，颇有通敌之嫌，难怪太子发飙。

　　燕乐又起，这曲目应该是《六月》，真正的出征曲。众人和声：

　　　　六月栖栖，戎车既饬。四牡骙骙，载是常服。
　　　　玁狁孔炽，我是用急。王于出征，以匡王国。
　　　　比物四骊，闲之维则。维此六月，既成我服。
　　　　我服既成，于三十里。王于出征，以佐天子。

　　好！太子丹为麾下众幕客鼓掌，和声唱出了多声部，有力拔山兮气盖世之勇。再来一首《小雅·采芑》：

　　　　薄言采芑，于彼新田，于此菑亩。方叔涖止，其车三千。师干之试，方叔率止。乘其四骐，四骐翼翼。路车有奭，簟茀鱼服，钩膺鞗革。
　　　　薄言采芑，于彼新田，于此中乡。方叔涖止，其车三千。旂旐央央，方叔率止。约軝错衡，八鸾玱玱。服其命服，朱芾斯皇，有玱葱珩。

鴥彼飞隼，其飞戾天，亦集爰止。方叔涖止，其车三千。师干之试，方叔率止。钲人伐鼓，陈师鞠旅。显允方叔，伐鼓渊渊，振旅阗阗。

蠢尔蛮荆，大邦为仇。方叔元老，克壮其犹。方叔率止，执讯获丑。戎车啴啴，啴啴焞焞，如霆如雷。显允方叔，征伐玁狁，蛮荆来威。

善哉，美兮！一个好字了得。太子丹满意地点点头。离歌当如是，有颂有辞，小雅国风诗情令众幕客壮怀激烈，与高先生和声而唱，送壮士荆轲出征。

风雅颂，诗三百。出征的号角回荡于燕南赵北的分界线上。高渐离筑击燕长城，风卷云动，乐震辕门，旌旗猎猎，燕国的堞楼在震颤，燕国人的心也在震撼。荆轲摸了摸长袍袂袖里的匕首，那是花重金从赵国徐夫人处购来的，削铁如泥，且用毒煮炼、锻打，锋利无比，哪怕划一道血痕，也会让对手倒地而亡。他的眼神与太子丹一对视，彼此会意一笑，此时有歌胜无歌，此刻有酒当无酒，那小小的匕首一旦刺向强秦，犹如一柄青锷横空，寒光闪闪，剑戟般地直抵云天，撕破天幕，云鳞中，夕阳血瀑般地泄下，灿然于白洋淀的黄昏里。晚霞一照，湖在流血，血涌成河，成湖，汪洋为白洋淀，一湖浅浅的红，这是浅浅的燕国血海啊。

武场古燕乐，戛然而止。

师傅，我要学燕乐。史军平对师傅王志信说。

你想学什么古乐？

燕国古乐。

师傅摇头道，先跟我从工尺曲学起吧。

为什么，工尺曲是什么音乐？

大唐宫乐，从我燕乐演变而来。先知工尺曲，方可上溯至古燕乐。那才是真正的黄钟大吕。但一口吃不成胖子，慢慢来，我会将一生吹奏技艺传习于你的。

那天，王志信带着徒弟走进正房的一间侧房，在一个古本画像前，让史军平跪下，他先上了一炷香，吩咐道，向师傅磕三个响头吧。

史军平遵师之嘱，遽然跪下，虔诚地磕了三个头。直起身问道，这是谁呀，羽扇纶巾，方帽长袍，草履古琴，道不道，仕不仕，僧不僧的，有点不伦不类。

住嘴，这是亚古城古乐的老祖宗，明代永乐年间的一位云游道士。师傅王志信娓娓道来。有一天，他云游到了亚古城，无饭可吃，一把胡琴，一管竹箫，坐在街衢上一吹，那箫声动人心弦，将街坊后生马庆后吸引住了。一曲吹毕，马庆后恭敬而上，迎请云游道士到家，雄县老白干一壶，猪头肉一盘奉上，好菜好酒侍候了一阵子。云游道士觉得后生可爱，临走前说，我将一生的神道之乐全传给你吧，但须答应我一个条件，成立一个乐坊，拾一个班子，专为道家药王孙思邈而歌。这样，放眼幽燕之地，若行花会、庙会、婚丧嫁娶，必请你搭班子演奏，今生衣饭无忧啊。马庆后当场下跪，行拜师礼。

彼时，云游道士传给马庆后的音乐，有燕乐大型套曲《孔子探颜回》《骂玉郎》《回雪》，此为宫廷之音，可登大雅之堂。亦有开堂之曲《大走马》《三行礼》《翠竹帘》《放驴》及反调《小花园》，喜洋洋的民音，可做婚丧嫁娶、寿禄喜宴之用，更有祭祀祖先、和亡灵的洞经和佛乐《普坛咒》，此从洞道、佛曲融合而来，儒释道一家。更有气势恢弘的打击乐《讨军令》，此为战争大幕揭开的序曲，风卷辕门，秋风铁马，铁衣冰河，皆为将士出征而歌。

那天，史军平真的有些晕场了，以为学乐懂音，近似授业解惑，跟着师傅当个演奏的小徒，不过雕虫小技而已。未曾想到，燕乐源远流长、道统高古，法度森严。商周以降，燕赵先祖从房山周口店走至幽燕冲积扇平原，远眺燕岭，引吭高歌，咿咿呀呀地乱吼一气，从此成歌，从此横笛直箫，从此高吟至今。乐起之时，天上飞过一只只妙音之鸟，大荒上行走一位持铜板琵琶的壮汉，高亢的、热血的、雄强的、沉抑的、悲凉的，甚至哀婉、低靡之乐，萦绕于燕赵高天，终日不绝。后来，竟然突破民族、地域、语言的疆界，五千年不绝啊，有乐之史，胜于有字之载。

出了密室，王志信令徒弟坐下，从家中搬出小管、云锣、笙、笛、大鼓、镲、铙、钹和铛子等乐器，郑重地托艺：你将来会成为领班，也会成为亚古城古乐圣会的会长，但这十八般乐器，个个都要会，件件都要精。不然，不足以服人，亚古城的音乐也会从此失传。

史军平点了点头，然后问道，我怎么学啊，由师傅口授？

有书。王志信再次入室，搬出了六十卷本的《工尺曲》，叮嘱道，你就照着这个念吧。务必牢记于心，默想成曲，念到无声之时更胜有声，学到无乐之后，心中就有古乐了，就能奏好工尺曲。

学好工尺曲，要多少年？

二十年！

师傅一语成谶。

5

我第一次听工尺曲，是在北京海淀剧院。那是十年前的一个秋天，收完秋的陕西宝鸡农民，被一个村请进京城，演奏大唐宫廷燕乐工尺曲。据主办方介绍，这个村是当年大唐音乐天子李隆基长生殿"教坊"里的皇家乐师，安史之乱后，流落民间，融入黄土高坡。然，流动于他们精血里的音乐基因始终不衰，其祖上是唐宫教坊的"梨园""宜春院"和"小部"之子弟，能够全套地吹奏唐宫十部乐的"坐部伎"和"立部伎"。坐部在殿堂里演奏，人数较少，乐器少而音清，对乐师演奏技巧要求极高，立部宜于室外，殿外大众之下演奏，演者众，乐器多而音高，讲求的是一种打击乐的集体合奏。唐明皇堪称一代音乐天子，他将隋炀帝九部大乐改为十部，包括了燕乐（宫廷雅歌）、清商伎（传统音乐）、西凉伎、天竺伎、龟兹伎、安国伎、疏勒伎、康国伎、高昌伎。唯有燕乐和清商伎，是中国的本土古乐，承续了夏商周至春秋战国的祭祀出征的雅歌、颂歌和国风之韵。隋唐年间，大量的胡曲传至长安，"弦鼓一声双袖举，回雪飘飖转蓬舞"，雪后长安月，捣衣尽胡曲，一城一衢一巷一河，都有胡曲回响。然，最终胡曲误国、葬国，雅乐奏成挽歌，唐明皇的江山美人一并入葬，大唐盛极而衰。而这群杰出的乐师从此流落民间，一去一千三百年，再度入京畿。他们的后人放下割麦的镰刀，挖地的镢头，用长满了厚茧的双手，演奏了一曲令人心颤荡漾的霓裳羽衣舞。

那个秋天晚上，我几近麻木、枯萎的音乐之穴，被一缕洞箫的清音击活了，心如止水的音湖，倏地被一股激越的古燕乐吹拂、撞击，狂澜四起，卷起千堆雪。

我开始关注古燕乐，开始试着去了解工尺曲，上溯追源而寻母本黄钟大吕的古雅之声。宋人沈括云，"先王之乐为雅乐，前世新声为清乐，合胡部为燕乐。"礼与乐，名与道，乃为人间正道，市井教化，从宫廷到闾巷，从天子到黎民，皆以古乐化人、化德，化己，化心。《礼记·乐记》："凡音之起，由人心生也。人心之动，物使之然也，感于物而动，故形于声。声相应，故生变，变成方，谓之音。比音而乐之，及干戚、羽旄，谓之乐"。毋庸说，燕乐、雅歌起自诗经，浮冉于风雅颂之间，那国风周南、召南之南音和意象如此激荡人心，余音绕梁，便由古乐五音六律而来，五音，即宫商角徵羽，十二律分阴阳，奇数为阳，偶数为阴，阳律即黄钟、太簇、姑洗、蕤宾、夷则、无射，阴律则为夹钟、大吕、中吕、林钟、南吕、应钟。奇偶正负，五音俱全，这便是最古老的中国雅歌和燕乐的音乐旋律。隋唐引进胡曲，西风盛长安，但本土音乐燕乐、清商伎与胡曲中外合璧，衍生了工尺曲。"尺上乙五六凡工"笛色七调与现代音乐的融合，随着龟兹乐大行其道，唱遍长安城郭，燕乐二十八调也横空出世，这便是大唐的黄钟大吕。

6

一梦二十年。史军平果然如师傅言，成了雄县亚古城古乐圣会的会长。

师傅病入膏肓了，知道自己大限将至。那天晚上，他将史军平带至祖师爷像前，磕头，上香，然后郑重地将传承了600多年的祖先画像和镇会之物、乾隆皇帝的御封，还有宫灯四盏（可惜毁于"文革"年代）及一张老唱片，1958年应中央人民广播电台之邀，在高碑店演出的盛况录音，犹如传承衣钵一样，赋予了他。说，军平啊，我观燕赵古乐，唯有我雄县最古，气势最盛，你赶上了好时代。国运盛，古乐兴，师傅九泉之下，会看到亚古城圣乐走出白洋淀，走向世界的那一天……

师傅放心，我会将其做大的。史军平淡定从容，脸上溢出的是对古乐敬畏之情。

好！送我西行时，一定要演文场洞经。

师傅，我们演全套，文场，武场，全部演奏完。

王志信满意地笑了，说，我没有选错人。

果然，两年之后，亚古城古乐被列入"河北省第一批非物质文化遗产"，并进入国家申遗名录。

师傅乘鹤西去时，史军平也是从文场开始演奏的。

序曲过门，第一曲仍旧是《大走马》《三行礼》，套曲《孔子探颜回》《骂玉郎》《回雪》，次第演奏。

　　那天在亚古城古乐圣会上，我们的待遇也与王志信师傅一样，只是当年演奏的时候，还有年轻面孔。而今年少者也仅存史军平一个，且已入壮年，余者 30 人，皆是他从跳广场舞的大妈，卖古董的贩子，杀猪的屠夫，种地的农民，退休老师和公务员中遴选，堪称三教九流，贩夫走卒，引车卖浆者众。他们横管吹笛，寒声鸥起，持管吹箫，声可裂帛。短短几载，便在史军平的调教之下，迅速成为民间的演奏艺人，或登大雅之堂而歌，或旷野搭台而奏，或大衢执箫而吹，出入城郭，领衔花会。一支乐队灵魂仍是史军平，他持笙而带众乐师入过门，合掌捧笙而吹，一马当先，迎宾曲《大走马》古乐响起云霄。我伫立一角，谛听，远眺，古乐声中，一个上古时代奔来眼底。古燕国平野无垠，穹高天蓝，野草连天阔，一匹白骏马腾空一跃，打了一个响鼻，一骑绝尘，向着燕国城郭驰来。天堂之路，朝歌城阙，树树皆染秋色，山山尽落余晖。野草连荒城，远芳侵古道，田畴阡陌，悠悠远人村，村庄的上空炊烟袅袅，鸡鸣犬吠声回响于平原，清脆而又辽远。走马之人，正遇到一个牧人，倒骑牛背之上，吹着牧笛，驱赶着一群牛犊而归。一会儿又邂逅一位猎人，打马过来，卷起一阵阵烟尘，金马鞍两旁挂满了锦鸡、朱鹮，一只猎狗紧随其后，剽悍之意无出其右。好像站在路旁的是唐朝诗人王绩吧，他目睹这一幕，随口吟出千古杰作："牧人驱犊返，猎马带禽归。"如此雄强的上古气象，只有唐人唱得出来，唯有唐韵的打击乐敲得出来。

　　不知不觉之中，进城门了，该登堂入室了。文场转场，该奏三行礼了，笙箫独奏，一拜天地，唯有敬畏；铜笛再吹，再拜高堂，还是敬畏；而锣鼓齐奏，钹磬笙箫和鸣，三拜苍生，敬畏之后，更添了一层悲悯。

怆歌声起，离歌渐远。一步三回头，一拜，再拜，三拜过后，音乐之中，突然惊现前不见古人，后不见来者的孤寂。

莽原如斯。夫子该出场了。他要去看颜回，文场最重要的套曲《孔子探颜回》奏响了。文场演奏，这组套曲回肠荡气，动人魂魄，最有人间烟火味，通天心而接地气。颜回去了何处，非让夫子去寻找，文场的笙箫过门，茫茫大荒之中，踽踽独行一位千古大贤。《孔子探颜回》，那韵律令人入诗入画入乐更入心。一幕历史画卷在我眼前徐徐拉开。

那是春秋年代的一个黄昏吧，已经垂垂老矣的孔夫子，拄着一根半人高的榆木拐杖，走出孔府大门。子贡挣了大钱，买了一辆豪华的马车，停在孔家门口，这是四乘骑的吧，他扶着老师慢慢地爬了上去。

挥鞭欲驰，子贡扭头问老师，夫子，去什么地方呢？

去泗水边吧。夫子对子贡说，我想颜回了。

又是颜回。子贡心里有点酸酸的，妒忌啊，在夫子心中，颜回最重。不过，他马上领悟到老师的寓意。老之将至，逝者如斯夫啊，学生一个个地走了。颜回走时，才 42 岁，老师悲恸欲绝地说，"天恨予！"夫子对颜回的感情超过所有学生，常说，"回也视予犹父也"！

夫子坐稳了，子贡扬鞭，驷马绝尘而去，朝着古兖州颜回的老家疾驶。

早年，孔夫子也是这样领着学生，奔于道上，四乘的马车是坐不起的，就坐牛车吧。慢悠悠地走，将帝王之术卖给春秋诸霸，也曾一次次流连于泗河边上，杨柳岸晓风残月，朝云暮雨，朝花夕拾，黄昏落下来了，祥云浮于半空，凤翥天际，翩然飞来一只只火凤凰，落于夫子席地之处。老师与学生和歌诗三百后，奏颂歌雅歌，抚琴作乐，梳风而舞，沐春而归，那是多么惬意的日子。可一切如梦如影如电如泡了。

到了泗水，孔夫子下了马车，挂着拐杖爬于堤上。流水潺潺，泗水依旧清亮，只是水势比春天大了许多。

初夏的风徐徐而来，挟着麦香，风舞动孔子襟袍袂袖，博带飘了起来，高冠歪了，未簪牢的鬓丝白也鼓吹起来，拂着夫子的脸。

鲁西北平原空阔无边，无山，唯有一个小小的瑕丘，登丘高而望远，阡陌田畴拥簇都城村庄，袅袅炊烟。这是颜回的故里啊，他一生清贫，却是一个道德完人。记得那一年，夫子带子路、子贡和颜回登景山，问他们三人的志向。子路说他想做勇士，子贡则想当一个纵横家，凭三寸不烂之舌游走诸侯。而颜回则说，自己只想遇一个圣明的国君，辅以道德教化百姓。

唉！天妒英才啊。颜回死了，子路也走了，就剩一个他不喜欢的子贡紧随其后。

子贡远远跟在后面。夫子不想让他靠近。他想自己静一静。昨晚他又做了一个噩梦，白天回想起来依然清晰。他梦见自己躺在柏树棺材里，漫天的冥纸像黄叶一样落下，身后则尾随着鲁国披麻戴孝的孝子贤孙。

"逝者如斯夫啊！真是到驾鹤西去的时候了。"夫子神情凄婉，踽踽独行，这段路程让他爬得有点气喘吁吁。真是老了！人不服老不行啊。当年就在这泗水边上，他与学生席地而坐，讲论语的要谛，讲先贤的哲理名言。诗言志，赋比兴，春风吹兮，载歌舞兮。弹唱的却是最古老的雅歌燕乐啊。

仁性无敌，性乃本善。为了培育人性之仁，夫子一生花了很大精力去编诗三百，去整理损益过的礼乐。强学仁义是不成的："知之者不如好之者，好之者不如乐之者。"用礼乐去引导节制人性，才能使这个世界充满了仁爱和美好。在快乐之中接受教化与美感，这就是古燕乐的力量。

黄昏落下来了，月亮从东边升起，一声独鸣，万乐皆和，终成一曲黄钟大吕，震撼至今。夫子极目所至，景色与格调化入亚古城的古乐里了，就是一种"星垂平野阔，月涌大江流"的正大气象、上古气象。大唐老杜果然是高人啊，诗写到了信达雅的境界，气象宏大，描述准确，神韵无尽啊，一首五言诗，尽显春秋霸气，更显汉风唐韵。史军平领衔的亚古城古乐圣会的演奏巧妙地表述了这种古乐之境。

一个绝响将远，另一组套曲《回雪》回响，那文场将入尾声。岂有乐府觉天下，忍将功名苦苍生吧。

7

史军平心中有个不解之谜，一直不敢问师傅，追随二十载，为何师傅传于他的古燕乐，多为悲歌。

我也有一个不惑叩问，客居幽燕三十载，听到的古燕乐，多为大悲咒。文场如此，武场亦如斯。

那天上午，文场落幕了，跳广场舞的雄县大妈、卖文物的大叔们，遂将手上笛箫钹全部放下，换成了清一色铜镲。一鼓为先，史军平先擂，鼙鼓天下，武场演奏开始了。这是打击乐，是进行曲，是交响曲。一鼓擂动九州，一镲穿云带雨，气吞山河，席卷天下，云蒸霞蔚，云罅被撕开了，撕裂出一片宗教蓝。欲悲奏军乐，我哭英魂笑，可是我听到依旧是悲歌，史军平演奏的依旧是燕迓。

师傅弥留之际，史军平将自己半生的追问抛给师傅，为何燕乐多悲调？师傅淡然一笑，因为燕赵多死士！

我将这个听燕乐感受发微信询问太史公，他以无韵的离骚，平白如水作答，因为燕赵之地多慷慨悲凉之士。

壮士、死士、猛士、烈士，构成了雄安古乐之魂，镶入了燕赵大地的万里云天。秋风徐徐，古乐悠悠，死士列列，悲调呜呜，双镲一击可裂云罅，那是一曲怎样的黄钟大吕，那是一首怎样的慷慨悲歌？

古燕乐悲调由来已久。

我在雄县有关典籍中发现，燕乐诞生于周，从朝歌传至燕赵，最先盛于戎狄之地，就是今天的太行山的东麓，由鲜虞人建立的小国——中山国。历经戎狄、鲜虞、中山国几个朝代流转，此一族虽为周室之后，却来自华夏边缘，国小，血脉中有胡风，崇礼，萱歌，尚武，雄强了好几代人，国运也盛极一时。太行北麓的春秋五霸晋国对其富足，虎视眈眈，对其夜夜笙歌，觊觎已久。晋太史屠黍对周威公说："中山之俗，以昼为夜，以夜继日，男女切依，固无休息，康乐歌谣好悲，其主弗知恶，此亡国之风也。"一个弹丸小国，一柄危亡之剑时刻悬在城门上，随时落下。当年，黄帝、炎帝在此逐鹿中原，国殇无数。而此时，城邦之外，晋赵燕虎狼包围，生于忧患，死于安乐。且人生如朝露，朔风一吹便零落了。但故国虽小，忘战必亡，唯有以慷慨当存，悲歌荡气，国难之时，能时时提醒国人以图自存，当然，也有及时行乐之嫌。因重礼乐，民安国盛。于是，中山国凭着这些悲歌苦苦支撑了数百年，屡有兵燹，却一次次浴火重生。这在华族历史长河中只是一瞬，短促而辉煌。因为灿然，所以短命，时日无多，故一族皆好歌，尤其好悲歌，唱得慷慨激昂，唱得热血激荡。但这样的北方平原，这样的兵舆地理，无险可守，无关可挡，农耕文明屡败于骑术高超、骁勇善战的胡人、晋人和秦人，这就是燕赵之地的宿命，中山国如斯，赵国如斯，燕国自然逃不出兵燹之劫。

　　中山国亡了。故都，城邦，被晋军一炬兵火燃成火海，化作一地冷灰，被血河泡过的音乐岂能不悲？接下来轮到赵国了，强秦入侵，赵国岌岌可危。秦国兵锋过太行之南，朝党河而来。这是丹道的上游。

　　古丹道，古丹河，流淌于上党与沁阳界，中间峙然一座太行山，像一条天然界河一样，将豫晋之地连缀却又隔绝开来。

　　那天早晨天刚亮，秋山霜白一片。太阳刚刚升起，涸红山谷，犹如一枚刚砍了的人头，漂浮于青天河上，朝阳如血，北岳如海啊。

　　这杀戮太重了！七雄逐鹿，强秦崛起，真是有包举宇内，囊括四海之心，以一支虎狼之师同时对齐、楚、韩、魏、赵、燕等六国开战。公元前 266 年，秦相范雎雄睨天下，提出"远交近攻"之策，发起攻打韩国之战。于是，秦王剑锋划破太行山的天幕，留下一道道残阳般的血痕。拉开长平之战的序幕，尚能饭否的老将廉颇本可以与秦师坚壁对垒的。然，秦使反间计，使赵孝成王中途易帅。赵括率军乘胜追至秦壁，扎于今省冤谷，即青天河一带。山谷四周皆山，秦将白起早在此布下了天罗地网，而赵括率大军从唯一可容车马的古丹道而入，渐入口袋之中。赵括不知，四十万大军挤于道上，车辚辚，马萧萧，乱成一团。进入秦军的伏击圈后，埋伏于两山之间的秦军突然鼓角争鸣，利箭、乱石、圆木雨点般地落下，赵军顿时成绞肉机，屡战不利，只好筑垒坚守。围困数日后，赵括打马向前，力争与白起一搏，可是被秦军一一射杀，四十万大军成为谷中之鳖，最终只好降于武安侯白起，被诱入谷，一一坑杀。

血流成河，尸体填满青天河的峡谷啊，血水汩汩流下，将一天青天河染成血河。故取名丹河。

赵国亡魂四十万，每具白骨都爬过蚂蚁、蟋蟀，骷髅眼睛里长出了野花。到了夏季，到了秋日，一起哀鸣，岂能不怆然惊天，令听者魂惊胆战啊。

惊涛湍急，四处雄鬼长歌当哭？时隔数百年之后，曹孟德盘马弯弓，兵过此地，茫然四顾，依旧骷髅垒成山。写下短歌《苦寒行》，吟啸赵国冤魂不散。曹公走过数百年之后，唐明皇路过此谷，仍见头颅如山，马蹄所过，皆踏白骨忠魂，俯仰之间，那骷髅眼里，长出箭一般的野茅，怒目晴空，令人不忍卒睹啊。唐明皇故命官员择山坡建骷髅庙一座，此庙分正殿和东西耳殿，将庙之山改为头颅山，更杀谷为省冤谷，以祭祀赵国四十万亡魂。

赵国被灭了，赵妃成了秦国将士的女人，被一座座的山压了下来。一个连自己的女人都保卫不了的国家，焉能言战。

兔死狐悲。太子丹知道，燕亡国的日子不远了。连赵国都不是秦国虎狼之师的对手，弱燕怎能抵挡得住啊。

太子丹唯有靠荆轲最后一搏了。可是那天在秦王的大殿上，荆轲捧着太子丹好友樊於期的头颅，献给秦王。当他一步步走向秦王时，嬴政的气场太强大了，冷瞳如剑，一下就将秦舞阳吓破了胆，他的腿打了一个颤，脸上掠过一丝惊惶，被秦皇大帝一一窥见到了，心里早有了防范。故等荆轲拔匕首时，为时已晚，秦始皇躲过了一刺。只有一次机会，荆轲已经痛失了，当他再度出手时，已被秦王一剑封喉，杀荆轲和秦舞阳于殿堂之上。那一刻，远方的太子丹心头一痛，这就是我们当下最流行的量子纠缠啊，千里感应共一时域，同一时空中，瞬间传递的不祥之兆，锥心喋血般地刺痛了太子丹，他感到自己的末日到了。

逃吧！太子丹跟着燕喜王逃到了辽东半岛，躲过了秦王，却躲不过自己的父王，最终还是被割了首级，献于秦皇的朝堂之上。

唉！太多的悲歌，太多的离歌，都化作了一卷卷悲凉的史记、史诗。壮士一去不复返，这回该轮到音乐大师高渐离上场了。挚友已死，高山流水，知音全无，燕国将国之不国，人活着还有什么意思。刺秦，再刺秦，死士就该前仆后继，以身许知己，以身许国人了。高渐离这时只想一死，追寻荆轲而去。于是，他对秦王说愿去投秦，愿当其乐师，为彼击筑。秦皇说可，但要以刺瞎双眼为条件，高渐离没有一丝犹豫地说，好吧，我今生愿为秦王击筑。

秦皇笑了，一个被刺瞎双眼的琴师还有什么危险呢？然而，一代君上低估了燕国志士的成仁之举，高渐离在刺瞎自己双眼前，往筑里注满了铅，重重地，只待殿上最后一击，砸死秦皇。

又失败了。时不运兮天亡我，亡燕国，高渐离的最后一击，还是被秦始皇躲过去了。中国历史没有改写，千古一帝，开封建第一朝，唯我始皇最尊。君上那天看着高渐离的尸体横于庭上，哈哈大笑，笑傲九州，谁配与我为敌。就凭这么一个瞎子乐师吗？燕国无人啊！壮士未酬身先死，中山国，赵国，还有燕岭之下的燕国，巍巍乎，多壮士，多死士，多烈士，多猛士，亘古不绝。大风起兮，燕山雪花大如席，那是满天的冥纸在飘散，抑或不仅仅是冥纸啊，是众多亡魂的白眼球，黄瞳孔，是中山国、赵国和燕国女人的泪眼，幽燕降大雪，降暴雨，在为中山国的众生哭，为赵国四十万将士哭，为太子丹的老师哭，为推荐荆轲的田光哭，更为燕太子的好友樊於期而哭。泪哭干后，就是仰天狂笑，笑太子丹眼拙，笑荆轲无剑客侠士风，却高山仰止高渐离，先生有贵族名士风度，真正的琴师之王啊。

冥纸如雪吗？怎么会在燕山飘飘洒洒，千古如斯，不绝于东风、西风、朔风，那一叶，一簇，一团，从春飘到秋，从秋飞至夏。燕山雪花大如席，大先生说的不是雪，是冥纸吧，还是梨花，樱花？他生于绍兴，少时很少见过江南下雪，第一次入北平，叹喟居然如此夸张，这可不是鲁迅彻骨之冷的风格呀。难道大先生也是为燕赵的壮烈而悲吗?!

算了，还是回到现实吧，自古燕赵多悲歌，我已经知其真谛。此时，亚古城古乐圣会武场随着最后一记鼓点敲下，辉煌落幕。那一刻，我听懂了燕乐之魂，那一刻，我明白千年一梦为何要选择雄安，这是中华民族千古一梦的最后绝版啊。

8

那天晚上，雄安管委会宴请中国作家采风团一行，讲了习主席一年前来雄安视察，这是另一个版本的春天的故事，就住在我们下榻的酒店，召开会议，定下了千年之策。到了这年的人间四月天，省委书记谈话后，时任河北技术监督局长的他，带着一行人，潜入雄安，启动千年大计的伟业。这些激荡人心的故事，自然是中国作家赖以驰骋的舞台和文学富矿。

然，一年过去了，这块古老的土地仍旧沉寂。我听圣乐之地，正是杨六郎延昭观战的雉堞，地下，抗辽的古地道连横旷野，可雄关已经坍塌，只有关名还在。野草寂然，青纱帐连天涌，滚滚英雄谁在? 然，我知道地心的烈焰仍在奔突运行，黄钟大吕激昂之曲早已奏响。再过五年，再过十年，再过五十年，当年雁翎队吹过芦笛的荷花淀深处，千古壮士血沃的雄安大地，浅浅的海淀子，高天之下，也许会崛起另一座大深圳，另一个大浦东。东方之珠将清亮白洋淀，闪亮北中国。对此，我深信不疑。

那晚夜宴毕，我有点微醺。与高伟兄行于白洋淀大堤之上，燕国古长城，燕南赵北分界线上，月儿一弯，犹如孤舟从远古的大泽驶来，船头鹄立一群鹭鸶，个个都像白衣隐士、壮士，血溅白袍，向我凄然行来，是太子丹、是荆轲、是高渐离，是樊於期，还是那些无名的众生……

浪拍白洋淀，易水已断流。今晚是七夕，天上两颗星，地下一双人。天河遥迢，岁月如歌。我坐在书房里优雅地写作，享受着和平生活的宁静与温婉。当最后一行字敲下时，我的键盘之声，仍有黄钟大吕不绝于耳，挟着燕赵夜雨，叩击着窗子，合弦而歌，音符更激昂，击打着我的心弦。一个激灵，文题已得：《黄钟大吕听雄安》。

诸君！且听且行，且行且吟吧。

西域断章

胡天无雪不见君

已是下午 2 时。可天庭之上，太阳钟盘刚指向正午，秋阳正烈。不远处之火焰山，地表温度仍达 40 多度，交河、高昌古城，皆无入秋渐凉之气象。离开吐鲁番的最后一站是博物馆，无意间，竟在克孜尔石窟抄经文书中，与大唐边塞诗人岑参账单不期而遇。"岑判官柒匹马共食青麦三豆（斗）伍胜（升），付健儿陈金。"寥寥一行字，此乃一千多年后在吐鲁番以东阿期塔那—哈拉和卓古墓群纸棺上发掘的。

麻纸早已褪色，墨迹仍旧清晰，浮冉着一股千年烟火。遥想当年，漠风萧萧，岑参将一碗浊酒饮尽，付过马料钱，走出客栈。仰首苍穹，唯见胡天千里，云垂穹低，蓦然回首间，交河古城黑云摧城，风雪欲来。彼跃身上马，紧随安西四镇都护使高仙芝和副都护使封常清身后，打马前行，朝着天山南麓飞驰而去。雪地之上，留下一行行马蹄之印。

马蹄声咽，没于风雪之中。乙未年立秋后，我兀立于交河古城天穹下，茫然四顾，却不见天山飞雪，地上更无一行马队蹄印。斯时，中国作家"丝绸之路行"登车而行，朝着法显、玄奘和岑参走过的西域大地，一路向西，只是汗血宝马换成了一辆考斯特。胡天八月即飞雪，低吟浅唱，可天山无雪，朝当年岑参驰马走过的驿道极目千里，地平线尽头，阳光灿然，万里无云，天现一片佛教蓝，大唐马队隐于何处，岑参又在何方？

对于中国文人骚客而言，长河落日，大漠孤烟，边关冷月，千帐灯火，灵魂有安妥处，心中便有诗性与神性。于是，半阕苦吟，两行诗句，一声仰天吟啸，便将一片洪荒之域，化作温馨的精神之乡，遂成千古绝唱。从此，一首诗，一句经典，成就一处人文景观。只要诗人精神不死，斯地便永远有一个文化之魂踽踽独行，令万世景仰。

我对岑参情有独钟，源自少年从军，蛰伏湘西一隅，寒夜苍茫，冷雨夹雪，楚山凝冻，窗前窗后，皆成玉树冰山，梨花莽荡。偶读《白雪歌送武判官归京》，从"胡天八月即飞雪"，至"忽如一夜春风来，千树万树梨花开"，顿时生出万千喟叹，此诗此境，竟将窗含玉树梨花飞扬为诗情画意。顿时，便被其高远意象和襟怀倾倒。后，再读《走马川行奉送封大夫出师西征》《轮台歌奉送封大夫出师西征》，仿佛见一介书生岑参，身披铠甲，兀立于轮台城郭之垛堞前，时西风正烈，辕门前旌旗不动，战马长啸，彼玉树临风，抚剑问天，将寒山望断，把吴钩看了，断鸿声中，落日楼头，唯见天山暮雪。此时的大唐士子豪气天纵，"宁为百夫长，胜作一书生"，夜卧冰河，剑舔墨汁，下马能豪饮，上马敢杀人。夜入军帐，挥动狼毫，蘸着精神膏血，作歌赋词，戍边立业，只为封他一个万户侯。盖中国之少年精神矣。

一路向西，车沿天山大纵谷而行。羁旅遥迢，天山冷梦，西望长安，不见故人入梦来，一代边塞诗人之肉身消失于滚滚风尘里，却活在一卷卷唐诗之中，活成千古。少年岑参，生于钟鸣鼎食之家、簪缨之族，从曾祖父岑文本为李世民宰相始，一门三宰相，相太宗、中宗、睿宗朝。然，其伯祖父长倩本为中宗当朝宰相、廷上重臣，至睿宗时却触怒天威，不仅祸及五个儿子被诛，就连岑参之伯父睿宗朝宰相岑羲也未能幸免，成为刀下冤魂。后株连九族，岑氏一门从此家道中落。然，岑参五岁读书，九岁吟诗作赋，少有擎云之志，欲振岑家声威。彼万里赴戎机，只为官至卿相，不辱祖宗。天宝八年（749 年）后，两度出长安，过北庭，入大唐安西都护府，先为大唐名将高仙芝幕府掌书记官，随一代常胜将军征小勃律国，兵出葱岭，直抵今日之阿富汗的库尔兴什，威震西域。一千年已矣。从帕米尔高原走入亚洲腹地的探险家斯文·赫定，踏勘高仙芝行军路线，惊叹道："此为人类历史之第一次，乃中国最勇敢之将军也，比欧洲名将汉尼拔、拿破仑、苏沃洛夫之越阿尔卑斯山，真不知超过多少倍！"然，高仙芝不识岑参之才，冷落其于幕后。两年后，彼怏然回长安，与李白、杜甫、高适厮混，吟诗填词，喝酒作乐。然，酒酣之后，彼怆然泪下，心不甘寂寞也。天宝十三年（754 年），彼再度入西域，欲圆卿侯之梦，任安西都护节度使封常清之判官，随着大唐雄师降服西域三十六国与昭武九姓，留下 300 多首边塞诗作。此时，彼最歆羡之人，乃封常清大夫。其未至不惑，已为国之干城。岑参吟诗献媚，一脸真诚："如公未四十，富贵能及时。直上排青云，傍看疾若飞。前年斩楼兰，去岁平月支。天子日殊宠，朝廷方见推。何幸一书生，忽蒙国士知。侧身佐戎幕，敛衽事边陲。自逐定远侯，亦著短后衣。"岑参终未能像心中偶像班超，封个定远侯，最终以峨眉山下一嘉州刺史了此余生，罢官之后，客死锦官城，时年56岁。留下一曲曲边塞高歌，吟成青山黄河。

"轮台东门送君去，去时雪满天山路。"吾等半卧于铁骑之上，一路坐车观天山，看西域。车过马兰，未停，车过巴音郭楞，仍未停，过博斯腾湖、焉耆、铁门关，皆未停，夜宿库尔勒。次日，前往龟兹古国库车，抵近轮台时，天地玄黄，轮台东门不再，天山以南行旅，一路秋阳红灿。胡天无雪不见君，西天取经之途，大道寂寂，已经没了马蹄声、驼铃声、胡曲声……

谁的龟兹

车出库尔勒城后，一路向西，当晚下榻之地，便是库车县城。漫漫行旅，欲行五小时之久。太阳懒洋洋挂于天山之上，自南面车窗斜射而入，晒得人昏昏欲睡。然，我无半点倦意，独倚窗前，极目天际，神游八荒，天山南麓红白黄褐之丹霞地貌，如天马行空，似白象原驰，更有红驼悠然，随众菩萨出行，博带褒衣，背景是一片深海般的蔚蓝，在我之视野惊现一派梦幻之境。

斯时，西域大道上对头车稀少，好久不见一辆车驶过来。不闻马蹄声响，亦无驼铃悠悠，却顿感体热，有一股历史信息于焉激活，奔突于身。冥冥之中，唯见持节张骞骑于汗血宝马背上，踏雪而来，汉风威仪，臣服四方。班超万里封侯，击右地，破白山，临蒲类，取车师，诸国震慑响应，遂开西域，彼出入二十二年，莫不宾从。大军沙暴般掠过后，大漠依然岑寂，汉地却陷入兵荒马乱，于是僧侣登场了，朱士行、法显、玄奘背着行囊艰难跟跄而行。一袭僧袍风中飘过，掠过塔克拉玛干大漠，犹如精神路标，指引着人类，温暖着逃出生死之劫的商旅。

然，一袭袭僧袍如古道上丝绸一样，湮没于历史风尘之中，风干成记忆。在我历史地图行走之中，轮台城过后，西域三十六国下一个驿站应该是伽蓝圣地，大唐安西都护府治所龟兹了。

龟兹何在？我向瀚海大声疾呼。同车新疆作协朋友道，就是今晚下榻之地库车县也。

龟兹，库车？库车，龟兹？古龟兹国早在汉代便存世千载了，龟乃秋之繁体偏旁，与汉文化连着沾血脐带。而库车乃突厥语，取悠久、悠长之意。后，见库车县委书记，彼称，库车乃当地维语龟兹之拼读谐音。

谁的龟兹？龟兹国王的，鸠摩罗什的？大唐帝国唐三藏的，安西都护府大夫高仙芝、封常清都督的？还是龟兹吐火罗语唯一大师季羡林的，抑或你的、我的？

落日时分，隐没于云中之夕阳，从云罅筛下几道金光，犹如佛陀之兰花指，摩挲库车城郭。车抵县城，下榻之所，居然是一座五星酒店，其豪奢之度，非大汉、大唐之龙门客栈可媲。我伫立于十六层落地窗前，俯瞰城池，古龟兹国王，大唐安西都护府，还有登高望远，满城金顶、佛塔的伽蓝，皆湮灭于岁月暮色中，风轻云淡。唯有文化活着，一帖青史活着，活在上古的记忆里。

一个人的龟兹，绝非国王的、大唐都督的龟兹，尔辈皆走马灯似，你方唱罢我登场，唯有古人鸠摩罗什和今人季羡林御风登上云端。

云上偶像。庙里菩萨。7 岁小和尚鸠摩罗什从天上宫阙飘然而下，将金色袈裟往肩上一抛，蓦然回首，最后留恋一瞥投向表妹——龟兹国王的女儿，然后登上马车，向王城之北雀离（今苏巴什）大寺走去，剃度出家。彼乃龟兹王妹与印度相国之子，生于贵胄之家。因母亲笃信小乘佛教，便注定其一生将献于佛前，坎坷一世。彼一经入庙，梵呗声声，轻烟浮冉，却如星光闪耀，一天能诵经书一千谒，相当于 32000 字。9 岁时，彼与母亲过葱岭，涉恒河，至佛祖涅槃地，拜尼泊尔上师槃头达多为师，三年后学成归国，彼已在佛学、哲学、逻辑学、声韵学、语文学、医学、历算、星象和工艺、技术等方面造诣精深，令龟兹国王垂青不已。20 岁时，龟兹国王举办一大法会，令鸠摩罗什与一位西域高僧辩法，殊不知对手竟然彼之老师，一个月下来，老师完败，鸠摩罗什名声大振，被龟兹国王奉为国师。每逢其主持大法会，西域三十六国国主皆肥马高车而来，亲临龟兹雀离寺，跪于佛前，让其踩踏登上法座，讲经说法，众国王皆膜拜不已。龟兹国因了鸠摩罗什而雄视西域。

一个僧人的西域，引起了汉地皇帝的注视。前秦皇帝苻坚对鸠摩罗什仰慕不已，受车师前首领和龟兹王弟所邀，出兵西域。彼对麾下战将吕光云，破龟兹城池，朕不要金银财宝、宝马美女，只掳国宝即国师鸠摩罗什。果然，吕光万里远征，大胜而归。只掳鸠摩罗什而去，并逼其还俗，破戒，与幼小玩伴表妹——国王之女结婚。并被囚禁于凉州城，译经 17 年。后江山易主，秦皇帝将彼接入长安，举行盛大入城仪式，令其率五千弟子译经。彼 70 岁圆寂于户县草堂寺，身后却留下万千经卷。

我有幸，在敦煌，在京畿，浏览过黄庭坚和康熙皇帝正书鸠摩罗什译的《金刚经》，一点一画、一撇一捺之中，皆现古代汉语与白话韵律之美，令人如痴如醉。

还有那位山东青年季羡林，跨洋过海，在德国巧遇吐火罗文，方知乃故国西域之语，遂投于德国天才学者西克教授门下，对这门混杂梵语、巴利语之佛教天书展开研习，终学有所成，独尊天山，睥睨西域，盖无人出其右矣，成为继往圣绝学之一代大师。

翌日上午，吾等出库车城，往城北，驶向天山南麓之雀离大寺，行四十余里，抵当下称之为苏巴什大寺遗址。岁月沧桑，几经盛衰沉浮，兵燹毁寺之后，终成一片残垣断壁。大寺经塔旧址之上，白云如昨，可祥云不再，漠风依旧尖啸掠过，却无风铎悠然；东寺和西寺隔着宽阔的干涸河床，苍烟犹在，清泉已经不复。万僧随鸠摩罗什诵经之盛景风化为青史碎片，唯有那耸入云天之经塔和半壁寺墙，与天山同在。一阵漠风过后，梵香，梵呗，长号，晨钟暮鼓，仿佛从历史深处响起，敲在每个到龟兹旅人的心上，依旧令人沉静，觉悟无常，物我皆忘。

葱岭在上

此中国作家丝路行之终点，乃喀什。而我最神往之处，却是葱岭，心慕三十载矣，颇想驱车叶城，登上界上达坂，在海拔五六千米之雪山之巅，在其貌不扬之垭口处，蹦三蹦，大声疾呼，我来了！看是否与西藏感觉与反应一样。

日暮时分，抵南疆重镇喀什，一问方知，此地离塔什库尔干县、离葱岭仍有三四百公里，将近一天行程。只好止步于喀什，葱岭不可去兮，唯有遥望。

我对葱岭之迷恋，始于西藏。转遍西藏神山圣湖之后，唯有一条最艰难西天取经之道，西方探险家称之为最具挑战性的户外之旅，横亘于巴基斯坦、阿富汗、塔吉克斯坦及中国的葱岭，久久吸引着我之目光。

葱岭，古称不周山，《山海经·大荒西经》记载："西北海之外，大荒之隅，有山而不合，名曰不周。"《淮南子·天文训》则对不周山的解释更具想象力："昔共工与颛顼争为帝，怒而触不周之山，天柱折，地维绝。天倾西北，故日月星辰移焉；地不满东南，故水潦尘埃归焉。"

汉朝以降，不周山便称葱岭。斯为喜马拉雅山、昆仑山、喀喇昆仑山、天山及兴都库什山接壤处，神山耸立，雪峰苍茫，大纵谷撕裂崇山峻岭，因岭上多野葱或山崖葱翠而得名。塔吉克语，则称其为帕米尔，意即世界屋脊。至大清国末季，葱岭渐次在人文地理语境中消失，代之为帕米尔高原。

葱岭在上。我情有独钟，源于阅读。东晋法显《佛国记》，玄奘《大唐西域记》，还有后来走过葱岭之西方探险家马可·波罗、斯文·赫定，在其《马可·波罗游记》《亚洲腹地的旅行》等书中皆对此地做过精彩描述，令我掩卷不忘。新世纪又一个千年，当我携女儿在世界最高峰珠穆朗玛大本营踟蹰半日，不忍离去之时，遂将目光投向葱岭之上世界第二高峰乔格里峰，期冀一睹奇崛。

　　是夜，我下榻于喀什宾馆，一夜耿耿难眠，半睡半醒，恍惚之间，眼前掠过尽是一帧帧葱岭风光与踽踽独行之地史学家，彼或僧或官，或将或卒，或冒险家或文物大盗，兀立葱岭，俯瞰神山，褐色僧袍一袭，镀金铠甲一副，飘荡于葱岭之上。

　　法显出长安城时，为东晋隆安三年（399 年）。

　　彼将这个远行西域的时间，记为"岁在己亥"，意即该年之天干纪年应为己亥，而时节恰是秋风四起时。后秦都城已呈衰败之象，落叶萧萧长安道，万里悲秋，古城墙上箭镞犹在，伤痕累累。自入东晋十六国，五胡乱华。百年之间，长安城已有前赵、前秦、西燕、后秦四个小王朝建都。皆一个个短命王朝，长则三十多载，短则二三年间，城头变幻大王旗，拥兵自重，有盔甲便可称王。兵燹战乱，喋血杀戮，年复一年，百姓惨遭涂炭。唯有到佛祖座下寻求温馨和解脱。驿道上朔风萧然，瘦马夕阳，一派风尘滚滚。而他的目光却投向万里之外的葱岭。

　　西天之路迢遥，迤逦走来，法显九死一生，过河湟，入罗布泊，越塔克拉玛干，终抵西域佛教之都于阗王国，前方葱岭在其视野中城垣般地崛起。

　　葱岭之东有六个国家，法显一行翻越葱岭，跋涉 25 天，皆是小乘佛教之地，此地山寒，早晨起来满地清霜，已经与汉地明显不一样了，不种稻菽、麦穄，物种也不尽相同。唯有竹子、石榴和甘蔗见过，显然离故乡越来越远了。

　　伫立葱岭之巅，满目高山峻岭，沟壑纵横，崖岸高绝惊险，山巅岩石岿然，壁立千仞。临近峭壁，就会头晕目眩，想要往前走的话，甚至连放脚的地方都没有。崖壁下面有一条河流，叫新头河。过去有人顺着山势在绝壁上凿出石阶，以作为通路，一面临壁，一面却是万丈深渊，总共有七百石阶。胆战心惊地爬上石阶之后，轻轻踩着悬在上空的大索渡过河，河两岸相距有八十步宽。这里是殊方绝域，彼惊叹，甚至汉朝的张骞、甘英亦未能抵达此地。

然，百年之后，大唐名将高仙芝及身后两万余官军抵达了。

那天，龟兹大唐安西四镇节度使辕门前，接过节度使夫蒙灵詧递过来的壮行酒，高仙芝和出征将士豪饮而尽。彼跃身上马，抽出挂在铠甲上的佩剑，往西域天空一指，剑光划破了晴空，湛蓝天幕上顿时伤痕累累。高仙芝的剑锋所指，便是当时世界上堪与大唐比肩的帝国——大食。

高仙芝太熟悉西域这片土地了。少时便随父亲高舍鸡入安西从军，辗转河西走廊与河湟一带。虽然流淌着高句丽的血脉，可却仰慕大汉帝国青年将军卫青、霍去病，十七八岁便在这块土地上建功立业，马踏飞燕、马踏酒泉。大唐的高天厚土，真乃放飞雄鹰之域，不管华族、东南夷，还是西北胡，只要有真本事，就可以在这里找到自己飞翔的天空。

少年从军行，一踏进安西都护府龟兹，高仙芝便热血沸腾了。因其骁勇果断，善于骑射，20岁拜将，不到而立之年，已官至安西副都护、四镇都知兵马使。

然，一将功成，并非浪得虚名。高仙芝初啼试剑，是天宝初年。当时达奚诸部叛乱，波及黑山以北，直至碎叶城大部分地区（又称素叶城、索虏城，即大唐诗仙李白的出生地）。唐玄宗诏令安西四镇节度使夫蒙灵詧前去平叛。夫蒙灵詧派高仙芝率两千精骑自副城向北，直抵葱岭之下迎击叛军。达奚部因行军劳顿，人马皆疲，夜间宿营时，被高仙芝部攻破，尽为唐军所杀。高仙芝一战成名。

西域战事，远在天外，可大唐开国至今，经贞观、开元之治，已显盛世气象，乃世界唯我独大之帝国，无人敢于挑战。西域三十六国，也尽握在大唐王朝掌中。帝国依托安西、北庭（今新疆吉木萨尔北破城子）所辖各军镇，焉耆、龟兹、疏勒、于阗等二十余西域小国，皆俯首称臣，进贡不断。

偏偏葱岭之上，有两个国家欲挑战大唐的权威。一个是小勃律（在今克什米尔西北部，都城孽多城，今吉尔吉特），另一个大勃律（今克什米尔中部一带，都城巴勒提斯坦）。前者原为唐属国，是吐蕃通往安西四镇的战略要津。吐蕃赞普把公主嫁给小勃律王苏失利之为妻后，小勃律国遂归附于吐蕃，吐蕃进而控制了西北各国，因此"西北二十余国皆臣吐蕃"，中断了对大唐的朝贡。彼时唐玄宗尚未沉溺霓裳羽衣舞之中，仍励精图治，对挑战大唐地位，决不容忍，屡出重拳。天宝六年（747年）三月，玄宗皇帝下诏，命安西副都护、都知兵马使、充四镇节度副使高仙芝为行营节度使，率兵万余人，征讨小勃律。

高仙芝与前几任大唐将领不同，彼充分了解斯地之地理、气候及大地构造，葱岭分东、中、西三部，东帕米尔以山为主，乃葱岭高地，海拔皆在6100米以上，山体浑圆，河谷地带却宽而平坦，海拔自3690米至4200米。唐军行军欲穿越东帕米尔，且翻越海拔7560余米青岭（慕士塔格山）。一个冷兵器时代，靠马匹和步行，其难度可想而知。高仙芝却从容应对，一是行军时间的选择上，避开天寒地冻之冬季，而选三至十月份为进军时间；长途奔袭乃兵家之大忌，因远离大后方支撑，粮秣为最大难题，高仙芝让每个士兵都准备私马，专驮粮草。再一个是在行军时，注意隐蔽，出其不意。

春天来了，天空中灰头雁掠过，高仙芝仰望天空，对节度使夫蒙灵詧说，天时地利，万事俱备。中丞，可以出发了！

那天清晨，夫蒙灵詧站在安西节度使点将台，为高仙芝出征送行。壮行酒喝过后，唐军将士碗一摔，在中亚时空中，中国历史上一位伟大将军登台。于是，一万多名唐军出龟兹，一路向西，幕中判官封常清记下了一段驿程：经十五日至拨换城（今新疆阿克苏），又经十余日抵握瑟德（今新疆巴楚），再经十余日至疏勒（今新疆喀什），眼前葱岭横亘千里，寒山暮雪。然唐军挥师南下，马蹄声碎，从容踏上葱岭。开始千山寂静，唯我独行帕米尔高原之艰难行旅，万里奔袭。每位唐军士兵骑于马上，后边有私马相随，后勤粮草在规定的时间内都能得到保障；高仙芝专择平坦宽阔的山间谷地行军，使唐军的困难降至最低。经过二十余日漫漫长征，唐军到达了葱岭守捉（今新疆塔什库尔干塔吉克自治县）。然后再次向西，沿兴都库什山北麓西行，又二十余日抵播密水（今阿富汗瓦汉附近）。唐军继续驰马而行，再经二十余日到达特勒满川（今瓦罕河）。

时，夏天悄然而至。河谷里吹来阵阵暖风。高仙芝将麾下战将召进中帐，摊开地图，云：此时作战，尽得天时。安西唐兵分三路，剑指连云堡。

高仙芝一战扬名，威慑西域，也在唐皇心中留下深刻印象。玄宗拔擢高仙芝为鸿胪卿、摄御史中丞，代夫蒙灵詧为安西四镇节度使，成了名副其实的中亚总督。

一千年已矣。英国冒险家斯坦因三度走过帕米尔高原，勘察了一千年前唐军行军路线，惊叹不已："数目不少的军队，行经帕米尔和兴都库什，在历史上以此为第一次，高山插天，又缺乏给养，不知道当时如何维持军队的供应，即令现代的参谋本部，亦将束手无策。"又慨叹道："中国这一位勇敢的将军，行军所经，惊险困难，比起欧洲名将，从汉尼拔，到拿破仑，再到苏沃洛夫，他们之越阿尔卑斯山，真不知超过若干倍！"

葱岭苍苍，雪水泱泱，我离葱岭仅一步之遥，却失之交臂，想此去经年，道友张鸿远行西域，彼行车途中，发微信于我，称"正在西天取经路上"，我答曰："代我看看葱岭。"张鸿君按下车窗，投目处，恰好正体汉字镌刻于焉：葱岭。彼大惊，真乃巧合！忙复我："我此时正在葱岭之上！"彼停车拍照，感叹不已。

葱岭在上，天若有情，云上的日子，彼还会再等我另一个千年吗？此番爽约，只在几步之间，却意味了却夙愿的时刻走近也。

"葱岭，我会再来的！"我在梦中，对着喀什城，对着葱岭，大声喊道。

夏塔之思

1

也许是冥冥之中的感应吧，晌午过后，在夏塔河边一哈萨克牧人帐篷中吃过手抓饭后，终于登车，去祭祀大汉帝国第一位和亲公主刘细君。

迤逦而来，山一程，水一程，考斯特盘旋而上，一觉梦至天边，梦未醒，汽车已戛然停下。昭苏县旅游局小刘说，细君墓到了。睡意犹在，惺忪之中远望，伊犁地界上，据传大汉帝国公主细君之葬地有三：一为新源县，背靠天山，放眼拉拉堤草原；二为特克斯县境内的"姑娘坟"，相传亦为细君公主墓葬；再一就是昭苏夏塔河谷。跨出车门，一汉白玉石雕兀立于天地间，茫然四顾，第一感觉便是风水甚好。整个墓园背靠青山，左边青山连绵欲飞，让人想到中华龙之图腾，右侧山麓似有卧虎雄睨，前方缠绕一条夏塔河。恰好印证了汉地风水之说。我暗自称奇，好风水，枕我青山，饮我冰泉，望我乡关子民，难怪乌孙国王族墓葬群落于此。

前不见乌孙人，独怆然荒原，几座犹如巨型蒙古包一样大的青冢，次第而上，直抵山麓。华栋将张者车上讲儿时骗维吾尔族女孩的铅笔盒故事，编成维吾尔族童谣，边哼边行，引得叶延滨、杨泥夫妇、秦万里兄、王刚、张者、少君、小明和我一阵捧腹。不知不觉间，走至汉族娇娘石像前，仰首一看，系江苏泰州所捐建。大汉美女大襟汉装，袂袖广舞，长裙匝地，似踏云而来。然，远山碧树芳草，突兀间冒出一尊汉白玉，与周遭自然风光颇不协调。遥想当年大汉公主由张骞护送，万里迢迢，琵琶弦断，远嫁一乌孙王，且是一古稀老汉，不知见面之时作何感想。此为中华帝国公主和亲第一人。时隔不久，乌孙王薨殁，刘细君又再下嫁其王孙，福兮祸兮，是灾是喜，唯有天知道。

问及细君公主缘何葬于此，而非伊宁之新源说、特克斯县的"姑娘坟"说。小刘称证据有三，一曰风水，二曰文物，三曰乌孙王者之墓。我愕然，此第一理由，与我第一感觉不谋而合。便问此高见出于汉地哪位专家。罗哲文。小刘脱口而出。

啊！竟与罗老英雄所见略同。讶然之余，我不免掠过一丝不安与隐忧，专家与作家的感觉如此趋同，感性乎？理性乎？问题是彼时乌孙国必兴风水之说吗？心中一个巨大问号被拉直了。

2

唉！寻幽未必要有古意。匆匆登车之后，人有些困顿。继续做白日梦，将大汉公主一缕芳魂和喟然长叹皆抛于车后，向夏塔古道驶去。

右拐，再右拐，蓦然回首，乌孙王墓地竟然成了夏塔古道之入口，风尘滚滚，冰河湍急，将历史蹄声、哭声和厮杀之声全都淹没了。换上景区之车，溯夏塔河而上，滚雪滔滔，山风袭来，流急浪高，犹如一首霸王卸甲的古琴催我入梦，乌孙王妃汉家女。神思仿佛穿越千年，来到汉武大帝的殿堂之上。

李陵兵败，匈奴铁骑越过焉支山，突破第一道屏障祁连山，剑指陇右，威逼长安。

"众爱卿，有何良策？"一代汉武大帝坐于龙庭之上，询问殿下大臣。自汉高祖被匈奴兵围燕岭，吕后掏钱解围救驾，换回刘邦，大汉三朝，屡败于匈奴，谁有破匈奴之策？

武将皆知匈奴铁骑厉害，大汉王朝步兵车骑，在匈奴战马铁流势如黄龙扑来面前，皆像稻草人一样的靶子，无法抵御，成了被绞杀的对象，武将面面相觑，不敢上策。

武将不畏死。可一提及匈奴铁骑便吓得面如土色，令汉武大帝有些失望，侧头问殿下文臣："众爱卿，有何高见？"

"陛下，破匈奴之策，我大汉独缺天马啊。"张骞进言道。

"天马？"汉武大帝反诘道，"寻天马何用？"

"驯成天马方阵，方可抵挡匈奴王单于的铁骑。"

"哦！"刘彻沉吟道，"爱卿所说极是，然何处可寻天马？"

"乌孙国。"

"就是那位年过古稀，欲娶我大汉公主的蕃王？"

"正是！"

"不是说匈奴亦要与其和亲吗？"

"但乌孙国以娶大汉公主为荣。请陛下早日定夺，公主和亲，了却乌孙国一桩心事。铁心跟定大汉皇帝，这样既可得乌孙天马，又可内外夹击，将匈奴赶出祁连山，赶回焉支山。"

"区区蕃国，垂垂老翁，竟想我大汉如花似玉的刘细君，甚为荒唐。欺我汉家男儿无战力？"汉武帝反诘道。

"陛下，大汉不嫁公主，匈奴必嫁，若匈奴再与乌孙联手，我北庭危矣。"

"哦？如此说来我大汉王朝唯有远嫁一位公主一条路了？"汉武帝言及此，心中一片隐痛。他挥了挥手说："那就让朕之侄女细君公主出蕃和亲吧，由张骞亲自护送而去，给我汉军引回天马，驯成铁骑方阵。"

退朝！

那天早朝过后，晨曦刚刚升起，汉武大帝回到后宫，雕栏玉砌胭脂泪，扶栏远眺，觉得自己养大的亲侄女刘细君三步一回头，泪别中土，泪染胭脂红，眼帘仿佛在喋血。

晨曦浮浮冉冉，犹如一粒被砍去的人头，在空中飘移，汉武大帝不忍看皇城的天空。因为他的心也在流血。

3

心泪成河，哪里的溪水在湍急奔流？

一梦醒来，听雪浪滚滚。想刚才梦中编的那蹩脚的台词，心里一阵窃笑。梦语，梦呓，简直就是大汉民族主义心理作祟。不过，遥想和亲从汉武帝始，细君之后又有解忧公主，再有昭君出塞，男人打不赢战争，让女人献身摆平。难怪金朝诗人王元节嘲笑道："环佩魂归青冢月，琵琶声断黑山秋。汉家多少征西将，泉下相逢也合羞。"

汉武大帝可是血性之君啊，何等雄才大略，哪会被一个区区小蕃所欺？宁要五十年战争，也要雪洗父祖之耻，换来北庭安宁。嫁公主是为了等待时机，以和亲换天马、换时间，大汉轻骑一旦练成，青年将军卫青、霍去病兵出祁连，过匾都口，于大平羌沟、小平羌沟灭了古羌，将霍城和山丹军马场纳入囊中。然后兵至河西，马踏匈奴，最后在焉支山下与匈奴决一死战，歼匈奴4万余人，俘虏金银匈奴王5人及王母、单于阏氏、王子、相国、将军等120多人，降服匈奴浑邪王及部众4万人，一战鼎定河西。匈奴残部，唱着自己的民歌："失我祁连山，使我六畜不蕃息；失我焉支山，使我妇女无颜色。"一阕悲歌动地哀。长调高亢，好忧伤啊，匈奴残部就这样唱着悲歌，撤退，撤退，消失于历史的漠风之中。

可是，后世历史学家翦伯赞对其灭匈奴却不这么看。1961年，翦伯赞应乌兰夫之邀，携范文澜、吕振羽两先生到内蒙古访古。由西向东，行程一万五千里，历时两个月，写下著名考古报告《内蒙访古》，提出了"和亲政策比战争政策总要好得多"的观点。并游昭君墓，吟诗一首，名曰《游昭君墓》："汉武雄图载史篇，长城万里遍烽烟。何如一曲琵琶好？鸣镝无声五十年！"一次和亲，竟然换来五十年和平，治蒙、治疆、治夷，究竟是和亲好，羁縻好，还是铁腕好，抑或恩威并重好，历史早有先例，得失成败皆已有案可查。

管他正史青史，抑或稗官野史，看景吧。我睁开睡眼。车窗之外，河谷里湍流挟着夏日溶冰，混沌成一条黄龙，奔腾而来，一代汉武大帝早已无影无踪，倒是当年张骞送细君公主而来的夏塔古道，在视野里浮现。

中巴车上的作家同人皆下车了。此时，河水中间有一石，小刘说，为千年之龟，在夏塔河中游呢。我们抵前一看，果然有几分神似。

那天晚上，在县招待所宴会厅，看到一幅巨照，乃黄花映衬五座雪峰，激动不已，问能否直驱雪山脚下。县委书记说可以，但穿越夏塔古道，却是非常困难之事，户外难度为八级。每年有不少驴友悄然而至，想沿夏塔古道翻越天山，皆越不过莲花峰上的悬崖、冰大坂和冰河，亡人之事时有发生。2008 年，从北京来 20 多名驴友，不告知县旅游局，却找了一位野导游，便去翻越夏塔古道。一周行程，因为准备不足，翻越冰河时，有两人掉入河中，被雪水冲了下来，尸体四天后于夏塔河下游河滩漂了起来。因为事先彼此签了合同，家人不便声张，也没有几个人知道此事。翌年，这支驴友队伍又来了，为的是纪念死去的难友，决定以穿越夏塔古道来纪念逝者。两天之后，再抵莲花峰下的冰大坂，有两位老板被困于悬崖边上，前进不了，后退不得，只好通过卫星电话向昭苏旅游局求救，恰好陪我们的导游小刘参与了整个营救过程，公安、武警纷纷上山，费尽周折，两天两夜才将这支驴友队伍救下山来。

"如果你爱一个人，带他来夏塔古道吧，这里有天下最美的风景，面对雪山山盟海誓，天山作证；如果你恨一个人，那就带他来夏塔古道吧，揽着他（她）纵身一跳，这里是最佳的殉情之地。"小刘说这是网上对夏塔古道的抒写与评价。

唉！我有些遗憾，如果再年轻 20 岁，也许我会跟着驴友队伍，翻越天山，走一走当年东晋法显和大唐玄奘踏过的这条历史之道。

谈笑之间，夏塔宾馆已在河那边，中巴车在桥头停下，预定了次日上午 10 点来接我们，可是还有一公里行程，唯有步行。好在来时大家多已减负，只有叶延滨、杨泥夫妇拖着一个箱子，咯吱咯吱从地下划过，我背着摄影包，手提衣服，倒是轻松洒脱。过了桥后，突然见一位骑士驰马而来，踏起一片风尘，到了我们跟前，盘马俯身，问道，有农家乐，住否？

我们笑笑，告其早已订好了宾馆。越过那段修路地带，再上一辆景区的中巴，向夏塔一家四星级酒店驶去。

下车之时，陪同而来的宣传部副部长说，晚上 8 点吃饭，还有两个小时，大家可休息片刻。我与秦万里兄共住一屋，相约放下东西便去拍夏塔之美景。

4

一步一步走近雪峰，满地野花，与蓝色的塔松、雪峰相映。远处，谁道美景入梦来？冥冥之中，我仿佛看见一个伟岸身影在正前方时隐时现。

那个骑在高头大马上的身影，一定是送细君公主和蕃的张骞吧。将帝国公主送到了乌孙，嫁给 70 多岁的老国王，实现与乌孙一起夹击匈奴的意图，并将十万匹天马送至大汉王朝后，他又继续南行，从夏塔古道翻越冰大坂而过，终于走向汗血宝马的故乡大食国。

持节乌孙，再纵横大食。可是却将细君公主留了下来，她一定受不了这羊膻的味道，望着中原哭过。一个汉家公主，沦落大荒，冰天雪地，故乡不可望兮，唯有痛哭。她曾经一次次登上夏台高处，企望越过天山，北望中原，可是雪峰遮挡，高天之上，故乡不可见兮，唯有一群黄鹄掠过。于是，蘸着自己的血泪，留下一首《黄鹄歌》："吾家嫁我兮天一方，远托异国兮乌孙王。穹庐为室兮旃为墙，以肉为食兮酪为浆。居常土兮心内伤，愿为黄鹄兮归故乡。"黄鹄远去，羽落长安城，据说汉武帝看了这首诗，亦为之动容。愧为一代英主，愧做中华儿男。

正是在这凄凄惨惨悲悲怆怆之中，细君公主咽泪装欢，浑浑噩噩，虚度年华，没过多少年，便怅然而亡，埋在了乌孙国的王陵之中。背靠苍山，左倚青龙，右拂白虎，可远眺故乡长安。

殿堂之上，汉武大帝得知亲侄女之殁，拍案而起：都怪我大汉无铁骑，无男儿。终于，年轻的将领卫青、霍去病站在庭前，向大汉皇帝执锐请缨，臣愿为陛下效犬马之劳，兵出祁连山，攻克匈奴老巢焉支山。伫立于朝堂之上的太史公记下了这一切。

苦战多年，西域打通了，灭了匈奴，亦平了西戎羌，大汉王朝疆域扩展至葱岭以南，汉家烟雨北庭风，庞大的帝国因为有了天马，沿着西域山岭曲线，将自己的版图扩张到中亚地域。

可是此刻，我却看到一袭红色袈裟于前方飘逸，一个苦行僧的背影踽踽独行，离我们越来越近。

那位苦行僧，应该是东晋法显吧，他从长安出发，已经走了三年。

该翻夏塔古道了，我不知道穿着草鞋的法显是如何翻过冰上大坂的。时光已经过去一千六百多年，这里户外运动难度等级仍旧是最高的，亦最难攀登，可是一位背着行囊的苦行僧，却有如此胆量，一支孤旅，几位苦行僧在天山古道千山独行。

从有炊烟的金帐出来，法显已经走了十五天，或许当时穿越的就是今天的夏塔古道。越过殊险高绝的峭壁山崖，度过高悬索桥，他仰天叹道，这里是殊方绝域，唯有汉朝的张骞、甘英曾经抵达。

法显走过了，唐三藏走过了，一代代中土的高僧大德，背着苦行僧的行囊，一步一步地爬越天山夏塔古道，横亘在远方的还有空阔无边的塔什拉玛干沙漠，可是他们却以一种宗教般的执着，往葱岭天外的佛国走近。

5

我与秦万里兄向塔松之上的雪峰靠近。我一直以为雪山神山皆有灵性，唯有对自然心存敬畏，对一草一木、花鸟鱼虫怀有悲悯之情，心生佛缘之人，才能赢得雪山神山撩开神秘面纱，一睹雪山之美。

那天晚上，听了县委书记介绍，我就祈盼着一睹夏塔雪山的神韵，融入遍地黄花之中。

斜阳正浓，雪风吹来，将莲花峰的云层吹开了，天穹呈现出一片蔚蓝，一道夕阳之光抚摩在雪峰上，追光似的落在黄花丛中。极目眺望，莲花峰侧，一座雪峰又一座雪峰，渐次袒露，惊现于视野。我想起当年读张承志《夏台之恋》的感受，他一一历数世界上著名雪山，北欧阿尔卑斯山、美国至加拿大的落基山、日本富士山和内地三山五岳、太行昆仑，最终得出结论，夏塔100多公里天山北麓的蓝松白雪，是这个地球上最美的地带。那时我年轻，游历不广，对张承志关于天下风景的判读深信不疑。而人至壮年，走遍神州角隅，看过风景无数，囿于军人之身，阿尔卑斯山、落基山、富士山自然没有亲睹，可是中国大西北、大西南和藏区的神山雪峰，几乎一一近晤过了。就雪山之美，藏区十大神山，自然要数云南的梅里雪山最美，珠穆朗玛、南迦巴瓦、冈仁波齐、贡嘎、阿尼玛卿和巴颜喀拉等等，皆无法媲美。但是若拿藏区十大神山与天山夏塔莲花峰相比，平心而论，我认为梅里第一，夏塔第二。张承志也许恋夏塔过深，是被一种多民族的融合所吸引。一个台地，住了一个民族，推开一户人家的柴门或金帐，便又换了一种语言。记得那天，言及《夏台之恋》，湖北作家陈应松面露不屑，说张承志写得不好。我后来回家再读，当年的膜拜感尽失，应松兄的感觉是对的。然而，此一时彼一时也，用现在的眼光看承志兄的写作，自然有失偏颇啊。可是也透出一个迹象，此行昭苏，作家之间有点像打擂台的味道，看谁有感觉，写得好，意境佳，陈应松执意要写天马行空。我辈老矣，没有那么多饱满的激情、才情，唯有望先贤的项背，写几个人的背影、侧影吧。

雪风吹过来，云层聚集起来。莲花峰在一次次的斜阳下袒露无余，渐次用长袍遮住了自己。我坐于地下，让秦万里兄帮着拍照，然后伏身贴地躺于黄花之中，静心谛听，马踏飞燕，我听到的不再是大汉天马之蹄，而是大唐汗血宝马的响鼻长啸。

哪里飞来了响箭之声？

6

夕照下，雪山苍茫，恍惚间，历史情景再次闪现。

东风又绿昭苏草原，细君公主眼中的黄鹄再也没有回来，可是，天空中却有灰头雁的鸣叫，大唐名将高仙芝仰望天山雪峰，对安西节度使夫蒙灵詧说："中丞，出发吧。"

那天清晨，夫蒙灵詧伫立于点将台上，为出征的大唐战士壮行。豪饮之后，唐军将士碗一摔，在中亚历史舞台上，盛唐的一位伟大将军登上历史舞台。彼将长剑朝天一挥，划破苍穹，锋刃直指葱岭之上的小勃律国。但是，一万多名唐军兵出天山，一路向西，必须逾越夏塔古道。

为什么叫夏塔？高仙芝回头问身边幕僚判官封常清。

将军，夏塔乃突厥语，天梯的意思。

大唐军队面前，何止横亘着一道天梯啊，天山、葱岭，一座比一座高，一道比一道险啊。

夏塔横亘百里，天山暮雪。然而唐军挥师南下，马蹄声碎，从容踏上天山，开始千山寂静、高寒缺氧的艰苦行程。万里奔袭而来，当时唐军士兵皆有私马相随，即每个步兵由个人的马驮着辎重，后勤粮草在规定的时间内都能得到保障；高仙芝对于西域地理颇为了解，专择平坦宽阔的山间谷地行军，使唐军的困难降至最低。然而翻越夏塔古道，自然艰辛是不可免的，后来他僚中文士封常清记下了这次艰难的历程。

岭上一夫当关，万夫莫开，可此时的冰大坂上一兵一卒未见。高仙芝所率的唐军登临山口，必须沿冰川而上，别无蹊径。

这里有两条冰川，冰川的源头就是山口。这两条冰川长度都在10公里以上，而且冰川上冰丘起伏，冰塔林立，冰崖似墙，裂缝如网，稍不注意，就会滑坠深渊，或者掉进冰罅冻死。高仙芝担心士卒惧怕艰险不敢下岭，便派遣20余人装扮成阿弩越城的奉迎使者，从岭下攀缘而上，假称阿弩越城人前来迎接，以消除兵士恐惧心理。到坦驹岭时，士兵果然恐惧不肯下，并对高仙芝说："大使将我欲何处去？"话未说完，其事先派出的20人恰巧从岭下赶到，并说："阿弩越城胡并好心奉迎，娑夷河藤桥已斫讫。"娑夷水（今克什米尔西北吉尔吉特之北印度河北岸支流）即古弱水，水上架有一座藤制桥，是小勃律通往吐蕃的唯一之路，断桥则吐蕃不能入援。高仙芝闻奉迎之语后，假装闻讯欢喜，兵士听后，畏惧心理顿失，唐军得以迅速下岭，向阿弩越城进发。

次日清晨，婆勒川河流速变缓了，河水变浅，唐军迅速渡过了婆勒川，竟然"人不湿旗，马不湿鞯，已济而成列矣"。高仙芝见此情景，兴奋不已，对边令诚说："向吾半渡贼来，吾属败矣，今既济成列，是天以此贼赐我也。"趁着晓色，高仙芝指挥唐军攻城。吐蕃守军怎么也想不到唐军会劳师万里，神兵天降，大为惊骇，仓促上阵，慌乱之中只能依山拒战，滚木礌石如雨而下，不可攀登。高仙芝任命郎将李嗣业为陌刀将，下令说："不及日中，决须破房！"李嗣业手持一旗，领陌刀手自险处先登，奋力杀去，自辰时至巳时，大败吐蕃，斩首五千级，俘房千余人，余皆逃入山谷。唐军缴获战马千余匹，衣资器甲数以万计。

高仙芝乘胜追击。唐军疾行三日，到达坦驹岭（今克什米尔克什北部兴都库什山米尔峰东，是兴都库什山著名的险峻山口之一）。

时隔 1400 年后，从帕米尔高原上走过的大探险家斯坦因，他看了当年高仙芝走过的道路，充满溢美之词惊叹："高仙芝比起欧洲历史上拿破仑和苏沃洛夫诸名将越过阿尔卑斯山，有过之而无不及。……这一军事壮举最能够证明，中国人具有一种超群的能力，那就是，他们善于利用严密的组织来征服任何严酷的自然困境。"

7

夏塔古道就在前方，依稀可见。于是，在那一瞬间，我感到心满意足，彼时，满地油菜花里有红衣娇娘闪现，有汗血宝马腾空，有张承志写过的《夏台之恋》风光于前，还有他认为是世界最美的雪山与村庄。于是，我和秦万里兄一步步地向雪山靠近，一步一景，一道光影一绝地风光，让人惊叹不已。夕阳初下，惯看了雪山落日之美。

天色开始黯淡，该回去了。这时坐旅游车而去的华栋、王刚、张者向我们挥手了。向他们靠拢，我想起这几天在车上张者向我讲的一个故事，皆与夏塔古道有关。作为在南疆长大的老新疆的后代，张者爸爸妈妈都是开过康拜因的拖拉机手，他对人民解放军解放新疆全境的历史了如指掌。他说新中国成立之初，北疆匪患太盛，为了歼灭一支盘踞在天山以北的国民党匪军，打掉昭苏一带的土匪势力，王震将军手一挥，当年南泥湾麾下老部队，原三五九旅护编为七一七团团机关率二营和骑兵营官兵，就从南疆的温宿和库车出发，赶着长长的骡马队，经过木特儿特谷底山道，还有一种说法是穿温宿大峡谷，靠谱的行程，就是从夏塔古道过来。同样牵着战马，一步一步地爬上了莲花峰上的冰大坂，有多少战马滑下冰谷，又有多少战士国殇冰河，只有那些幸存者知道。抵达北疆，剿灭匪患后，被改编为农四师十团，后称七十二团，住于新源县。这与当年高仙芝率领大唐帝国军队翻越夏塔古道一样迷人，一样具有挑战性。当高仙芝的唐军翻越夏塔和帕米尔高原，堪称一个战争的奇观，使得葱岭以北大小三十六胡部落，皆臣服于大唐。可是高仙芝也太狂妄了，借着唐玄宗李隆基万千宠爱，居然为了当时葱岭一个富裕小国的财物而发动了一场战争，虽然俘虏国王，掳走人家珠宝金银细软，但是那个国王儿子跑到中亚去搬兵，于是，一场坦罗斯大战，终致唐朝大败，从此中华帝国的版图再没有越过葱岭以北之阿富汗、吉尔吉斯斯坦、土库曼斯坦和哈萨克斯坦的领土。伊斯兰教西渐、灭教之战，天山以南佛教寺院几乎全部陷落。

我与秦万里兄一直追着太阳拍，拍到最后，暮色沉沉，夏塔古道沉落于黄昏之中。张承志说这是世界上最美的风景，其实不无道理，毕竟每个游者心中都有一道绝地风景线，只是因心情而已。

归去，胡不归去！默默地向雪山行了一个膜拜之礼，驱电动车回到宾馆，天幕上尚有一抹未消失的晚霞，这道霞光，拂照过刘细君、张骞、法显、唐三藏、高仙芝，然，逝者已矣，我想，这道霞光只会永远留在夏塔古道上。

绝地孤旅

拉萨往事入梦来

夜已经很深了，拉萨街道的喧嚣刚沉寂下来，我却今夜无眠。

多次上青藏高原，已习惯了长夜耿耿难眠，人却始终高度兴奋地旋转，日复一日。因此每次出京城，总不忘带两样东西，安眠药和书。

我抑制着遐思，极力想让自己静下来，将白天有关六世达赖喇嘛仓央嘉措和黄房子里的娇娘统统从脑际格式化掉，不留半点信息的残片，然后美美地睡上一觉。

我以为可以禅定入眠，毕竟走过海拔 5231 米的唐古拉山口，毕竟在海拔 4800 米的安多都能安静入睡，而在海拔 3700 米的拉萨，从未有过失眠的历史纪录。可是今夜不知为何，却辗转睡榻无倦意，心域如一匹天马驰过，留下一片蹄声清脆，在滚滚风尘中迷失了自己。

拧亮台灯，一看床头的表，时针已指向凌晨 2 点了。像这样毫无倦意的失眠，我只有初至昆仑山下的格尔木市有过，未曾想到，到了拉萨还重复这样的际遇。

孤灯秋夜，我突然想到当年坐在布达拉宫的六世达赖喇嘛，万卷经书，红尘不了情，终难洗心，于是才演绎了一曲雪域悲歌，成为最具争议的达赖喇嘛。12位达赖都在布达拉宫留下自己圆寂的真身法体，唯有他身后只有百首情诗，伴随他的灵魂，在雪域，在中国飞扬了4个世纪。他诗中描述的玛吉阿米会是什么样子，在诗中我无法寻找到最完备的描述和诠释。

一骨碌翻身下床，从电脑包里找出当年湘西王陈渠珍所著的《艽野尘梦》，叙述烙印着民国初年的痕迹，之乎者也，半文半白，薄薄的一小册，仅有7万余字，我也不止读过一遍了，每次上路西藏，总会情不自禁地装入包中。在那些无眠的夜晚，脑际总呈现大清帝国的最后一位清军管带陈渠珍带着150名湖湘子弟，还有自己的娇娘叫西原的藏族姑娘，艽野绝地随君东归，横穿万里羌塘，过唐古拉，跨通天河，迷失在可可西里7个月有余，茹毛饮血，最终走下莽昆仑，穿越盐湖，走的就是今天的青藏铁路的线路。抵达西宁时，150人只剩下了7个，而藏族娇娘西原则伴其左右，寒凉的旅途，总有一缕爱情的温婉。

清军管带陈渠珍第一眼看到西原，就被爱神之眸磁石般地吸引了。

那是大清帝国的末季，日落紫禁城，支撑帝国大殿的擎天之柱，爬满了白蚁，蛀空了内心，晚风轻轻吹过，白灰哗哗地坠落，倾倒只在一夜之间。可是在遥远的西藏，却有一位叫赵尔丰的边务大臣，指挥麾下5000多名边军和川军，沿着康区一路推进，没收大明帝国赐予土司手里的官印和铁券文书，改土归流，将设县的边界一直推进到了工布江达，改名太昭，离拉萨只有200公里。在拉萨以东不远的陈渠珍就是铁血将军最赏识的一名管带。那天，他率领一个营的清兵开进到工布江达以东一个叫德摩的地方，突然被一片极地美景迷醉了，半山坡之上住着200多户人家，屋宇错落有致，俯看莽原一片，草原上流水潺潺，阡陌相连，野花在风中摇曳，一片风吹草低见牛羊的景象，《敕勒歌》的想象之美，竟然会在视野中惊现。

"人间还有此等美景！"出身于湘西沱江边上，毕业于长沙军校的陈渠珍，并非一介武夫，却是文韬武略，他站在一座大喇嘛寺前的半山坡之上，俯看德摩之美，感慨万千。这时，德摩的头人第巴已迎了出来，献上哈达，让姑娘捧来切马，敬过天地神山圣湖之后，引领陈渠珍走进了他的豪宅。那大经堂的奢华让陈渠珍目瞪口呆，全系宝石和纯金所镶，第巴似乎将一生的富有化作宗教的虔诚，敬献给神灵。

第巴生活在藏东南的林莽中，感情上更接近汉地，却多为藏王不容，因此，对汉官军门的威仪钦羡不已，相处月余，他与陈渠珍成了莫逆之交。

有一天，陈渠珍与第巴坐在二楼的天台上，喝着酥油茶，远望德摩雪山、莽林、草原、田畴、牛羊，在烟霭中若隐若现，太阳拂照其上，彩虹横跨天穹，如一缕佛光惊现，笼罩在了第巴的宅邸之上，有点如临仙境的感动。他说："第巴所在，真是天下绝境啊，比我们故乡的桃花源还美轮美奂！如得一娇妻，就此终老，也不枉人生一场。"

"哈哈！陈管带乐不思蜀了。"第巴笑了笑说，"我舅家加瓜彭措所在的贡觉，不仅是仙境，更有美女如云，明日不妨一游。"

"好啊！恭敬不如从命。"陈渠珍早已心驰神往。

翌日早晨，太阳冉冉升起，初露的晨曦仰面朝天横卧在草原上空，清亮小溪染上了一缕胭脂红，陈渠珍在第巴的引领下，带着麾下的官兵策马而行，如走进一个亘古的梦中。一群人马东行十余里，一条小河拦住了去路，却有一叶小舟横亘古渡，长约二丈，宽三尺许，是一根整木剜制而成，人伫立其上，逝水悠悠，一湾清波见底，鱼儿追逐而来，人立江中，江沉梦中，有一种驶向远古的无尽幻觉。

弃舟上岸，行二里许，到了贡觉村，营官司彭措夫妇已带领60余人到村口迎接，其富丽宽敞的巨宅，比第巴家有过之而无不及。陈渠珍一行刚落座，醇美的酥油茶便已呈上来了，彭措向仆人一挥手，十几个穿着藏族盛装的年轻姑娘，在悠扬的藏歌声中，跳起了雄浑古朴的锅庄舞。长袖善舞，有一双美丽的眼睛在闪动，朝陈渠珍妩媚一笑，像藏羚羊一样温顺和无邪，如蔚蓝色的天幕一样纯净，不留一粒尘埃。他突然有一种莫名的感动，仅仅是凝眸一瞬，他便觉得一生一世，这双眼睛在自己的灵魂之中，再也挥之不去。

锅庄戛然而止，接下来的一幕是赛马，陈渠珍跟着彭措和第巴来到了一处河滩上，绿草似毡，野花在阳光下随风而舞，草原上每隔三四十步，便插了一根竹竿，还是那群跳锅庄的女子，此时已卸去盛装，腰束丝带，长袍的藏装袒露左臂，彭措的手轻轻一挥，骑在高头骏马上的女子身捷如燕，挥鞭驰马朝前方冲去。法号呜呜而鸣，众多女子弓身低头，伸手拔竿，一圈跑完，最多能拔去一至两根竹竿，唯有一个窈窕的身躯，如天空的神鹰掠过，轻捷身影时而置身马背，时而贴在马肚上，纤手一扬，虹影跳荡，一圈跑完，手中连拔五根竹竿。

"好啊，真奇女子也!"陈渠珍与众部下激动地鼓掌喝彩。

彭措挥手唤仆人："叫小姐过来，本营官今日高兴，要重赏她。"

身着绿色绸缎藏袍，腰间束着红丝带，裸露着左臂的藏族姑娘，疾马冲了过来，到了陈渠珍与彭措、第巴跟前，突然勒紧缰绳，枣红马前蹄凌空一跃，做天马遗世而立，睥睨马下的一群男儿。她年纪不过 16 岁，而无邪的眼睛此时却是一缕从容不迫的倔强和坚定。

"没大没小的，还不下马来见过陈本布（藏语对长官的称谓）。"彭措呵斥道，转身对陈渠珍说，"这是我的侄女，因膝下无子，视为己出，让本布笑话了。"

"哪里，哪里，自古英雄不在年高，女辈也多英豪啊。"陈渠珍感叹道。

一阵铜铃般的笑声从半空随着身影降落，有点白云落地般的清纯无瑕。她躬身行礼："小女子西原拜见陈本布。"

"啊啊，真是奇女子也。"陈渠珍感叹道，"如此精湛骑术，我辈军中男儿，也自愧不如。"

"本布过奖!"天然如玉的西原将颈下的哈达摘了下来，挂在陈渠珍的脖子上，嫣然一笑，蓦地转身离去。

彭措的管家横着挡了她，说："老爷有赏!"

侍女端着一顶绿松石的头饰过来了，彭措将其戴在侄女的头上。

"谢谢叔叔！"西原躬身向彭措致谢。

"应该谢陈本布。"彭措指着陈渠珍道，"他对你的夸奖，让叔叔有点心花怒放。"

"好啊，好马配好鞍，这绿松石的头饰戴在西原姑娘身上，宛如林中飞出一只凤凰，迷倒我辈武夫啊。"陈渠珍喝过几杯青稞酒，性情中人血气蓦然涌动。

西原朝他一笑含情脉脉，那蓝天流云的凝眸，让陈渠珍有点看呆了。

伫立一旁的第巴打趣道："若陈本布喜欢，就带到军中去，侍候本布榻前，寒冷的时候焐焐衽席。"

"哈哈！好呀。"陈渠珍以为第巴在开玩笑，漫然应道，"若得西原，可是我陈某人在西藏的喇嘛寺里烧了高香，心之虔诚的善果啊。三生有幸，三生有幸。"

众人起哄，纷纷捧着青稞酒敬陈管带，恭贺他交了桃花运，赛马之中得一娇娘。陈渠珍那天喝得酩酊大醉。

翌日清晨醒来，陈渠珍早把昨天的醉话忘得一干二净，吃过早餐，便带着马弁，欲进大喇嘛寺去拜谒呼图克图大活佛，请教西藏古代神话故事。途中与第巴相遇，对方笑脸盈盈，说，恭喜本布，贺喜本布。

陈渠珍愕然，问第巴，本管带喜从何来？

第巴指了指树上画眉说："树上的画眉在叫，陈管带自然有桃花之运。彭措看到你喜欢西原，欲将她许给你为妻，一会儿就送过来。西原听说能侍候管带鞍前马后，案头床前，高兴万分。

管带可不能嫌西原生于蛮荒之野，弃之如屣啊。"

陈渠珍悚然一惊，说昨天都是酒话，仅一句戏言而已。

第巴正色道："自古军中无戏言，管带昨日一席，可是搅动小女芳心啊。"

陈渠珍觉得有点滑稽，一语竟成孽缘，不过他是信佛之人，说还是到大喇嘛庙里找大活佛讨个说法再作定夺。

"善哉善哉！"呼图克图笑道，"此等佳偶良缘，我愿为管带证婚。再说西原这女孩，老僧也见过，身姿矫健，胜似男儿，随君奔走于军中，也不会成为累赘啊。"

陈渠珍感到盛情难却，说："恭敬不如从命了，西原也算是佛陀送给陈某人的一朵雪莲花，我会好生珍惜。"

当天晚上，第巴在他的官邸里举行了盛大的婚宴。洞房花烛之夜，凝望着军帐之中的长明灯，依偎在陈渠珍怀里的西原说："本布，你虽是汉人，但是当我在跳锅庄的旋律中，看到你憨直的面孔上有一双骨碌碌的眼睛在转，就知道，你是我命中的注定，今生今世注定要跟你走，不管海角天涯……"

新婚之夜的娇娘一语成谶。

陈渠珍在藏东南林莽之中的蜜月还未度完，武昌起义的消息竟然通过英国的《泰晤士报》传到拉萨，西藏清军顿生哗变。赵尔丰边军和川军中哥老会的袍哥们伺机而动，其龙头堂主居然是一群军需火头军，泼皮无赖，仅存一点哥们儿豪侠，身上张扬的尽是兵痞匪气，竟将枪口对准了自己的长官。以西藏参赞大臣取皇室贵戚钟颖代之的统领罗长琦，曾密令麾下的管带处决哥老会龙头、堂主。可密令尚未到达，下层士兵已纷纷反水，罗长琦黑夜出逃之中，被哥老会之徒围捕在手，五花大绑，欲将长官用一种酷刑处死。他们将他双手用绳子系在马尾之上，一个哥老会骑兵跃身上马，鞭马曳行。进士及第，曾以翰林在军机处行走的罗长琦此时已年逾五旬，开始为保性命，尚能奔跑几步，但战马越跑越快，他终于被绊倒了，俯卧在地，身子和脸庞在砾石树桩和草地沼泽中拖曳数十里，到大喇嘛寺前，已气绝身亡，其状惨不忍睹。

听到这些，陈渠珍的心在滴血。高原的夜，一片无边无际的黑暗，树林中仍有几只怪鸟在啼鸣，那是死亡将至的尖叫。独坐军帐中，经历了多少死亡的陈渠珍第一次感到后怕，回望故园，帝国江山已经倾倒，遍地狼烟起，一个坚强后方的支撑化为灰烬，黑暗沉沉，让他第一次觉得自己是一个远离故国的孤儿。社稷无主，军心已乱，这片大清官兵喋血而战的土地将会起另一场兵燹血灾。他最担心的是西原和家人，还有与自己过从甚密的第巴、彭措夫妇，藏王卷土而来时，倾巢之下岂有完卵？他已经让自己的马弁给西原送信，让她在德摩山下等他。那一夜的等待是陈渠珍一生中最漫长的时刻。

拂晓将至，哗变士兵打着火把冲到陈渠珍的帐前，一百多名湖湘子弟汉阳造的连枪在握。司书杨兴武是湘西永顺人，领着一班湘军近卫着他，虎视前方，随时准备为乡党长官献身。兵变的首领滚身下马，说罗长琦保皇旧臣阻挠革命，死有余辜。念你参加过同盟会，又是军中干才，大家推举你做军中首领。陈渠珍抱拳相谢，说："我与兄弟们喋血苋野数载，捐躯报国之心已尽，家有老母，该回去尽孝了，一个士兵若不战死疆场，就该回归改乡。谢谢各位的抬爱，恕我难以从命了。"

跃身上马，陈渠珍带着亲兵怅然而行六天，终于走到了德摩山下。西原像一只惊弓之鸟，战战兢兢地扑了过来。军队已经瓦解，哥匪横恣，早不把军中纪律当回事了，烧杀抢掠无所不作。西原紧紧将夫君搂在怀里，男儿之泪却已经流尽，遽然有一种国破家亡的凄怆，抱着藏族娇娘痛洒英雄儿女泪。

当晚住到了西原家中。西原对汉军瞬间瓦解茫然不解，陈渠珍告之真相，大清江山已倾，军队哗变，残局无可收拾，藏王之兵很快就要扑来，若自己留下，必然命丧藏刀之下，并殃及西原一家，唯一的出路便是东归故里，携西原回到汉地去。若西原不走，一个军人的血魂也会永远留在高原上，陪伴着自己的藏族娇娘。西原听过后黯然饮泣，其母进来目睹此景，也抱着女儿哭成了一团。陈渠珍则独坐一旁，凝噎不语。

离泪流干了，仅有 16 岁的娇娘仰起头来，拭去眼角的泪痕，说："能追随夫君纵横军中，乃西原之幸，若失夫君，西原生活的天空就没有阳光白云。随君走天涯，君到何处，西原就追随何处。"

陈渠珍将西原紧紧地揽在怀中，说："西原，谢谢你，你跟我去汉地，回到那座依山傍水的小城凤凰，就等于将我在西藏雪域的所有记忆，全都带回去了。"

彭措说："我已垂垂老矣，走不动了。我向往汉地，却唯有遥望。我知道汉军走后，自己会落个什么样的下场，那就让我死在高原吧，我的灵魂将变成一只林莽中的孔雀，永远盘旋在故乡。"

第二天黎明，满天繁星被高原黑夜凉飕飕的大口吸吮而尽，远处的地平线上燃起一片大火，也许那就是东归前兵燹的预兆。西原的母亲赶来了，噙泪从藏袄里拿出了一尊珊瑚山，递给西原说："你随本布远行汉地，天涯海角，从此母女相见遥遥无期，想家时候，想阿妈拉的夜晚，就看看这座珊瑚吧，睹物如见你母，一定要小心呵护啊！"

"阿妈拉！"西原紧紧抱着母亲哭成了泪人。

骨肉分别痛彻肺腑，一个不会半句汉语的藏族娇娘，要随一个汉族军官去汉地，在陈渠珍心中掠过的是一种莫大的感动，陈渠珍何德何能，居然有这样的异族女子舍命相随，但却不知自己是救了西原还是害了西原。

陈渠珍拍着西原的肩膀，将她从母亲的怀里拽出来，扶她上马，朝着晨霭袅袅的林间小径绝尘而去，如同风吹落叶。远处山冈上传来西原妈妈椎心泣血的呼唤："西原，我的女儿……"

蓦然回首，陈渠珍的后边迤逦走来一支孤旅，他带着自己的 150 名湖南、四川、贵州和云南籍的子弟，一个西原，一个藏娃，汉族父亲藏族母亲生的娃子，踏上了漫漫东归路。

队伍赶到脚木宗时，彭措夫妇和喇嘛寺的呼图克图也策马赶来相送，双双拜于马前。说："彭措已老，不能随本布远行了，此去经年，重会何时？"说着便啜泣不已。

"彭措，也许有一天我们会回来的。"陈渠珍安慰道。

彭措摇了摇头，将手中的藏式佛珠各赠以陈渠珍和西原，说："山高水远，万里迢迢，只要佛珠在，就会保佑你们平安返回汉地。"

下阕　灵魂之所

"谢谢!"陈渠珍和西原含泪而别,此去经年,后来他悚然发现,凡与自己交往之人,命运都打了一个死结。自己乍看救了西原,却最终也害了西原。相识彭措,最终也连累了彭措一家。他的队伍还没有完全走出大莽林,藏王的军队就开进来了,凡与汉官走得太近的人,统统受到了连坐。彭措夫妇被刽子手以酷刑车磔而亡,一只脚拴在一辆战车上,背道而驰,将人活活地撕成了两半,那惨烈的尖叫,连雪狮听了也打寒战。这个消息是陈渠珍后来才知道的,但是彭措死的那天,他正在飞奔逃亡的路上,一群神鹰总是眷恋地朝着他的马队上空盘旋,原来它们嘴里衔着彭措的灵魂之躯啊,久久不愿离去。

归去来兮,胡不归去。陈渠珍所率的东归队伍抵达江达时,才发现乡关遥遥,自己已无归路。已擢升为四川总督的赵尔丰听说西藏川军已叛乱,立即调了三个营的边军越过金沙江,沿岗托一线布防,凡驻藏川军回返,一律杀无赦。若跟着钟颖再进拉萨,已是一群失去母体的乌合之众,迟早有一天会被达赖收拾掉。

唯一一条出路只有从青海出甘肃,再返内地了。横穿青藏高原有三条道路可入内地,一条是东道,就是当年的唐蕃古道,由湟源而过日月山,穿越广袤低洼的沼泽、荒原,渡黄河而至玉树,从玉树过唐古拉山口,进入拉萨,青藏往来多走此道。再一条是西道,沿青海湖经柴达木折南,沿金沙江上源的穆鲁乌苏,逾唐古拉山,是后来清代所辟的一条蒙古入藏大道,约需 75 天。再一条中道,沿青海湖经柴达木与西道重合,自柴达木过通天河而与唐古拉大道汇成一路,只需 40 天便可抵达。杨兴武此时年过四十，办事历来谨小慎微，人又厚道，力主陈渠珍抄近路东归，于是他们便选择了荒无人烟的中道，满天冰雪，向导无法辨路，最终陷于绝地。有意思的是陈渠珍当年万里东归之路，恰好与后来慕生忠将军所探的青藏公路有很长一段的重合，冥冥之中成了内地走过后来修筑青藏铁路近道的第一人。

烈马长啸，一支孤独的汉军队伍就这样在高原悲风的呼啸中，踏上青藏高原的万里东归之路，一条吞噬了多少英魂的荒芜英雄路。马蹄声咽，马蹄声碎，坚硬的铁蹄踏得尘土飞扬，也踏醒了湮没已久的唐宋冤魂，他们瞪着一双双凄迷的眼睛看着大荒，远眺着一支孤旅沉落于无垠无尽的荒原，沉落于死亡的陷阱。神奇壮烈的青藏高原，此时沦落为一个巨大的山包，每个隆起的土丘，最终都可能成为陈渠珍麾下官兵的荒冢。

踏上东归之旅时，归心似箭，每个士兵都未意识到自己踏上了死亡之旅，包括陈渠珍和西原。这是他一生中走过的一条最长的路，原以为选了一条回归故里的终南捷径，可以巧妙地躲避开敌军，岂料却无法避得开荒原和宿命。人在它的面前，显得渺小和脆弱。

凝多是告别藏东南热带雨林的最后一宿，陈渠珍回望自己的队伍，麾下有150名清军官兵，多是湘、川、黔、滇一带的子弟，然后是自己与西原。马夫张敏，父亲为汉族，母亲系藏女，藏人称为"采革娃"，再就是波密投降的被杀戮的营官贡兆的儿子，又称藏娃。每个人骑着一匹战马，又有驼牛驮着40天的军粮、帐篷和御寒的衣物。

绝地万里随君东归

　　第二天早晨由凝多北进，正北方向四至五天路麦地卡，其在嘉黎西边与黑河以东之间，这是一条逶迤的小径，隔着千山万重。此时已是 11 月份，入冬的第一场大雪飘飘而至，陈渠珍骑的枣骝马打着响鼻，欲踏雪翩然而飞，东归之旅，多亏这匹西藏的易贡龙驹啊。从波密踏上东归之路，枣骝马良驹之雄渐次显山露水，当翻越树枝、央噶、京中三座大雪山时，其他马走走停停，气喘吁吁，扬鞭横抽，雪阻关山马不行。没有办法，官兵只好推着马屁股艰难而行。唯有这匹枣骝马踏雪无痕，鼓荡双翼，轻蹄飞扬如健行天堂，五岭逶迤似踩泥丸，勒马仍不肯停歇。进入万里羌塘之后，广袤无垠的大草原，一片荒漠空廓，马匹驼牛无水草可食，其余的马都疲惫不堪，每登一座小山，骑者都要下马牵之而行，唯有枣骝马独上千山，昂首疾行，睥睨青藏之小，似乎觉得这里才是它的天堂和战场，日行百里而不觉累。

　　此良驹得来很偶然。当时陈渠珍率兵抵达易贡一片大草原，见围栏羁着一群藏马，其中一匹枣骝马御风而立，昂首长啸裂云，奔蹄疾驰，众马皆不敢近身。

　　"好马！"陈渠珍感叹道。西藏的从军之旅，出入靠战马，因此对于马他有一种特殊的嗜好。

　　养马的主人说："本布有好眼力，此乃易贡的名马啊。易贡属于滨海，海龙出水与马交，故生龙驹。"陈渠珍笑着揶揄道："沼泽之地，也生龙蛇而育宝马啊。"

　　或许他太爱这匹枣骝马了，当时他便抛下藏银 300 两，作为定金。后因卡拖围剿遁入野人山中的波密叛乱首领白马青翁，耽误了时日，重返易贡时，易贡头目送了枣骝马，说，这是易贡良驹了。

陈渠珍约军中好友来观看他的坐骑，众人哑笑，说："这什么宝马啊，马鬃、马尾太粗，头面雄阔，躯干粗犷，不像，哪点都不像一匹良驹。"

"千里马往往貌不惊人。"陈渠珍自我安慰，然后跃身上马，试骑了一程，也觉得与一般的战马无异，心中升腾起几分失望，隐隐觉得这笔钱花得冤枉。

然而，越过山外寒山连绵，陈渠珍庆幸自己拥有一匹千里马，而他的娇娘西原则骑在一匹大黑骡子上，成了百名雄性世界的唯一点缀。

已经好些天不见人烟了，一支孤旅望着北斗星冉冉升起的地方逶迤而行，极目之处，万里羌塘遥遥不见尽头，地平线之外仍然是浮起的天际，让苦旅行进中的清军官兵有点绝望。终于在一个傍晚，到了一个叫哈喇乌苏的地方，只见一条河流蜿蜒东去。哈喇乌苏是蒙古语，哈喇，蒙语叫黑水，乌苏，河的意思，陈渠珍孤军所向的哈喇乌苏，就是黑河即今天的那曲。

"陈本布，前方有一个村镇。"藏娃张敏策马走到了最前边，看到了一个有五六户人家的小镇。

"哦!"陈渠珍的马刺一夹枣骝马朝着一个山丘冲了过来，果然一轮夕阳缓缓地朝村落下坠，几缕炊烟冉冉升起，凝重了许多天的心情如蓝天晚霞，突然灿烂了。

后续的队伍渐渐地上了山冈，陈渠珍手一挥说："下山，晚上就扎营这里，休息几天，补齐给养后再往前行。"

队伍开始雀跃了。陈管带骑的枣骝马一马当先，朝黑河古镇疾驰而行。马蹄踏碎残阳一片，黑河镇上最华丽庄严的大喇嘛寺孝登寺就在眼前。但是，当他们渐渐靠近黑河镇时，只见数百名藏兵神情凶恶，持刀夹道而立，有一种御敌于家门之外的森严。陈渠珍顿觉惊诧，挥手让队伍停止前进，命令翻译前去调停，告知我军仅仅借道而过，并无敌意。许久，翻译带着一名喇嘛来了，似乎毫无商量余地，挥令陈氏孤旅速速离去，不许在黑河停留，否则休怪藏军手下无情。

陈渠珍仰首看天空，斜阳已经快坠落到旷野无边的草地背后了，自己没有带帐篷，反复向喇嘛说明仅仅假道而过，绝非鸠占鹊巢。磋商了一个晚上，最后喇嘛才勉强同意暂住一个晚上，给了小屋三间栖息，花重金买了 100 包糌粑给牛马食。让他感动庆幸的是取水的士兵找到了一位 68 岁的老喇嘛，他是青海人，9 岁在塔尔寺剃度出家，18 岁跟着商人入西藏，进了黑河的孝登寺为僧，已经 50 载，无限的乡愁伴随一生。他愿意作为向导，带领汉军孤旅横穿青藏，回归故乡。

曙色刚至，朝阳还在地平线上与荒原缠绵，艰难地分娩出新的一天。陈渠珍却不敢在黑河镇久留，担心被藏军一锅端了，早早叫队伍启程远行。刚朝着正北方向走出 10 余里，只见后边风尘如黄龙卷起，蹄声踏破了荒原的寂静，如惊雷掠过。1000 多名藏军的骑兵，分成两翼，紧随左右，陈旅停下，他们就停下来，陈旅疾行，对方也匆匆跟进，其虎视眈眈之状，仿佛随时都要出手将这支孤旅吞没。然而藏军却忽略了一个坚硬的现实，这可是一支历经百战的精锐之旅，人并不在多，虽然面对数倍于己之敌，但却是当时最现代的火器连枪，一旦露出铁牙利齿，千余的藏军绝对不是他们的对手。

"打吧，陈管带！"官兵纷纷涌了上来向陈渠珍请命。

"不！"陈渠珍摆了摆手，"我一直觉得奇怪，藏军若要吃掉我们，昨天晚上是最好的机会啊。"

"那是他们兵力不够。"陈渠珍麾下有一个最得力的部下、乡党杨兴武说，"我军猝然而至，藏兵调兵不及。今天早晨已经大量集结，决一死战在所难免。不如乘对方立足未稳，打一个措手不及。"

"好吧！狭路相逢勇者胜。"陈渠珍立即布阵，"兴武带一队攻其前，我带一队攻其左，不可恋战，打了就走。另一队护卫辎重，千万别让人家端了粮草。"

恰好这时，藏军下马到帐篷里休息，陈渠珍手一挥，百名勇士举着火器冲入藏军的队伍里，一齐开火，左右夹击，乱扫乱射，一下子打对方一个猝不及防，藏军付出 300 死伤。而陈旅却无一人受伤，追了 3 公里远，藏军远遁。陈旅打扫战场，藏军遗落了许多粮食，他们驮着就走，一口气跑了 40 余里。天色将暮，进了一个小喇嘛寺，问老喇嘛，为何藏兵要追赶他们，老喇嘛说，你们被当成拉萨叛兵了，十三世达赖过黑河时，放了许多宝物，怕你们掳走，意在震慑，未必是要打。

"那为何虎视眈眈紧随我们之后，却迟迟不动手？"陈渠珍依然疑惑。

"藏军武器不好，打仗意在恫吓与威慑，未必要真打。"老喇嘛解释道。

陈渠珍如释重负，问此去多远可到甘肃。老喇嘛告之三日之后就会走进酱通（西康藏人语羌塘）沙漠，那是一片无人区，极少有人走过。

"一个月可以走出去吗？"陈渠珍问。

老喇嘛摇了摇头："绝地无路，一个月走出大漠史无前例。"

"是吗？快找向导来！"陈渠珍惊讶不已，挥手叫来随军而行的老喇嘛，说，"你18岁进藏时走了几个月？"

"那是夏天，整整走了两个月。"老喇嘛小心翼翼地说。

"现在是冬季，我们准备走三个月，能够走得出去吗？"陈渠珍将所有的希望系在了向导老喇嘛身上了。

"也许可以……"老喇嘛有点犹豫。

"别说也许，军人最怕模棱两可了。"陈渠珍突兀地显出军人的血性。

向导老喇嘛摇了摇头说："我不能。"

陈渠珍怅然若失，他命令杨兴武清点了一下糌粑、粮秣，很快报回来了，每人尚有130斤，90天足够了。

"可以支撑三个月了。"眺望羌塘无人区，陈渠珍心中有莫名的骚动和紧张，他并不知道这片人类的最后的秘境，正北方则是横亘唐古拉的当拉山口，越岭过后不远是通天河，再往前就是空旷的无边无际的楚玛尔莽原，过去他一直向往青藏高原无人区的神秘莫测，然而现在他不知道有什么在等待着这群大清帝国最后的官兵。

已经走了三天了，不见一点炊烟。陈渠珍的记忆里已经没有地理点位的参照坐标，其实按他后来著书所述的在三九族与二十五族之间插过去，恰好是朝今天的聂荣县直插唐古拉的当拉山口，可是他当时茫然四顾，一派荒寂。到了日暮时分，终于见到了十几个帐篷，士兵驰马下去，要求暂住一宿，但是藏民不肯，士兵强入，对方持刀扑杀，陈渠珍未来得及制止，手下开枪射击，击毙一人，其余匆匆逃之夭夭。当天晚上住了一夜暂避风雪，这是他们最后一次在大漠上见到人烟。

或许因为在羌塘荒原上的滥杀，上苍略施淫威，令这支清军的孤旅陡生敬畏和恐惧。就在他们第二天早晨离开那十几座帐篷不远，风雪仍然不停，只见沙碛之中突然风尘遮天蔽日，一股黄龙由远及近，如一艘战舰滚滚而来。官兵一片骇然，停止了前进的步履。尘沙渐行渐近，风尘中似有一群天兽踏云而来，若隐若现。向导老喇嘛显得格外坦然说："是野牛！大的重八百斤，小的最少也不少于三四百斤，由牛王引导，成百上千头，前导牛往东，群牛追随往东，前导牛往西，其余都朝西。带头牛坠崖，所有的野牛都会跟着坠崖而亡。"

孤旅的官兵嗟叹之中，巨大的野牛群从他们身边擦肩而过，踢踏之声将羌塘草原震颤。足足奔驰了十多分钟才过完，吓得陈旅官兵浑身冷汗直流。

野牛驶过，向导喇嘛才从诵经中惊醒，说："谢天谢地，好在是群牛而行，若遇孤牛，我辈的小命就搭上了。"

官兵不解，问这是为何？

老喇嘛说："孤牛体大力猛，角短而曲，鼻子长而狭，若不幸与之相遇，趁早躲起来。否则若公牛相斗，它连狮虎都不惧，人若要称狂，只能白白送死。"

众士兵说："我们有枪在手，凭什么害怕野牛？"

"牛皮厚而坚硬，刀枪不入啊。"老喇嘛摇了摇头说。吓得士兵一派悚然。

陈渠珍觉得所率清军孤旅的厄运，其实是从他心爱的良驹枣骝马远遁开始的。仿佛这是不祥之兆的第一张多米诺骨牌，推倒了第一张，其余皆倒。每天晚上睡觉前，他们照例将每匹战马、驼牛，用毛绳捆住后腿，两足之间只有六七寸的空隙，这样牲口晚上即使吃草，也不会跑得太远。战士皆卧在雪中睡时，人先僵卧地下，用肘压住了衣缘，再转身仰卧，将头蒙在衣中，任凭风吹雪浸。第二天早晨起来时，几尺厚的积雪已将人埋住，仍需转身伏地上。陈渠珍猛然而起，抖擞身上的积雪，士兵个个蓬头垢面，似如囚徒，而他最心爱的娇娘西原，红润的脸庞早已像花一样枯萎，美丽不再，当年驰骋马上的矫捷之身像纸一样单薄了。幸好他们还有一床薄被、一床皮褥，晚上相拥而眠，靠彼此的体温还能暖一暖被风雪青藏的寒凉冻僵的身子。

翌日早晨，西原最先从雪梦中醒来，她起身一看，围在他们身边的唯有那匹大黑骡，枣骝马早已经跑得无影无踪了。她连忙推醒陈渠珍，说："官人，大事不妙，枣骝马不在了。"陈渠珍跃身而起，一望荒原无尽，连一点踪影也不见，当即命令士兵骑马分头寻觅。几个方向找了很远的地方，也不见枣骝马的影子，也许良驹宝马的故乡本身就该属于这片大荒原，跟随陈渠珍走，最终也落得一个屠宝马果腹的命运，还不如早点放它一条生路，让其称雄瀚漠，变成一匹驰向天堂的天马。

痛失千里马，陈渠珍怅然若失。西原将自己的大黑骒子牵了过来，说："夫君勿忧，大黑骒虽然赶不上枣骝马，也是好马一匹，可供驰骋。"

"那你骑什么？"

西原指了指一匹驮货的劣马："它可以代步啊。"

"使不得啊！"陈渠珍一口婉拒，"你是骑手出身，岂可骑此等劣马。"

"夫君！"西原此时凸显出西藏女子的非同凡响，"你是本布，所有兄弟的命运都在你手里，没有好马何以指挥。"

未等陈渠珍同意，西原已将大黑骒的缰绳递到了他手中，自己飞身跃上了一匹劣马，跟着队伍朝着天的尽头走去。

骑着大黑骒走了六七天，突然在一片荒原上见到数百匹藏野骒，枣骝马也徜徉其中。陈渠珍喜出望外，悄然接近，用熟悉的声音呼唤它，可是枣骝马心性早已经野了，根本不理会它的主人；野骒见人也不躲避，几个士兵悄然扑上去想抓住枣骝马，还未近身，它凌空一跃，马踏飞雪，朝着远处疾驰，藏野骒也追随而去。士兵举枪，射杀了五头野骒。而枣骝马惊鸿一现，乘御风，含清风，踏飞雪，随着野骒群而去了。

陈渠珍望着良驹消失在大漠上，孤凄地策骒独行，黯然神伤。

良驹弃主人而去，向导老喇嘛也不时迷路，过了唐古拉的当拉山口之后，偌大的羌塘无人区，几乎都是一目千里的大荒，风雪又大，黑云垂到了地面，四处几乎没有一点参照，辨不清南北西东。老喇嘛登高望远，远眺良久，才刚辨清方向，可是走不了几程，又开始迷路了。士兵恚怒不已，对老向导或大声斥骂，或用枪托痛击，或揪到草地上一阵拳打脚踢。心软的西原痛苦地转过身去，哀求的神情投向丈夫，陈渠珍连忙出面制止，他担心一旦老喇嘛也像枣骝马一样弃他而去，那可是叫天天不应叫地地不灵了。

晚上到了一处宿营地，他把老向导请了过来，好语相慰，从容地问道："荒原茫茫，雪地之上路向何方啊，你年轻时经过此地，总应该有山水可做参照物啊。"

老喇嘛沉思良久，说："再往前走，就是通天河，再行数日，便有一座孤山在大荒原上蓦然崛起，名叫'冈天削'，山高不过数十丈，有一条小河绕其前，树木也就多起来了。顺河而下，走十多天，就可以到西宁，而且沿途都有蒙古包星落草原之上。"

在陈渠珍冥冥的地域感觉之中，冈天削显然就是昆仑山口了。心头顿时升起了一缕希望之光，他热情安慰喇嘛，也劝自己的部下绝不可再为难老向导。但是令他忧心如焚的事情却最终发生了，杨兴武悄然告诉他，糌粑告罄，部队已经断粮了。他连忙让杨兴武查一查人和牲口，杨兴武报告说，沿途不时有士兵死亡，还有73人，牛马不时宰杀与夜间遗失后，只剩下50头了，一天需要两头，还可以坚持半个多月。

"轻装吧！"陈渠珍下达了最后一道命令，"带不走的行李，全部焚烧。"

他与西原留下了一床被、一床皮褥，还有西原妈妈送给她的珊瑚山。

以后的日子，几乎是在一种混沌中度过。没有地名，没有纪程，甚至没有山川风物可供记载。走着走着，部队又山重水复疑无路，于是，每日午后 3 时，陈渠珍就命令部队在野地宿营，兵分六组，一组敲冰化水，其他组分头狩猎。开始数天，运气还好，打猎者往往满载而归，有时射杀野牛数头，有时狩猎野骡一群。

但是，最让他惊慌失措的事情还是发生了，手中只有 20 根火柴了。众人皆慌了神，小心翼翼地交给陈渠珍。于是每天用一根火柴点燃生命之火成了最重要的事情，每到点火之前，先将干骡粪揉成粉末，撕下身上的布条，卷成小条，八九个人背风排成两行，头并头，肩并肩，衣服将漠风挡得一丝不入，一个人钻到中间擦着火柴，点燃布条，挡风的人墙闪开挡风一角，让微风徐徐而入，然后再将布条放到地上，盖上骡粪的碎末，荒火孤烟冉冉而起，成了万里羌塘无人区里唯一一簇生命的炊烟。然后士兵将拾来的牛粪摞三四尺之高，围着篝火席地而坐，煮冰代茶，烤肉为食。到了晚上火渐渐烧尽，一群人就余烬未完，睡卧其上，既可以去湿，还可以防寒保暖，在风萧萧雪飞扬的大漠上度过一个漫漫长夜。

坐骑和驮牛一天天被宰杀，步行的士兵越来越多了。当初离开波密时，每个官兵穿的都是藏靴，里边有毛袜，可是在荒原上走得久了，藏靴破烂，只能用毛毡裹足而行，行路漫漫，毛毡破烂不堪，行走在冰雪上，脚开始肿痛，随后溃烂，有的最终连路也不能走了，而他人又各自寻路逃命，无法携战友而行，只能任其僵卧地上，辗转呻吟而死。起初死人之时，陈渠珍还叫人挖坑埋了，让头朝正北，远望故土江南，率众官兵致祭，写下家人的姓名和住址，以后好回去报丧。后来减员太多，也只能让其僵卧于莽原，默默嗟叹而已。

陈渠珍也未能幸免，有天过雪沟，稍微不慎，沾雪的右足被冻伤，开始跛行，西原眼疾手快，以牛油烘热熨在足上，过了几天竟然奇迹般地好了。可是他的队伍却在不断地减员，从断粮屠杀坐骑开始，短短的十多天内，病死 13 人，足痛而死 17 人，随军跛行也有六七人。

又继续往正北方向行走了数日，一个日暮沉沉的血色黄昏，忽然发现一条大河从身边蜿蜒流过，老喇嘛骤然一跪，说："我们终于到通天河了！"

官兵们脸上的阴霾也随之扫去，一个个惊喜万状，掐指数着日子一算，今天晚上恰好是腊月三十，是中土的除夕之夜，明天是大年初一。陈渠珍挥手说："明天我们就在通天河过年，休整一日，杀马过年，再捕一点野兽做菜。"

次日早晨起来，晨雾渐渐淡去，通天河沉醉在冬日的阳光里，熠熠发光，如一条白色绸带融入远天。陈渠珍鹄立岸上，只见河宽二十多丈，无竹木扎舟筏，幸好冬天河面上已经结冰，队伍可以踏冰而过。登岸后，突然有个士兵惊叫："管带，河岸上有一块石碑。"

"真的？"陈渠珍走过去一看，果然是一界碑，足有三尺之高，一尺左右宽，上书写"驻藏办事大臣青海办事大臣划界处"。

老喇嘛站在界碑前俯看良久，说："这大漠上无石可取，是从江达用两头驮牛长途跋涉运过来的。花了数百两藏银，当年路过黑河时，我见过这块界碑。"

民国元年的大年初一，清军最后一支孤旅的 40 多名官兵，就在通天河边上度过了难忘的第一天。

望着通天河水默默流向远方，流向长江，流向每个士兵家乡的门前，陈渠珍也觉得乡愁无边。他转头问老喇嘛："到冈天削还有几天路程？"

"十日吧。"老喇嘛沉吟着，"也许半个月，老僧当年只有 18 岁，50 载岁月轻烟如梦。不太记得了。"

陈渠珍的部下不干了，举起枪口对着老喇嘛："都是你这个老秃驴害的，说三个月，我们都走了四个月了，荒漠茫茫，路在何方？不如先宰了你这老秃驴，煮了吃。"

陈渠珍连忙挥手制止。

杨兴武不愧为陈渠珍的左膀右臂，说："陈管带，不管冈天削要走十天还是半月，我看不会太远了，如今牛已杀尽，马也不多了，若再误入歧途，我们就全完了。我挑 10 个体魄健壮者前去探路，你们在后边打猎，多储些野肉，作为粮食。"

陈渠珍点头，约好 10 天为限。当天晚上，杨兴武将最后一杯糌粑赠给陈渠珍，重不过二两，煮了两锅汤，叫大家分而食之，叫老喇嘛也来吃，怎么喊也不应，官兵也不在意。第二天早晨，让老喇嘛与杨兴武一起走时，才发现他经不住士兵的殴打和斥责，悄然出走了。茫茫大漠，方圆千里无人烟，一个年近七旬的老僧孤身一人，何以走出莽原无疆，最终只能果饿狼之腹了。

一个红衣喇嘛在大漠中消失了，杨兴武带走的 10 个兄弟也在前方的大漠里永远消失了，陈渠珍并不知道，过了通天河之后，吞噬他们的将是神秘广袤的可可西里。

春节后的第十天太阳从通天河上冉冉升起来，正北方的荒原上不见一个人影。杨兴武一去不复返，最后一匹大黑骡被枪杀了。杀大黑骡的时候，西原跑得远远的，背过身去，她不忍看到自己心爱的坐骑命丧枪下。官兵们已经两天没有进一粒米了，队伍之中一片缄默，罕有的沉默。陈渠珍率领的暴戾而喧哗的官兵沉默了，真的，这种沉默远比喧哗更可怕，这是人性不泯的善良最后崩裂时的沉寂。那是一种兽性在疯狂暴发前的寂然。士兵饥火如焚，理性与人伦此时都在荒原中湮没了。

西原的表情在冰雪映照中凸显冷酷，如雪山女神一样浩气凛然，不可侵犯，一下子将失去理性的男人给震慑了。她将自己的连枪一横，说："等着，再过一个时辰，我会满载而归。"

藏族娇娘的韧性温暖湘湘男儿

莽野上残阳如血，西原消失的那一个瞬间，身上镀了一圈金光，如西藏的白度母女神一样，御飘融入了斜阳，走进雪野，一下子将士兵震慑了，死去的灵魂救活了。她救赎了大家，也拯救了自己。就在她转身离去时，陈渠珍本能地跃然而起，随她而去。他们斜行二里，入一条山谷。西原走得快，陈渠珍远远地落在后边，只听砰然一声枪响，如一个爆竹在荒原上炸开，陈渠珍上前一看，西原竟然打死了一匹野骡，西原取出藏刀割野骡腿上的肉，陈渠珍连忙制止道："割肉时间太长，那群饥饿的士兵还不知会做出什么事情来，卸下两条腿拖回去吧。"

"好主意，还是夫君办法多！"西原莞尔一笑，截下了两条骡腿，用带子系上拖了回去，途中来了几个士兵，陈渠珍连忙吩咐他们赶快进山谷取剩下的，免得被狼饱餐了。

黄昏时分，回到营地，西原早已汗水涔涔。她让丈夫小心看守野骡肉，自己又匆匆离去，过了一会儿，找来一包牛粪，然后操刀把野骡肉割成无数的小方块，用通条穿在其上，俯身点燃牛粪，将肉放在火上烧烤，将近三天没有吃过饭的士兵饱餐了一顿，第二天又猎取了一批野骡、野羊、野牛，士兵们照西原的烤肉办法如法炮制，统统烤成干肉，攒足了可供 10 日行程的食物。

在面对苦难的坚韧性上，男人是最脆弱而不堪一击的。抑或从那天起，西原就用微笑，用女性的温馨影响和改变着这片日益酷烈和躁动的雄性的土地和大清帝国的最后一支孤旅。将近 5 个月的荒原之旅，已经将西原矫健的身体折磨得日渐虚弱，如纸一样单薄。格桑花般灿烂的脸颊又瘦又黄，一天天枯萎下去了，可是她的脸上永远洋溢着微笑。

在那个寂寞的长夜，雪风从身边掠过，天穹深邃黧黑，偶尔有几颗寒星闪烁，像秋潭里的水草一样在天边摇曳。西原依偎在陈渠珍的怀里，讲她在波密莽林中的游牧岁月，讲她相依为命的母亲，讲她的伯父彭措夫妇，但是他们并不知道此时的彭措之魂早在天堂冥界前俯看他们。她让陈渠珍在迷途之中还有一缕温婉和浪漫的眷顾。每天晚上睡觉前，她总是将厚厚的积雪拂去，露出枯黄的野草后，再将皮褥铺开，随后自己俯卧而下，将长袍的每个袖口边缝压住，再转身过来，将彻骨寒凉的青藏高原当作了他们的婚榻，整整 8 个多月，200 多个夜晚啊！她说话的时候，呵出的热气吹到了陈渠珍的脸上、脖子上，让他瞬间感到温暖，寒凉的长夜也变得温婉了。

离开通天河，老喇嘛说的冈天削（即昆仑山口）像灵山一样在梦幻中诱惑着清军最后的孤旅。杨兴武他们半个多月没有消息，生死难卜，陈渠珍与西原在上山的第三天，也遭遇了一场生死之劫。那天早晨出发前，陈渠珍叫麾下剩余的二三十个士兵先行，自己有点事情，与西原随后跟进，开始还见行军的队伍迤逦于隆起的小山丘之上，紧随其后的陈渠珍还可以隐约遥望，但是走了十几里之后，队伍便消失在大漠里了，就连开始与他们一起同行，后来追赶上来的马夫张敏和藏娃也不见了踪影。他只有挽着西原跟踉独行，两行脚印留在了空阔的大漠之上。气喘吁吁地走了七八里，天色暗下来了，地平线上的黑暗正以氤氲之势，挟着昏暝，冉冉上升，与天边悬着燃烧的帐幕渐次接近、拥抱、缠绵，天与地接壤处的界线如此混沌，一片火烧云像刚从地壳里奔突而出的岩浆，漫漶无际，渐渐地冷却为黑炭。显然这是远天黑夜垂死挣扎的前驱，那苍郁连绵的大荒上的圆阜，以十二万分的激情，袅袅升起一缕缕暝昧，起身迎接即将落下的沉沉暮霭。可可西里沉默着，已经沉寂了一个又一个世纪，蓦然之间醒来，悄然地等待，静静地谛听，等待一场喋血青藏、金戈铁马武士躯体倒地时的轰然声响，等待一个万劫不复的末日。

晚风呼啸着掠过雪野，一览无余地凸显靠近暮色时的死寂。一群恶狼围上来了，离他不过丈余远，狂噪的尖啸似乎要啃噬一对孤立无援的伉俪。西原从未见过群狼扑噬而上的场面，吓得浑身战栗着哽咽欲哭，躲在陈渠珍的身后，欲寻找到一个坚强的靠山，一个男人的坚强的臂膀，并请丈夫赶快逃避。

陈渠珍摇了摇头安慰道："黑天暗地，道路迷茫而不可分清东西南北，何况只要我们一动，苍狼见了人影，就会扑上来噬咬，死亡就近在眼前了，不如我们选一山沟，静坐在那里，与狼对峙。天亮了狼就会远去。"

于是陈渠珍与西原借着夜暗，选了一个低洼山沟，他将皮褥铺在地上，与西原并肩而坐，盖上被子。西原连枪在握，他则以短刀相持，对妻子说："狼不到十步，切不可开枪。"

"有君在，我不怕。"西原深情地说，"纵使今天晚上真的喂狼而死，灵魂与郎君一起飞升天堂，也是西原之幸。"

"别说傻话，狼也怕人。只要我们不睡熟，群狼也奈何不得。"陈渠珍安慰妻子道。

话刚潜入荒原，夜风也掠过苍狼的狂嗥，凄厉尖啸撕破夜空，随后十几只狼旋风而至，站在十几米外的地方，眨着绿光，如萤火虫一样在夜幕中闪烁。西原浑身一颤，紧紧地依偎着夫君。

人与苍狼就在荒原中对峙着，比试谁坚持到最后。但最终狼熬不过人的韧性，到了凌晨时分，悻悻然地往沟里走了，陈渠珍与西原如释重负，神经突然松弛下来了。这时他们已经疲惫不堪，不知什么时候竟然同入寒梦里，一枕荒原无边。陈渠珍此时已经梦到自己还沉浸在凤凰的沱江里，燠热的夏季，男女老少一条长河中共浴，一丝不挂，裸现着人类童年的灵性。

"夫君醒醒！"有一个女声在呼唤自己，不是乡音，却有几分高亢的磁性。

陈渠珍睁开睡眼，拂晓将至，他惊呼道："好险啊，我们都睡去了。"

西原点头，说："我刚才做了一梦，回到家乡的后山，被狼所追。脚已折了，是母亲背着我跑，突然吓醒了，发现夫君也睡着了。"

"吉人天相啊！一群苍狼围了半夜，我们睡着了居然不扑上来。"陈渠珍感叹道，"看来天不会亡我与爱妻啊！"

第二天天亮了，他们收拾一下行李，循路而去，可是前路茫茫而毫无脚印，走来走去，却不知前方在何处。陈渠珍心中默默暗念："兴武一去不再复返了，我与西原又与官兵失去联系，只有与西原朝前方走去，手中只有一支连枪和一把短刀，幸而再未遇到野兽，但是却一点食物也没有了。死期将近了。"

陈渠珍与西原断食已经两天了，两个人坐在山头似乎在等待死亡。西原从怀里掏出了一小块肉，递给夫君，陈渠珍咽下一小半，突然又咬出一半，递了西原。她坚决不肯要，陈渠珍强行喂她，西原饮泣道："女人的耐力是无限的，可以几天不进食，仍然能活下去。可是夫君却不能一日不吃，而且万里跟君行，可以没有西原，却不可没有夫君。夫君如果饿死，西原活着也就没有意义了。"

"好西原。"陈渠珍泪涕潸然，说，"渠珍三生有幸，能遇西原。"

第三天，陈渠珍与西原朝着正北方向趔趄而行。忽然见到道旁有一颗子弹，已经沾了泥土。陈渠珍拾起来一看，对西原说："这是杨兴武他们留下来的，没有别人啊。"

西原惊喜万状说："我们有救了！现在是春天了，我们的苦日子快到尽头了。"

又走了数里，西原频频回顾，忽然见到有人来了，大声惊呼道："夫君，有人来了。"

陈渠珍与西原伫立原地，极目远眺，果然远处的地平线上有两个人影渐行渐近。原来是他的马夫与藏娃。

张敏跑了过来，手中提着一个布袋，看到陈渠珍，抱头痛哭说："管带，我们在途中遭遇一百多头野骡，赶到山沟里，枪杀数十头。我们煮好了肉，派来好几路人马，却不见管带。今天早晨我与藏娃又寻找而来。"

陈渠珍听了，泣不成声。张敏从口袋中捧出一块热肉，有二三斤，叫西原与陈渠珍吃了。

"西原吃啊！"陈渠珍与西原狼吞虎咽吃下三斤骡肉，才问，"那些弟兄到哪里去了？"

"就在前方！"张敏指着左翼的山谷里，只见炊烟袅袅，薄云似的横空而出。

陈渠珍仔细观之，离自己不过三里地而已。士兵再度与长官相聚，喜极而泣。

凭着每人 10 斤干肉，他们一连走了 7 天，蓦然见一山峦崛起，下有清泉，傍山有流水，水边有小树丛生，高尺许，叶细干粗。陈渠珍惊呼："冈天削，冈天削（昆仑山）！"

众人俯卧水边，拥抱着这块春醒过后的冻土，嗅着青草的芳香，突然有了醉的感觉。但是陈渠珍环顾良久，觉得不像老喇嘛所说的昆仑山口，但他深信昆仑山口已不远了。蓦然回首，万里白雪，一片黄沙砾石的羌塘草原早已经在身边渐行渐远，他们已经走出可可西里，离莽莽昆仑不远了。

也许还有最后的磨难，继续朝北走了 5 天，又断粮了，身边的士兵只剩下 17 个人。一天他们全都出去狩猎，独剩陈渠珍与西原看守行李。他掐指一算，已经走了五个多月了，仍然长安路远，玉门关遥，悲从心中起，一个血性男儿也不禁黯然流泪。西原走到夫君跟前，从后背一把抱着他说："如今已是春天，天气也渐渐暖和了，虽然你的弟兄一个个倒在了大漠之中，但是大漠不吞没我们，说明这是天意。夫君，就剩最后一步了，你可要挺住啊。"

陈渠珍听了深觉惭愧，自己一个大男人，尚且不如一弱女子。顿时觉得胸开气朗，在春天野兽渐少的时候，他们找到了在荒原上挺立了千年的大野牛风干之躯，火烤三天，割下千年风干之肉，解一顿之饥。随后与 7 个从拉萨来的蒙古喇嘛相遇，赠他们两顶帐篷，两头骆驼和几袋糌粑。相伴三日路程分手，并告诉他们再走月余可到盐海，那里就有蒙古包了，再行七八天，可到柴达木，是一个巨镇。

千里东归，历经了九九八十一难，离别蒙古喇嘛后，又行七八日，沿途皆草地，不时可捕野羊充饥，火柴皆无，只能趁屠宰之时吃生肉，最后剩下的十几个人重又回到了人类史前时代。有一天什么东西都没有了，饿了两天的陈渠珍有点支撑不住了，西原突然将前两天捕杀的野山羊下水从怀中掏了出来，洗去污秽，递给夫君，陈渠珍放到口中咀嚼，觉得香甜可口，两个人几口就吃尽，剩下一部分到了晚上饥饿时再找出来吃时，嚼着嚼着，觉得满口黏滞，横手一抹，原来是野羊下水的粪便未洗尽。随后又朝北方走了十多天，最后不得不宰杀喇嘛所赠的骆驼，晚间看守不紧，被野狼衔走双腿，第二天士兵起来欲哭无泪了。

一支孤旅执着地东归，在群狼的围追堵截中往东北方走去。有一天陈渠珍突然发现地下牛蹄马印甚多，行了七八里，发现一个小坪野草茵茵，野花在春风中摇曳，山前有一湾流水淙淙流淌，对岸有矮树，差不多有一人高。陈渠珍知道他们快走到有人烟的地方了。当天晚上宿于此地，并打了两只黄羊。可是到了日落时分，他最赏识的一个士兵胡玉林未至，让陈渠珍怅然不已。第二天早晨，他想玉林未必会死，派人分头去找，他不想东归将在尽头，在这苦难将尽长安城已遥遥可望的时候，再扔下最后生死与共的兄弟。派人到山头向东南西北方向鸣枪，十几分钟后，只见一匹快马驰骋而来，一个藏民骑在马上，胡玉林紧紧抱着他的腰，跳下马来，最后的 7 个士兵欢呼雀跃，他们已经走到有人烟的地方了。

陈渠珍与他最后的 7 名官兵，向身后的大漠，向永远倒下的 143 名的大清帝国的雄魂行了最后一个军礼，在猎人的率领下，穿越盐湖，行了 16 天后，到达柴达木，然后跟一个内地商人一起往日月山走过去。他们 6 月 21 日抵达丹噶尔厅，即今天的湟源县城，在一望无际的青藏高原上走了 223 天，万里东归回故园，其传奇的经历轰动整个大西北。作为汉人，以 143 名官兵抛尸青藏的沉重，成了第一支穿越今天青藏铁路和沿线的最后一批大清帝国的官兵。

仰望长安冷月哭红颜

陈渠珍和西原走进长安城时，已经过了中秋节了。万里悲秋作客长安，从朱雀大道上匆匆走过，秦月汉关，城郭烟火，是那样的陌生又是那般的熟悉。一阵秋风乍起，秋霜染黄的落叶裹挟着黄尘纷纷落下，像殉情的彩蝶撞地而亡。陈渠珍茫然四顾，有点茕茕相吊的自怜自艾，麾下的那群兵和马夫张敏、藏娃，都鸟兽般地四散了，唯有自己与爱妻西原仍在旅程上漂泊。

陈渠珍一行在昆仑山附近巧遇猎人后，死亡的威胁退避其次了。因为身上还有藏银，便可以雇骆驼、牦牛代步，再不用为吃饭发愁了，心情已像初夏草原的蓝天白云一样透亮。在过盐湖的时候，又巧遇一位汉地来的商人，并肩而行，迷失荒原无路可走的事情成了不堪回首的昨天。但是，越过大柴丹，走向青海湖时，只见村郭迎面扑来，炊烟袅袅，他的手下却一个个渐渐与他别离了。

先是马夫张敏与藏娃不告而别，那天晚上，他们刚刚到青海湖南的一个集镇上，明天就要过日月山了。在客栈住下来的时候，张敏和藏娃去了喇嘛寺，与主持谈了很久，一夜未归。第二天启程时，已经走了十多里路，还不见他们两个追上来，陈渠珍有些焦急，询问何故，士兵告诉他，张敏和藏娃留在喇嘛寺出家为僧。陈渠珍一听，心中涌动着一股酸楚，不觉潸然泪下。两个流动着藏民族血液的青年人，跟着自己东归华夏，历经劫难，九死一生，距汉地只有一步之遥时，却留在了青海湖边，在长明灯辉煌如昼的诵经声中度过余生，也许这是他们最好的归宿了。

离开喇嘛寺前行 30 里路，就是日月山了，唐称赤岭，也是唐蕃划界之处。陈渠珍登上这高不过三四丈的红土岭，蓦然南眺，仍然觉得自己将马夫张敏与藏娃扔在了藏区，或许是自己最后的残忍。毕竟一座日月山可是汉藏地理、气候、文化与血脉的最后一道分水岭。藏人说，"过了日月山，又是一重天"。果然，陈渠珍站在山顶遥望汉地，已听到鸡鸣桑树上，犬吠闾巷中了。走下日月山，就有人间的地气涌来，黄土大道上熙来攘往穿着宽袍大袖、戴着斗笠、骑着黑驴的同胞，俨然是故国武陵园那世外桃源的遗风。

再往西宁方向行了两日，6 月 24 日到了丹噶尔厅。陈渠珍掐指数来，清军最后的孤旅始出江达为 1911 年的冬月 11 日，恰好 223 天。物是人非，客死大荒，青藏高原上仅 7 个多月，人间却已改朝换代，他们效命的大清王朝寿终正寝了，一支孤旅已在芜野尘梦中演出大清帝国的最后绝响。

徜徉在丹噶尔厅的古城，清军管带陈渠珍和他的藏族妻子西原，还有最后 7 个士兵成了西部一道酷烈的风景。一群南方人，却从青藏无人区万里东归，穿着七个半月不曾洗过的藏袄，长发打成了结，引得惊叹无数。妇女纷纷拥出门观看，商贾肃然起敬，似乎当年的张骞归来。他们进到商铺酒家布店，主人纷纷起立致敬，酒菜管饱，扯布也白送，甚至让陈渠珍和 7 个士兵卧在烟床上，吸上几口阿芙蓉。西原伫立一隅掩口窃笑，突然有了一种做汉家媳妇的骄傲和荣耀。可是她却不敢照镜子，不知晓在汉族妇女的眼中，她是一个什么样的女人。

有一天突然发现布店的铺子里有一面铜镜，那是大唐文成公主带过来的日月宝镜。西原凭着女人的直觉一步步往铜镜靠拢，犹豫了半天，才伸出手去拿那镂刻精美的铜镜，抚摸良久，她却不敢将磨得光亮的镜面对准自己。陈渠珍伫立一旁，微笑着鼓励自己的妻子。200 多天与世隔绝，不曾洗漱，高原漠风将一个人面桃花的西藏美女变成了山鬼。

斜阳从纸糊的窗格里泻了进来，暖暖的，照在西原的脸和手上，似母亲那双温柔的大手在抚摩，轻轻地触摸女儿粗粝的脸庞。西原终于举起了日月宝镜，一晃之中看清了自己的脸庞。那是一张陌生的脸，一个她根本不认识的女人，狰狞，恐怖，瘆人。西原哭了，为自己的美丽痛失而椎心泣血地痛哭，那哭声犹如鹰的利爪一样撕裂了陈渠珍的心。

"西原不哭！ 223 天的大漠上，那么苦，我都未见你掉过一滴泪。"陈渠珍上前拍了拍妻子的肩膀，安慰她说。

"那是我不知自己变成这样一个女鬼啊。"西原啜泣道，"不男不女的，女人的妩媚都让阳光晒枯萎了。"

"没事的。"陈渠珍说，"我们故乡凤凰沱江的水，碧绿清澈，是一湾仙泉啊，女人一洗就会变成凤凰，你还会恢复像在西藏一样的光彩。"

"真的?"西原止住了哭泣。

陈渠珍点了点头。西原破涕为笑。

大清臣民的辫子没有了。陈渠珍和 7 个士兵的长辫早已打了结，泡都泡不开，请剃头的师傅一刀剪去，留了一个板寸，就算归顺中华民国了。换下那件 200 多天不曾脱下的油亮的藏袄，从此变成一个地地道道的汉人。携着新媳回乡，而西宁，而兰州，而汾州，将跟随自己万里逃命出来的滕学清、赵廷芳推荐给西宁城防营管带，将兰州赵总督赠自己的 50 两黄金，作为纪秉钺等5 人返乡的遣资，独与自己的西藏红颜直奔长安而去，不再恋栈行伍，不再恋栈权势，也不再想青藏岁月的往事。

那天坐着马车驶入甘肃境内的汾州，恰好是旧历八月十五中秋节，陈渠珍特意休息了一天，带西原走进了一个酒家，两个人点了一桌菜、一壶浊酒，燃上半盏红烛。一个杏黄的圆月从天庭上飘了过来，比唐古拉、通天河、可可西里、昆仑山的要高要小，却是故乡的明月。在很多个高原明月照我还的夜晚，他们曾经依偎着，祈盼有一天能吃得到中土的美味佳肴，满汉全席。西原到汉地后过的第一个中秋节，就像仙女降落人间，月光下的烛影中，穿着汉装的西原重又飞扬着女人的温柔，眼神迷离，俨然一个汉家媳妇，一个在凤凰城的石板路上提着菜篮走过的苗家姑娘。陈渠珍将酒杯举了起来，说："西原，这是你到了汉地后过的第一个中秋节。月圆了，家才会圆，湖南凤凰沱江边上的吊脚楼在等待着我们，能跟我从瀚漠走出来不死，这是上苍赋予的奇缘啊，我们不会再分开。"

陈渠珍一饮而尽。他并不知道自己是在透支幸福，属于他们那短命的幸福。

西原却不无忧虑地说："夫君，盘缠就要用尽了，老家又离得那么遥远，如此破费，如何顺利返乡啊。"

"吃吃！西原，这是良宵佳节，不提这些伤感的话。"陈渠珍给西原夹了一些菜，"钱算什么，你就是我的最大财富，渠珍今生有幸得你，千金散尽又何妨。到了长安城里，我就给家里写信，待款到了我们再走。"

西原的眼神在中秋的烛光中明亮起来了，红烛映红了那娇羞的脸庞，她说："能得到夫君的宠幸，可是西原到喇嘛庙给长明灯添的酥油修来的功德啊。"

"呵呵!"陈渠珍笑了。月满西楼,西原喝过酒后红润的玉面,像一只波密丛林中的红狐一样飞扬,醉眼迷离。她依偎在陈渠珍肩上,倚窗望月,是西藏莽林中的那轮离天堂最近的冷月,还是故乡沱江上那一轮在水中漂泊的圆月,赏月的人来去匆匆,而千年的明月却只有一个,陈渠珍携着西原回到客栈,没有想到,这是他与西原到汉地的第一个中秋节,也是最后一个。

进了长安城,陈渠珍手执跟自己东归葬身于瀚海的王瑞林胞兄的信札,住进洪铺街一位乡党的豪宅,三进深的大宅院,主人远行,只有一个看门人住在外边,陈渠珍与西原选了最后一栋。房子尘封已久,两个人动手清扫,买来油盐酱醋柴,自己生火做饭。那段日子是陈渠珍一生军旅中最悠闲的时候,一段没有了雄心和杀戮的平静岁月,就像沅江漂流的木排,经过激流险滩后,突然驶入了一个波澜不惊的深潭;再没有出操的哨声,每天冬阳照到了炕上才起床,然后吃过西原做的早餐,倚窗看着四合院的冬阳撒成一地碎金,一点一点地西斜,最后顺着东边的泥墙一点点爬高,最后悄然远逝。

每天的日子就在四合院里晒晒太阳、透亮心情中流逝。也许因为是乱世,家里的钱两个月之内汇不到了,陈渠珍就坐下来静等,却有点坐吃山空了。转眼到了冬天,该添置御寒的冬衣了,可是兜里的碎银一点点用完,最终没有买米和炭的钱了。西原决定将母亲送给她的珊瑚山卖掉,陈渠珍说不行,这是你母亲留给你的珍品,是一片悠悠慈母心啊,人在物在,不能随便卖。西原摇了摇头,只要夫君不挨饿受冻,母亲就是知道卖了她的珍品,也不会责怪小女的。

陈渠珍无法说动西原，只好带到集市上出卖。可是由于万里东归，珊瑚山在遥途中多处被折断，在集市上站了两天无人问津，第三天拿到一家古董店，卖得12两银子而归。西原接过银子，俨然一家妇，喜极而泣："我说不会让君挨饿受冻了。"

日子就这样不紧不慢地走着。不知不觉到了冬月初了，家里的钱也许就在路上，也许就根本没有寄出，12两银子很快就花光了。陈渠珍伸手进囊中，找出一个望远镜，那是染满西藏兵燹硝烟的望远镜，卖得6两银子，那是他们最后的一笔钱了。

湘西遥不可及，写去的家书杳如黄鹤，陈渠珍忧心如焚。不能坐以待毙，他频频拜访湖南同乡，希望能得到一点捐赠，以度冬荒。他与西原住在最后一栋房子里，每天出门时，西原都要送到偏门，一天到晚坐在那里守着直到晚上夫君归来。但是等来的不是希望，却是病魔的入侵。那天晚上，陈渠珍风雪夜归，只见开门的西原脸颊赤红，像点燃的篝火在燃烧。陈渠珍惊问道："西原你怎么了?"西原说："自早晨夫君出门，我就浑身发热，头痛不止，又担心你独自在外，就坐在偏门这里等你啊。"陈渠珍摸了摸西原的额头，烫得吓人。当天晚上西原躺在睡榻上就起不来了。第二天她不思饭食，陈渠珍坐守床头，问她想吃点什么，她说，家乡的牛奶。

陈渠珍匆匆跑到了集市上，购回了新鲜牛奶，倚起身来喂她，可是刚喝了两口，她又摇摇头不吃了。

"西原，你怎么了?"历经多少死亡已经没有泪水的陈渠珍泪如泉涌，说，"西原，为我，为你，你可要挺住啊! 我去请医生。"

一个郎中请来了，说无妨，无妨。此乃阴寒内伏，一服解药便可驱之。可是一服药还未喝完，西原突现天花，陈渠珍一看，心中一阵骇然，觉得西原这一劫从她跟着自己走下青藏高原时便注定了。当年陈渠珍在成都跟赵尔丰入藏就听人说过，所有跟着来内地的西藏女子都难逃天花一劫，因为西藏女子生于青藏高原，日光和海拔使细菌无法生存，故免疫力全失，一到内地，凡得水痘者必死无疑，无一人可活。陈渠珍跑去问郎中，说明情况，那杏林妙手也是浪得虚名，还说先生不足为虑，我再下一药，必药到病除。但是所有的药汤喝下去了，不见一点起色，病情却越来越重了。直到有一天早晨，西原从昏睡中醒来，紧紧攥住陈渠珍的手，泪水盈盈地说："夫君，西原的日子不多了。"陈渠珍连忙用手堵住她的口，说："你昏睡多日，大概是烧昏了，不许胡说，渠珍不能没有西原，西原也不能离开渠珍。"西原摇了摇头说："我昨天晚上做了一个梦，梦见自己回到家中，母亲用糖水喂我。按照我们西藏的习俗，夜里有此梦，必死无疑啊。"说完西原又哭开了。陈渠珍坐卧床头，好言相慰，他们经历了那么多的苦难，他在等待着奇迹发生。

到了夜里，西原身上脸上的天花忽然下陷，由红变黑。陈渠珍知道爱妻无救了，将自己的脸紧贴在西原的脸上，感受她最后一缕温馨。到了凌晨时分，西原突然回光返照，精神出奇地好，将已经睡着的陈渠珍叫醒，哽咽着说："夫君，我有话要说。"陈渠珍连忙将其搂在怀中，深情地注视着她。轻轻地抚摩她渐次变黑的脸庞。西原拭去了泪水，凸显出灿烂的微笑，说："万里随君东归，指望与君回归故里，相守一生，白头偕老，谁料天不假年，病入膏肓，半路上与君永诀，西原好遗憾啊。然而我深信夫君一定会获得接济，顺利返家，这样我死也可以瞑目了。家书和路费早晚会到的，你一人踏上归程，孤零零的，一定要珍重啊。"

说完此话，西原一声长吁，便永远地闭上了眼睛，再不会纯净地笑着看自己的丈夫一眼了。

陈渠珍顿时觉得天塌地陷，感情的天地从此黑暗了，他抱着西原尚有余温的身体号啕大哭，痛彻心扉的长啸撕裂了长安城的夜空，整个长安城似乎都被他的哭声震颤。后来哭累了，他放下西原的遗骸，打开抽屉一看，仅有 1500 文小钱，他连给西原买一口棺木的钱都没有了。思来想去，只有求一个叫董禹麓的同乡，这个人平时比较慷慨。守着西原的尸体等了一个长夜，以为东方既白了，开门想去找董君，可是一看天仍然未见晓色，转身进屋，见西原仍然瞑然长睡的脸庞，像一个孩子一样纯真，又抱着遗体痛哭一个长夜。那椎心泣血的哭泣，令上苍也为之感动，露出了一缕曙色。他连忙去敲董禹麓的门，说明原委。董君沉思片刻，进屋拿出一包银，有二三十金。陈渠珍也未及言谢匆匆而去，为西原购买殓衣和棺木，雇人洗身入殓，其实这包重金不是董君的，而是他的族弟寄存于此，危难之时方显义薄云天。中午抬到城外的雁塔寺，想着一个藏族姑娘的身世，跳锅庄时迷人一笑，马背取竹竿时身手不凡，嫁给自己后毅然从夫东归，结果身死异乡，一个人孤零零地留在长安城外的大雁塔寺下，西原的灵魂还能像一只孤独的北雁一样跟着回到湘西、飞回西藏吗?! 陈渠珍不由得抚棺号啕，痛不欲生。

回到洪铺街空荡荡的宅院里，西原铜铃般的笑声与温馨不再，伊人远去，唯有室冷帏空，陈渠珍禁不住仰天长号，泪尽声嘶。一个爱情的绝笔在三秦画下了一个黑色的句号。

以后他回到了湘西，成了一代湘西王，共和国的一位大元帅贺龙和大文学家沈从文都曾是他麾下的一名小小的军官和文书。

1934 年卸下军中要职，退隐长沙做寓公的陈渠珍，写下这部半文半白的小册子《艽野尘梦》，画下最后一个句号时，仍然肝肠寸断，泪湿稿纸。此时，西原已在大雁塔里静静地睡了 22 年了。

2002 年 10 月初，我在拉萨城宾馆里读这本薄薄的小册子，从晚上 9 时一直读到凌晨 4 时。当读到最后一行时，一行热泪顺着我的眼眶滚下，浸湿了枕头。此时，西原已经在大雁塔下睡了整整 90 年了。

2005 年 7 月 12 日凌晨 1 时，当我在一场病痛过后，写下这段文字时，仍然泪水盈动，哽咽不已。

陈渠珍、西原，还有那 143 名葬身青藏高原的大清王朝官兵，注定让我经历一场痛苦的精神与躯壳的炼狱和疼痛之后，才让我写他们，这是一路前尘的缘定，西藏的注定。

灵　山

幻城浮现

　　秋雨淅淅沥沥下了七天。一个"十一"长假，故乡老街泥泞在冷雨里，母亲生日湿润于冷雨里，归家的乡情也凝重在冷雨里。阴晦、寒凉，儿时对故乡秋雨的七彩印象，漫漶了，迷茫了，迷漫成视野中的烟雨青山。

　　父亲怕我和妻冷，点燃了一个小烽炉，里边填满了无烟焦炭，红红火火，一家人围炉而坐，且听雨打汉瓦，如磬，似钟，天籁成老屋屋脊上的一片绝响，时急时缓，时铿时轻。可寒风从门外吹来，冷雨从窗口飘来，背后仍是一片寒意，再也没有了儿时的温暖。那时，一家人就用瓦缸做火盆，盆底垫上干稻壳，再将锅灶里燃烧后的木炭扒出来，放在稻谷壳上，焐成子母火。冉冉轻烟，缕缕稻香，用已被雨水浸润的麻线鞋底，从四周往中间挤，越挤子母火越旺、越火辣，袅袅余温，烘热了瓦缸，弥漫于老屋。我们的头偎在奶奶的腿上，脚骑在火盆架上，不会被烤着，也不会炙伤。老屋里热气氤氲，亲情弥漫，其乐融融，一边听着雨声，一边听奶奶讲这个古驿每个屋檐下的故事，秋雨敲碎了老街的黄昏，一如奶奶干瘪的茧手，抚摸过沧桑，也轻柔地抚摸着一个少年的心情，暖暖地，虽有茧花抚过的粗犷挫痛，却温馨一生一世。

雨仍然是故乡的雨，天还是童年的天，但是少年听雨心境已经不再。人生无常，岁月如烟雨，自然便有了听雨的不同境界。少年听雨在故乡的阁楼上，倚着梅花格子窗，从一朵朵梅花芯孔中眺望云之南的天穹，东边日出西边雨，秋雨落入九苇稻田，太阳碎在清石路上，有玉珠脆响，有稻香飘来，有彩虹飞架，滴滴点点，敲打在老屋汉瓦上，印象成少年心中的一片唐诗的云南；青年听雨湘西的吊角楼上，窗下清江如练，扁舟划过，几只渔鸥凫于水中，秋雨如珠，将铜镜般的江面砸成一个个小洞，远村幽篁成林，是一幅烟雨迷茫的水墨画，江边上待发之舟已解开缆绳，新妇伫立岸上挥泪作别，敲打在杉树皮做瓦的屋脊上的雨声，敲在离人的心中，染色在一个游子心中的是晓风残月船归何处的宋词江南；中年听雨皇城根下，雨打梧桐，雨穿石阶，一夜秋风掠过，华盖巨伞般的梧桐树，神销形槁，残余成褪色的宣纸片片，飒飒飘零。俯看每天书案古方块字垒起的一道道兵阵，远处的长街大衢，笙歌霓虹化作的欲望之河，惊涛涌起，卷成欲海狂涛，雨落在朱门宫墙的黄瓦之上，显影成一部江山家国寒梦里的秦汉文章。

而今人至壮年，已经是 16 岁从军后的第三个本命年了，年轮回转徐郎归，知天命之年将近，想趁"十一"长假回故乡为老母做 69 岁大寿，却遇云南秋雨如冬。听听这片冷雨，一听便是整整 10 日。对故乡的记忆在 10 天中褪色成一部默片，彩云不在，彩雨不飞，彩虹不现，冷霖化作冰滴，点滴得灿烂心情一片黯淡，点滴得湛蓝心域阴雨般的潮湿，浸淫，浸泡，心情浸沉冰河，浸泡在一阴晦的昏暝中，唯有头顶有一记梵钟暮鼓掠过。

黄钟大吕叩响命运之门，声震于耳。是布达拉之上的驴皮暮鼓，是不远处母校那元朝三元宫里的晨钟，抑或是我生于斯长于斯的古镇之东唐朝古刹龙泉寺的梵钟，我无从感知。可是雨幕后边山野重重，却有一声宗教的纯粹……

皈依的梵钟暮鼓已经敲响，灵山在呼唤。我该启程了，行旅的终点很遥远，辽远得如一个梦幻，一座隐没在梦境中一个又一个世纪的神山，一片淹没云雨烟雾背后的浮城。

很久了，从春天到秋季，我的同事申煊与我相约过多次，让我去朝拜一下云南藏地的灵山圣湖，写一篇山水文章，配之他们拍摄的精美图片，可惜不是我无暇，便是他有事，一再延后日子，延宕到秋天姗姗而至，恰好我先回昆明，恰好是极边最美的季节，竟然遭遇一场绵绵不绝的冷雨。

航班是早晨 7 时 10 分，必须早起，我不得不从昆明城东的第一个古驿大板桥，穿过雨幕，入城，与傍晚从北京飞来的申煊会合。

晓色初露，天边黑潮涌动，冷雨仍在哗哗地下。站在昆明巫家坝国际机场落地窗前，豪雨滂沱，如冰肌玉指，伸展酥手，敲打着千家万户的汉瓦，又像敲击钢琴的琴键，弹得一曲《春江花月夜》，弹得一曲长江大河湍流如啸。仰望云天，乌云仍如战舰般纷纷涌来，机场的天气预报说，整个云南境内连日都是中到大雨。我怅然，靠阳光吃饭的两位摄影家亦黯然。

候机时间好无聊。雨滴的叮咚声让人心烦意乱，坐立不安。好在包里有一本与香格里拉息息相关的《消失的地平线》，虽非万古流芳的传世之作，但却在那个做着青春之梦的年代，给了我梦一样的飞翔。离开北京时，我特意将纸已经变黄、蒙上一层岁月尘埃的书放进包里。此刻，可以与书中主人公一起神游香格里拉。

"飞往香格里拉的航班开始登机了！"我蓦地一愣，冥冥之中似乎总有神谕，英国作家詹姆斯·希尔顿写《消失的地平线》时，书里四个主人公也是在这样的早晨，匆匆登上印度单达泊首领的小型专机，飞往北纬30度线神秘之境，飞机最终失事，落入梦幻般的蓝月亮峡谷，发现了天堂之城香格里拉。而今天清晨，我们也在这样的雨幕中，朝着心中的幻城飞去。此行，我又会寻找到什么，佛境中的香巴拉王国真的会惊现人间吗？

我看到梦幻中的浮城了。苍山中有一座幻城突兀而立。我透过舷窗俯瞰苍冥，铁城一样闭锁的黑云退却了，厚厚的云团裂开一个巨大缝罅，千山如黛，依稀可辨，轻纱似的白云萦绕其上，薄雾飘然，东方的天幕上泛起一抹桃红，如佛国睡莲浮起。连绵的冰山玲珑剔透，嵯峨如楼阁，昂然向天屹立。一抹早霞伸出温暖的酥手，抚摩万仞峰峦，晨雾漫漶，仿佛雪峰相拥之间崛起了一座金色的城堡，横亘于天地之间，我扭头惊呼两位摄影家同事："快来看啊，香巴拉王国！"

我真的看到了香巴拉王国，那连绵的雪峰，就是梅里雪山的主峰卡瓦格博啊。

我侧目一看，刚才还放晴的天空，突然被上苍挥毫泼下一层层墨汁，瞬间淹没覆盖了，黑暗了，浓雾四起，灰蒙了西天的亮丽，雪峰峡谷不知什么时候远遁了，我开始迷惑自己是否也迷失于幻觉了。

人生之幸莫过左右逢源于幻境与现实之中，幻城挟有宗教的终极，令人飘逸；现实却带着现世的温馨，使人安逸。可是幻城毕竟如海市蜃楼，若隐若现，只有梦中，偶然惊现于世，一露峥嵘，便悄然隐去，其实仍然矗立于心中。

幻城远了，人间却近了。

秋阳钻出云隙，祥云拂照在香格里拉的城郭之上。我的心情随之憬然，多日灰蒙潮湿的默片记忆，被香巴拉王国的太阳灿烂了。

驱车驶进阳光下的中甸城，这个康巴语叫建塘的边城，如今已被赋予了一个时尚旅游的符号——香格里拉，从此引得天下转山朝湖的众生，熙来攘往。我今天也是一个过客，朝圣终极之地是藏区八大神山之首的卡瓦格博。吃过早餐，未在中甸城停留片刻，便匆匆上路了。

朝圣的人永远在路上。登上"现代"商务车的那一刻，蓦然回首，我倏忽觉得，香消玉殒的法国藏学家大卫·妮尔和民国女特使刘曼卿正在驰马走向幻城的路上，此刻，也许她们刚扬鞭打马，马蹄声碎，芳魂仍在灵山飘舞，如零落的高山杜鹃一样，雪风一吹，在雪国大峡谷中飞扬，昂扬。

香魂不死。雪风之中，我仿佛听到了大卫·妮尔来自香巴拉王国的呢喃。

转山大道

出了中甸城北，我们沿着朝圣灵山的转山大道，逶迤东去。

在我的阅读记忆中，中甸城郭之北，便是进藏大道入口的零公里处。明清以来，帝国的封疆大吏或用兵或运粮，汉藏百姓或茶马互市，或转山朝圣，皆以建塘城池为交织的圆点，归家和出番，都在城门下以青稞酒送别。

我手上持有中甸朋友赠的大清和民国时编撰的《中甸县志》及资料，夙夜不眠，拧亮台灯披读，据载：康熙五十九年，云贵总督蒋陈锡因陕、川、滇三省发兵会剿西藏境内的准噶尔之内乱，与四川总督年羹尧扯皮，误了粮饷，康熙帝震怒，下旨革职，命他自备粮草，运米入藏，若再延误，就地正法。时上海青浦秀才杜昌丁，书生意气，铁骨铮铮，不忘蒋公知遇之恩，当总督府树倒猢狲散，幕僚和仆从纷纷另寻新主时，他却毅然向父母妻儿告假一年，陪蒋公送粮入藏。留下一部《藏行纪程》，颇有史料价值。今天我们转山朝圣所走过的城郭寺庙、村舍客栈，纷纷见诸杜君的线装纸本之上。

岁月之针随着金庙之下的小溪磨坊水轮悠然转过，到了20世纪30年代，当民国女特使刘曼卿打马走进中甸城时，只见城垣崛起，呈三角布局，其顶点就头枕于当今的大经筒的山下。登临之时，一览边城之小。城中房屋不用砖瓦，筑土做墙，盖上木片，再压上鹅卵石，以防被狂风掀走。那时仅有古街两条，驮马走过，牛羊混迹，一场夜雨冬雪过后，更加泥泞不堪，无法想象这里将会成为香格里拉的时尚之都。

清静存佛心的刘曼卿，住在中甸城老街的小阁楼里，每天骑坐在高原太阳下的女墙上，等待十三世达赖喇嘛土登再度批准自己进藏的官文，遥念西藏，西藏的通关文书却遥遥无期。于是，便在建塘湛蓝的天穹下发发呆，优雅地晒着漫长的日子，也晒着自己慵懒的心情。欲念沉淀了，梦中的香巴拉却浮呈于心，酥手临池研墨，在她的《康藏征辑》一书中挥毫写道："自丽江西行……讵料，三日后忽见广坝无垠，风清月朗，连天芳草，满缀黄花，牛羊成群，帷幕四撑，再行则城市俨然，炊烟如缕，恍如武陵渔父，误入桃源仙境。此何地欤？乃滇、藏交界中甸县城也。"

刘曼卿将中甸视为汉地文人心中的桃花源，与大卫·妮尔的梦中天堂如出一辙。

同一条灵山之旅，东方西方两个女性，素昧平生，从未相识，一个历险已经过去了8年，一个则刚刚踏进中甸城郭。此时，大卫·妮尔正孤独地守望着四川打箭炉的木楼，俯看屋檐下的一朵朵野花，凝视着蛀空了梅花格子窗上的白蚁，悠然地打发着日子，隔着八载岁月，隔着八千里路云和月，她们的灵魂竟然如此息息相通，都将中甸比作一座香巴拉的幻城。

而此时，詹姆斯·希尔顿的《消失的地平线》尚未动笔。

我享受着这座幻城的宁静。

天地好静啊。连绵的秋雨刚刚停歇，高原太阳斜射下来，泄在香格里拉城郭之上，如一双双千手观音的兰花指，轻轻剥去了覆盖在城池之上潮湿的黑袍，重现处子之身。

好一个静字了得。其实，香格里拉之魂，就在乎两个字之间，灵与静。灵者，灵山也，神秘的北纬 30 度线秘境背后暗藏着巫符的神秘之码，罩在与灵山有缘无缘之人的命运头顶上，神性魔性，福兮祸兮，皆在一步一念之间。而静者，空阔无边的静，天似穹顶的静，牛羊悠然的静，祥云千载的静，这种静，绝非高处不胜寒的孤独，也与千山我独行的寂寞无关，而只有拥有慧目、慧心、慧根之人，融入芜野灵山，才能最终佛悟四谛，并情不自禁地沉静了情，宁静了性，平静了心。

藏族骑手孙诺茨仁车开得又快又稳，追着雪山之巅低垂的一片祥云，环纳帕海疾驰而过。窗外一座座藏寨，一片片青稞架，犹如浪花卷起纷纷抛于车后。当车驶入纳帕海腹地时，进藏大道从山边蜿蜒掠过，雪山之下，中甸藏居四根擎天之柱昂然于庭前，狼毒花像一片点燃的篝火，伏在地下，开得如火如荼，如一片红云映衬着西天的蔚然。雪风停了，青稞架默然于草地之上，一簇簇白云被晨曦浸淫，造型诡奇，蔚然大观。一群牦牛伏首深入湿地深处，惊起野鹜一片。

快停车，绝地美景，不能错过。我终于第二次喊了起来，孙诺茨仁听到了，踩了一脚刹车，戛然停在路边。

我拿着相机下车，从一道荆棘围成篱笆墙的缝隙里跨进纳帕海湿地，然申煊和欧阳却扛着脚架，背着包下车，展开装备。我才发现，自己借来的这套尼康 D200 数码相机，至多是一支阿富汗游击队的装备水平，而两位摄影家早已经是武装到牙齿的美国大兵。相形见绌，比得我一点脾气也没有了。两个摄影家一旦进入角色，便忘却了时间和旅程，追逐着早晨的阳光，换着角度，频频按动快门，一拍就是两个小时，一点也没有走的意思。我只有耐着性情，蹲在草地上，俯看一只只蚂蚁悠闲地爬上野花，晒着自己黑色的躯壳，也晒着寂然的日子。举头仰望苍穹，在中甸看天，看云，看山，秋阳暖暖的，心情也被纳帕海亘古的宁静沉淀了，融化了，神性了，陡然觉得高原的云天，本身就是一种沉净。净情、净性、净气、净心，将一个血性的民族，一颗躁动的雄心，一片贪婪的欲望，幻化成禅意佛境的沉净。

滇藏公路朝东北而行，纳帕海在身后渐行渐远，收缩凝固成系在中甸城郭上的一枚绿松石。从高处回望，汽车在缓缓爬坡，引擎轰鸣，粗犷成一阵时断时续的喘息，我似乎听到山那边大清帝国马队的嘶鸣。

清人杜昌丁在《藏行纪程》中写道，"出中甸城，行五十里至汤碓宿，又五十里尼西宿，山行六十里，至奔子栏夜宿"。

奔子栏，崩子栏，藏语称卜自立，在元明清三朝文人墨客入藏纪程中，均有崩子栏三个字，显然是一个历经朝代更迭的古老的驿站，来往滇藏官驿大道上的将军、文吏、兵士、土匪、商贾、喇嘛、香客、马锅头皆投宿于此，出番的苍凉，入乡的温暖，架起三角的锅庄，铜炊袅袅，便沸腾成血脉一样奔涌的金沙江。

也许就是这样一个宁静的黄昏，山间铃响，驮队的蹄声踏落了帝国夕阳，天边的鎏金云彩融于金沙江江水的浑黄，水天一色，行过寒山万里的游子，策马走下白茫雪山，俯看奔子栏河谷几许炊烟，直飘云天，牦牛还在山坡上吃草，田野里的青稞熟了，溢着成熟的麦香。无边的乡愁泛成一汪金汤，朝东，向着汉地呼啸而去。下榻旅舍，夜幕便垂下来了，一轮冰月挂在山冈上，于是，羁旅客舍中的文人，挖来寒冰，用身体焐热融化成水，研墨临池，挥毫写下一站又一站驿道纪程和沿途观感。

涛声依旧，不知今夕何夕？我此时真梦想做一个挎革囊的墨客，紧随马背天子远征，每过一站，蘸着自己精神的膏血，记下一个帝国铁马冰河入梦来的豪迈和壮烈。可是我们下到奔子栏时，太阳钟盘刚转向中天，不是投宿的今夜，却是吃饭的午后。车从公路两边的砖式小楼中穿过，当年几户人家的驿站已经成为遥远的记忆。一座村落突兀于河谷与山腰之上，环公路两边清一色的汉家砖砌楼房，替代了当年藏式客栈。

还好，青稞地里，斗牛的长号已经吹响，观众围成一圈，长号呜呜，鞭炮一响，两头膘肥体壮的牦牛扬着高傲的犄角，冲着对方奔腾而去，一场原始的斗牛大战拉开了帷幕，仿佛要让遥远时空中班师的帝国军队重温喋血沙疆的悲怆。

倚在窗前，看完奔子栏的斗牛，太阳开始西斜了。日漫灵山奇观却是今日朝圣之旅的高潮，吃过午饭我们便匆匆上路，远处白茫雪山在视野中渐渐耸立，盘桓于山路的弯道也越拐越急了，车窗两边，半山坡上残留着半人高巨大的树桩，不知哪年哪月被伐倒的，盘根错节，青苔附丽其上，一个树桩如一个擎天的壮士，雪风呜咽，我仿佛听到被腰斩的生命千百年的哭喊。

车在公路边的高台上戛然停下，我不解，询问为何又停车了。申煊边下车边说拍金沙江大拐弯啊。我悚然一惊，脑海中立刻出现曾经在电视里无数次看过的金沙江大拐弯的画面，一座金字塔样的金山，脚下缠绕着一条勃动的血管，连接着一颗民族之心，奔突成怦然的中国心跳。

缓缓地走下公路，爬过一个 U 形的山坡，站在观景台上俯看，我顿时被眼前的奇景震撼了，梦里几回，塔似的金山终于惊现眼前，如上苍的神工鬼斧雕凿，在雪峰晴空和秋阳的映衬下奔流于脚下，山腰间一条公路与江水平行，似一条玉带缠绕其上，背后则是雪山逶迤，白云悠悠，天蓝如海。

我们从不同的角度拍摄金沙江大拐弯的浩浩大观，时间持续了半个多小时，游人也熙熙攘攘地来了，我连忙呼唤两个摄影家收拾设备，赶在其他游客到达之前朝拜灵山。山门之前横亘着白茫雪山。她几乎是梅里雪山的门神和灵旗，我看过许多资料，也听过不少民间版本，说路过白茫雪山时，人多了，脚步声重了，说话的声音大了，便会引得神山发怒，晴天霹雳便当头落下。杜昌丁在《入藏纪程》中有记："雪山通亘二百里，不甚高，有杂木，不生树，亦无人烟，水不可饮，饮则喘急，甚至伤生。有白蟒，能兴云雾降雨雪，触之即病，过者皆衔枚疾走，人少则晴朗如常，若一喧杂，必遭其毒，时两家并进，有五百余人，宿则鸣锣放炮，雨雪连绵，故多病者。"

无独有偶，大清陆安文人余庆远写的《维西见闻录》，也同样言及白茫雪山的灵异。

起初，我颇多置疑，以为是文人夸张。可到了神山垭口，汽车停住，神山昂然于前，白雪如盔，壑谷里树木不高，高原杜鹃如火如荼，与远处雪山融为一体，我提着相机跑到杜鹃丛中，咔嚓拍照，一会儿就有点气喘吁吁，回头呼唤申煊和欧阳快下到山坡上拍片，喊山的分贝高了一点，瞬间居然有米粒般的小雪飘然而至，令我惊诧，等我不再吭声了，雪也就渐渐小了。过了一会儿，突然有几辆面包车驶了过来，下来十几个人，站在垭口上，朝着灵山一阵喧哗，竟然将天穹顶上一片乌云震了下来，雨夹着雪，哗地砸了下来，远处传来了雪崩的响声。我们面面相觑，面容苍白。

神山的雨雪浸淫了岁月，也苍凉了文字。百年一瞬，天上雪山只是须臾，人间已是千载，曾经走过白茫雪山的生命衰败、枯萎了，化作一缕云烟，一粒风尘，而白茫雪山的灵异之气却从未委顿和衰减。

神山果然灵着！

季候鸟今生候谁？

幸运也会眷顾我们吗？

车过白茫雪山，已经跨进灵山的门槛了，我的手已触到了神秘之境的门环之上，仰首问天，问空阔的沉寂，问纯净的湛蓝，亦叩问自己，藏地灵山，还有那大藏经的香巴拉王国，是否会慷慨一回，像对待大卫·妮尔和义子庸登一样，一览无余地向我们敞开，亮出灵山的诡异，亮出蓝月亮峡谷的纯净，亮出香巴拉王国的易初莲花和阔大胸怀？

雪山无语，却有一只季候鸟在半空盘旋，啁啾不已。如满山遍野的啼血杜鹃，似乎在向我们显现今生来世的巫符和密码。天上两颗星，地下一对人，一只季候鸟，为谁而鸣？

山道弯弯，越拐越急。绕过一个沟壑，鸟瞰峡谷，寥廓的森林与白茫雪山连成一片，清亮小溪蜿蜒淌过，雪水淙淙，秋霜洗过的山峦一片金黄，洇红点点，高原的太阳映衬着白茫雪山宏伟绮丽，我们被这四溢的秋色诱惑，更因这亘古的恬淡沉醉。

此刻，天空净纱一样透明，太阳开始西斜，簇簇彩云追着斜阳走，一轮斜阳跟着彩云走，在野岭山脊上留下一线金亮。翻过一道山梁，一路下坡，下到德钦县城阿墩子，下至澜沧江边，然后拜倒在灵山卡瓦格博的脚下。果然，车绕过一座山，如转过一道屏风，蓦然之间，一座巍然的大雪山耸入云天，在我们面前惊现。这就是卡瓦格博吗？当然！车中的同行几乎异口同声，我心怦然一动，烟雨缥缈几度，天下多少香客转山而来，经历千辛万苦，五体投地膜拜跪下，匍匐于前，仰起头来只盼天开灵山，一睹峥嵘，却因多日阴晦连绵，卡瓦格博雨遮雾绕，难现真身，只好遗憾而去。于是便有了朝山封禅的帝王之憾，便有了祈求升官的封疆大吏之忧，便有了壮游天下的文人错失胜景之叹，更多了祈求超度的黎民黔首之哭。而今我无憾，灵山幻城般浮现在我的视野，其间还相隔着七八十公里，却有一座伟岸的身躯向我压了下来，只见绝壁之上矗立着一座城堡，锯齿如堞垛，横亘百余公里，而主峰卡瓦格博灿然凸显，露出巍峨之躯，阳光之下，如一座耸入云间的金庙昂然于天际。

　　惊叹之余，汽车沿着一条峡谷迤逦而下，右岸，左岸，一直在峡谷两边盘旋着，渐次降低，在一排白色经塔前戛然停下，我兴奋地惊呼起来，这可是拜谒灵山的最佳位置和角度。

　　下车便见一排巨型的藏式白塔，面向灵山，金色的塔尖耸入云间，衬着湛蓝的天幕，神情虔敬，以一种罕至的纯粹朝山敬天。塔前，一片经幡随风而舞，激扬飘荡，似乎在为入藏正道上的香客高诵经文。风马旗猎猎飞扬，雪风如祷语，一念就是百年，一愿便飞万里，一等又是千载。

我们能等多久？等到夕阳落下，等到朝霞升起，也像这旷野中的灵塔，等个天荒地老？其实经幡最终会被雪风冷雨蚀食褪色，灵塔也会在一次次雪崩中轰然坍塌，唯有灵山亘古不变，无论我们多么钟情，多么虔诚，灵山只属于自己，却永远不会属于我们。而我们的等待只是一个信念，一种虔诚，一个承诺，一种坚守。当两位摄影家将照相机的脚架支起来时，我扬腕看表，才下午4时许，落日之前，将是一场漫漫的等待和坚守。

等待吧，坚守吧。等待是一种缘分，有些人默默地等待了一生，却与灵山失之交臂；有的人默默坚守了一世，却与情缘相去甚远，但是遭遇灵异和奇迹者，往往是坚守到最后的一个人。所以我学会了平心静气，学会了气沉丹田的坚守。

我站在西斜的秋阳下，高原的空气透亮极了，雪光紫气迸射下来，斑斓成一片七彩，赤橙黄绿青蓝紫的七彩，云之南望云的七彩，七彩的光环笼罩滇藏秘境的香巴拉王国，此时，灵山兀然在我的面前。从少年时代知道故乡的中甸，知道梅里雪山，知道香格里拉，我就等待着这一天，岂知这一等，竟然等了漫漫40年，而这一刻又在如此不经意间到来，也许离自己最近的，却是最远的，离自己最远的，却又是最近的。

那只季候鸟又浮在半空嘤鸣了。阳光有点灼人。我从高清镜头里远眺灵山，一幅静谧的油画定格其中，由近及远，近景是一片飘然的经幡，往下则是一片墨绿的高山和四季杜鹃，有的含苞，有的待放，有的早已凋谢；中景则是斜阳抚摩下的一片原始森林，阳光正在跑马溜溜地翻山越岭，一会儿照在山麓上，一会儿落在沟壑里，一会儿鎏金一样镶在阿墩子的城池上；远景则是卡瓦格博，幻城般的城郭尖塔和金庙巍然云端。

陶醉了。沉醉了。人的心情皆被这美轮美奂融化沉迷了。天下熙熙，苍生攘攘而来，却有几人能看到如此绝地仙境？今世有幸，我看到了灵山真面目，而这一切，则因了自己16年间无数次走过苍茫青藏带来的吉祥如意。

太阳徐徐坠落山冈，渐渐坠入神山怀抱，灵山之顶的白云缓缓蒸发，日漫灵山的圣境开始渐露，灵山背后的云彩点点簇簇，像一支朱笔蘸到了白纸之上，洇漫成一片祥云飞绕。

黄昏不知不觉降临了。灵山顶上悬着的灰白帐幕，洇红成一片金灿，锯齿般的城堞如野火一样熊熊燃烧，云天与山界接壤之处仍清晰可见，阿墩子城池上的光亮渐次黯然，这似乎就是香巴拉王国夜的前驱，黛色的山岭氤氲成一层烟霭，与灵山蒸发的热烈渐渐地接近和拥抱，主峰上那片白羽般的云团染成火烧云，犹如火凤凰的一片羽毛插在王冠之上。云雾越积越多，越堆越厚，显现灵山天气的变幻无穷，烈焰般的云层渐渐烧成了炭黑，日漫金山的辉煌没有浮现。但是我的心灵却分外的平静。

雪风吹过来了，天光逐渐昏暝，夜色如潮水漫了上来，手也有点冻僵了。我们悻然收起装备，朝着德钦县城阿墩子方向驱车下山。

阿墩子，藏话称"居"！地处金沙江之左，澜沧江之右。为入藏的孔道和要地，历史上它既不是西藏的宗，也非元明两朝的县治，只是一个小小的驿站，无论官兵出滇，茶马互市，还是天下经筒飞旋转山的香客，皆在此地歇息，走过千山万水，走过三江并流的梦境，走下巍然入云间的卡瓦格博，寒冷的冰雪抛在身后，俯瞰阿墩子，炊烟袅袅，突然有一种乡关将近乡愁涌动的温热，一泓思乡之泪便潸然而下。走下神山，投宿于四方形的藏式小客栈里，推窗便可以看到蓝月亮峡谷里的灵山轮廓，有雨雾雪花涌来，有吉祥如意的祝祷四起。今夜无眠，独坐寒夜，看澜沧涛涌，听雪崩嗡然，心随雾走，神追月飘，魂归香巴拉王国了。

车子一路下坡，驶进了阿墩子，凡尘的温情从万家灯火的窗里飘了出来，此时已是晚上 8 点多钟，从中午在奔子流吃过午餐后，将近 8 个小时未进粒米，饥肠辘辘，汽车驶入德钦县城，跨出车门，一缕雪风飘来，身子一阵瑟瑟的颤抖。

围坐在火锅旁，热汤滚滚，辣味冲天，水雾了小餐馆的玻璃屏风。朦胧之中，我仿佛听到了一阵马蹄声碎，朝山的香客一拨又一拨地涌进了阿墩子，搭起了帐篷，到街市上来买酥油砖茶，煮燃铜炊，等待明天转山的又一个日出日落。

民国女特使刘曼卿就是在一片酥油飘香中，策马走进阿墩子的。她一半藏族血脉一半汉族血脉，生于拉萨，求学于京城，其半白半文的《康藏轺征》，堪称当代中国最早的一部边疆游记，炊烟市井之中，让我触摸到了已经远逝的阿墩子的昨天。

往事已被灵山的烟雨化成一抹苍白。如今阿墩子已崛起为云南境内海拔最高的一座现代化边城。自从光绪三年阿墩子的地方官夏胡卸职时，立下一块德钦碑，将阿墩子改为升平镇后，从此便有了歌舞升平的寓意。但是一个世纪过去了，阿墩子的歌舞升平也只有香格里拉作为人类的天堂之梦被重新唤醒时，才成为现实。

酒吧的木柱上悬着许多牦牛和盘羊头做的标本，墙壁上贴满了一张张路过季候鸟情侣留下的纸条，洋洋大观，纸已经发黄，落了一层灰，轻轻地伸手一触，便有怦然心动的故事落下。走进里屋，桌前坐着两排欧美旅客，烛光点点，幽静至极，唯有频频举杯的清脆传来。老外不时扭头看我们这三个中年男人想寻找什么。我沿着墙壁上的留言一一浏览，可惜灯光太暗了，很难看清内容，可是我总觉得这数万张的纸片，一定会有我熟悉的朋友的笔迹和故事。

梅里往事酒吧的人气倒很旺，酒栏坐着穿着红红绿绿冲锋衣的"驴族"，都是年轻的面孔。我们挤了进去，只见年轻人成群结队地分成四小片，各占一角，静静地在看一部关于梅里雪山雪难的片子《卡瓦格博》。我们选了一个角落坐下，申煊给每人要了一杯立顿红茶，边品边看屏幕的画面。我却突然想给自己第一个想到的编辑朋友发短信，便拿出手机，轻触键盘，写道：三个老男人坐在飞来寺前的梅里往事酒吧，近晤灵山，看《卡瓦格博》雪难片，可惜梅里无往事。

短信很快飞驰而来：飞来寺前有一个季候鸟酒吧，很藏族的，可进去坐坐啊。

我悚然一惊，立即回复：我刚从季候鸟酒吧走了下来，季候鸟今生候谁，来世又等谁！

对方亦怔然，短信问道：你真的刚从季候鸟酒吧出来？

是啊！

天！都是命中注定。又是一句暗藏玄机的话。

你来过季候鸟？那些墙上的纸条深藏你的一个故事和秘密。我短信飞鸿，传到涛声依旧的海边。

也许是心随潮起，我的手机立即又显现一句颇有诗意的短词：几度烟雨，迷离天涯，红尘依旧，寒山空灵。

……

梅里往事

今夜灵山静悄悄。

有一只季候鸟蛰伏在灵山的原始丛林中，俯看苍生，不时咯咯地发笑。应山之声传过来，有点瘆人的感觉。

今夜，梅里往事酒吧没有笑声。每个人都屏住了呼吸，凝神看一部片子，一曲17年前发生在梅里的悲歌，一场人类冒犯了灵山而遭天罚的劫难——攀登卡瓦格博的大雪难。

梅里往事酒吧每天晚上都在不断地播放这个故事，我都可以讲述每个细节了。日本人也太自负了，他们几乎征服了世界上所有的高山，却没有想到，会在中国云南这座海拔仅6740米的神山面前折戟沉沙。

灾难就在这样一个夜晚，降临到了大和民族的头上。

那是1991年元旦前后，日本东京大学与云南省签订了攀登梅里雪山的协议，为期五年。东京大学登山队攀登过包括珠穆朗玛在内的世界著名雪山，自然没有将这个雪山中的小兄弟放在眼里。次年春天姗姗来迟，高原杜鹃开得如火如荼，正是生命中最绚丽的季节，他们来了，一共11个队员，加上云南省登山队的6名队员，组成了17人的中日联合登山队。他们从东京从昆明运来了几十吨的登山物资，运到了阿墩子，运到了飞来寺，然后改成驮马驮，朝着卡瓦格博主峰下的最后一个村庄前进。站在飞来寺面前，目测离卡瓦格博主峰不到 7 公里，其实一走起来却有 70 公里之遥，他们牵着驮马，整整走了三天，终于走到了第一个大本营雨崩村。

雨崩村的藏民第一次看到这么多的城里人，住在他们的木楼上，说着叽里咕噜的异族话，不吃糌粑，却撬开铁盒子里装的东西，放在火上一烤，就米西米西起来。

当得知他们要登卡瓦格博神山时，藏民们震惊了，先请村长出面，告诉他们，卡瓦格博是藏区八大神山的头，只能转山朝圣，不能朝前踏上半步，否则它一发威，就死无葬身之地。

这些固执的人我行我素。

登山队往雪线上开拔那天，雨崩村的老老少少跪在了进山的路口，堵成一道像玛尼石一样的祷告墙，虔诚地哀告，请不要踏进神山半步。

登山队员的身后是一阵如雷如雪溃的念经咒语，可登山队员却当作是雪风呼啸。他们不停地走了三天，终于在雪线之上设立了第一个大本营，遍野冰雪，如一个晶莹剔透的童话世界，回望雨崩村，早已经淹没在烟雨之中。

登梅里雪山的日程排得井然有序。第一个大本营是指挥中心，登山队的有关人员就在这里具体负责，为开通第二个大本营建营提供支撑。

盘旋而上，在离主峰卡瓦格博仅有 400 米的地方建立第二个大本营，以便择日冲顶。选址时，中日两国登山队发生了分歧，云南登山队实地勘探地形后，建议后撤 200 米设点，可是东京大学登山队队长固执己见，坚持他们的选址。

第二个大本营建起时，晴空万里，斜阳缓缓西下，红润着蓝天，红润着灵山，神山露出最壮丽的一面。仰望雪峰，宛如一座金庙在上，佛光熠熠，令人有点魔惑。似乎要让为它殉情的人们留下最美的一瞥。中国云南登山队的6名队员脸上灿烂了，日本队员却沉醉了，他们似乎听到了樱花的碎裂，觉得这行将消逝的黄昏，如岛国的樱花一样绚烂、短暂，美到极致。

极致的美瞬间释放了大量的精气神，灵山之美相当短暂。一会儿雪雾便拥上来，天地混沌一片，两三米之内便看不见人影，如走进了死亡的黑洞，像当年长崎广岛核爆炸过后的暗黑，好冷，日本队员的帐篷里煤油汽灯弱如豆点，像一只幽灵的眼睛在闪亮，在跳荡。死亡幽灵在中日联合登山队中巡弋。

天太黑了，日本东京大学登山队队长8点前最后一次与大本营的云南登山队的同人联系，说第二个大本营周遭雪雾太大，冲顶时间待定，等到天气转晴就登顶。

这是他们对人间的最后一次呼唤。

登山队离开昆明后第一天，刚从学校放学回来的一个云南登山队队员的儿子得知爸爸与日本登山队一起去登梅里雪山，哭着冲进了自己的房间，伤心欲绝。他饮泣道，我爸爸回不来了。

灵山的第一次预警被亲人忽略了。

就在雪难发生的1月4日凌晨，另一个云南登山队队员的儿子，半夜三更从梦魇中惊醒，坐起身来大喊，我爸爸被雪埋了！我爸爸被雪埋了！

灵山第二次显灵时，其实雪崩已经发生了。

翌日早晨，卡瓦格博雨雾绵绵，天昏地暗，已经8点了，到了第一次联络的时间，大本营里的对讲机没有响起；等到 10 点，仍然杳无信息，不祥之兆掠过脑际，惶惑着大本营里的每个人的心。所有的人都站到了电台前，等着嗒嗒的声音响起；12 点了，仍然没有动静。

出事了，冲顶的大本营一定出事了。一边派人上去，一边向昆明和北京报告。

第二个大本营处雪崩声不断，无法接近，雾太大，什么也看不到。

成都战区陆航团的直升机从川地飞来了，浓雾弥漫，雪野茫茫，在梅里雪山盘旋了好几圈，什么也看不见。

中国西藏登山队前来营救，这是一支攀登过珠穆朗玛峰的劲旅，有着丰富的登山经验，他们从拉萨出发，日夜兼程，两天半就赶到并进入雨崩村，然后匆匆登攀神山。卡瓦格博仍在狂啸发威，西藏登山队建立两个营地，第二个营地离中日登山队的距离还有半天的行程，傍晚靠近那个营地前，突然一声接一声的巨响，雪浪滚滚，雪尘纷扬，雪崩了，后撤，赶快后撤，西藏登山队被逼回雨崩村，营救失败。

魂殇梅里。17 名中日登山队员遇难卡瓦格博，中国震惊了，整个日本岛国心颤了。藏语称之卡瓦格博的梅里雪山，一夜之间被世界所知，人们被神山的神性与魔性深深诱惑和震撼了。

日本人于心不甘，精心准备了四年，日本东京登山队又来了，与中国云南体委签订的五年登山协议只有一年了，他们要征服卡瓦格博，为 11 名日本登山人雪耻。

日本人这回有备而来，每天与东京气象厅联网，两个小时一报卫星云图，并与中国中央气象局和云南气象局会商后再定冲顶时间。

雨崩村的藏民淡然一笑，不想再阻挠，神山有灵，决不会让你们随便跨越的，不信等着瞧，谁笑到最后谁笑得最美。

日本人这回冲顶的大本营离灵山更近，离卡瓦格博主峰只有200米。灵山有容乃大，不计前嫌，神情灿烂地迎接日本客人，让他们看了个够。明天早晨登顶，日本登山队已经确定了最后的登顶时间。可是到了下午4点，东京气象厅的卫星云图过来了，形势严峻，两个小时之后，天气变坏，雪雾遮蔽，大雨滂沱，以后三天都是坏天气，并有雪崩发生。快撤，往大本营后撤。与中国中央气象局和云南气象局会商，结果如出一辙。

撤吧，最后无望地看了一眼卡瓦格博，只有200米，登顶在望。有的日本队员想坚持，日本登山队队长手一挥，我不希望四年前的悲剧重演，撤吧。

刚刚撤离冲顶大本营不久，卡瓦格博便被乌云笼罩了。庆幸。

等他们撤到雨崩村后，旷野无风，灵山天蓝如洗，一连三天万里无云。日本人哭了，向着灵山骤然跪倒，洒泪而别。

大和民族从此痛失了灵山。痛失了梅里英魂。

云南省政府已经向世界宣布，梅里雪山从此不再向登山者开放。超度亡灵，等待轮回的日子似乎遥不可期。

10年过去了。一天，雨崩村两个年轻人上山放牧，牦牛接近雪线，他们突然从融化的残雪里发现了日记本、塑料制品、对讲机甚至人的骨骸，情况层层报了上去，省里突然来了一批人，开始对雪线清理，又发现当年的帐篷，这是中日联合登山队的遗物，确凿无疑。

已经平静了的梅里再度复活。国殇卡瓦格博的17名中日登山队队员的亲人从东京和昆明赶来了，辨认遗物，泪哭灵山。

已经是人间四月天了，可是灵山的气温仍旧很低，卡尔格博黑着脸，雪风凛凛，有浸骨之寒，站在飞来寺经幡飞扬的灵塔前烧着冥纸，已经等了一个上午了，天空仍然飞着潇潇冻雨，看不清灵山真面目，看不到亲人的身影。

就要回去了，此别也许便是永诀。一个从昆明来的云南登山队队员的遗孀，突然放声大哭，喊着自己亲人的名字，孩子爹，我和儿子来看你了，灵山啊，请掀开头上的白纱，让我们最后看一眼自己的亲人啊。

一个中国女人在哭天抢地，已经长大的两个托梦的中国男孩面朝神山，大声喊了起来：爸爸，你在哪里？我和妈妈来看你了！

日本女人、男人们一愣，跟着齐声喊了起来。喊着自己的男人、自己的爸爸、自己兄弟的名字，叫亲人回家。

归去来兮。叫魂之声震荡灵山，泪撼卡瓦格博，神山遽然天门顿开，浓雾散了，灵山露出了巍然不可侵犯的青黛。天开了，神山显灵了。

所有参加祭祀的中国人、日本人都惊愕不已，朝着灵山长跪不起。

云岭水长

灵山像一幅正在洗印的底片，渐次显影出它的轮廓。先苍白得朦胧，继而黛色的清晰，最后则逼真的通透，伟岸在我们的视野里。

曙色初露，雪山开了，卡瓦格博崭露峥嵘。我电话叫醒了两位摄影家，扛上摄影装备，匆匆跑到飞来寺大经幡前，架起了照相机，只待霞映金山，易初莲花。

住在寺前的游人纷纷出来了，伫立飞来寺前，看灵山日出。拂晓的晨风挟着秋露和雨雾，呵出来的气瞬间冷凝，丝丝寒意袭来。夜间积聚在山腰的云层向山巅和天空扩散，曙色中的金字塔雪峰被浓雾一点点地浸漫淹没，只露出塔尖如剑，这时东边的云罅里露出一抹殷红，飘了过来，尽染在雪峰之上，如桃花绽开。

不好！桃花云。欧阳识天，惊呼道。这是卡瓦格博，男性的神山，不会轻易被桃花云娘引诱。

不出欧阳所料，我们从清晨 5 点，一直在雪风中站到了 8 点，转山的香客将一束束柏树枝喂进经塔，点燃香烟袅袅，长跪祈祷，无论如何也引不出灵山浮现。

申煊有点遗憾，欧阳亦然。我却很平静，我们与灵山已经是非常有缘了，昨晚黄昏远眺灵山，月下坐拥灵山，卡瓦格博已经很慷慨了，应该知足回返了。

匆匆吃过早餐，我们便驱车前往飞来寺，一座屹立峡谷之上的喇嘛庙，汉式的金顶，颇有点大唐宗庙的余韵，白墙金瓦，透着一种汉藏文化交融的血脉，终日面对着茫茫的云烟，在亘古的宁静中坐看雪山落日，云卷云舒，日复一日，年复一年，每个俗世之人在这里修行，都会从情欲的享受中进入简朴平静的境界，不再受肉欲、食欲的禁锢，从而在安静、觉悟的智慧树下，拥有悠然自得、独自冥想的自由时空，凸显从容飘逸的超脱。

　　沿着古老的石阶路缓缓而下，与一株千年神树擦肩而过，沿白墙绕过，缓缓朝飞来寺走去，路过一个石梯甬道，从坍塌的围墙缺口中，远眺澜沧江对岸峡谷里的村舍，炊烟悠悠缥缈，越来越浓，弥漫在整个山谷里，可闻鸡鸣狗吠之声。一条盘旋石阶之路，从绝壁上劈开，节节升高，直上云雾之间，与飞来寺连接成一个进入天国的天梯，巍峨，神秘。

　　沿着天梯，走进了飞来寺，拜谒过经堂佛。天空中飞起了细雨，凝结成帘珠纷纷落下。飞来寺对面的卡瓦格博被雨雾笼罩了，茫茫一片。该走了，我们毕竟还有俗世的未了情。缓纤的爬上山坡，跨进车中，驶离阿墩子，直往三江并流的另一条著名河流澜沧江驶去。

　　云岭就在前方，就在朝圣的路上。

　　车里放了暖气，刚才在飞来寺前冻僵的身子暖和了，大脑有点迷顿。金沙江在我的身边渐渐远去，我沉入梦中，依稀见到4岁的自己。那时第一次知道金沙江，父亲递过一角二分钱，让我去老家古镇的杂货铺里买一包金沙江牌的烟，我跨出家门，步履如飞，沿老街石板路东西行十几米，便是一杂货店，高高的铺搭上摆着一个个水桶状的玻璃杯，里边装满了水果糖、棒棒糖、话梅、青果、橄榄，铺搭里边站着的不再是穿长袍马褂，戴着瓜皮帽的伙计，而是一家符姓的玉溪人。我手里攥着金沙江回家，举看烟盒，这是一条什么样的大江啊，两岸峡谷耸入云间，一条大江夺山奔涌而出，惊心动魄。巍然山影将我覆盖了，铜汁般的江水血一样将我淹没了，也激荡了我童年的想象。将烟递给父亲，看他撕开卷纸壳，抽出一支纸烟，衔在嘴上，一边吸一边干活，悠悠、过瘾，好神气啊，突然觉得父亲站在我面前一派伟岸，一如我今天看到的这座男性的神山。纸烟袅袅，圆圈一个接一个，吞云吐雾，随着最后一个红点黑下去，金沙江也随之烟飞灰冷。看着纸烟壳空了，我向父亲要了过来，小心翼翼地撕开折平，做成烟标，或叠成小飞机，执在手中，朝湛蓝的天空轻灵一掷，在乡场上飞翔着自己的童年；或折成一只小纸船，等春天的一场梨花雨过后，雨水如碧流珍珠一样淌在老街石板路上，我赤脚站在水中，轻轻地放下小船，漂浮着自己少年的憧憬，仿佛小船会随流淌的雨水，流入故乡的小河，流入那条真正的金沙江。

以后，每当父亲将一角二分钱递给我，我便狼奔豕突，拐出大门，站在杂货铺前喊道，金沙江，金沙江！为的是得到那张平展的烟标。那一张张烟标，成了我的数学和作文的草稿纸，算计着我的明天，也记录了我的童年。

杂货铺的铺搭一点点矮下去了，我长大了。16 岁从军去了远方，为父亲买金沙江烟的任务，依次接力棒似的传给三弟、四弟和五弟了。

19 岁那年我当上军官，领到第一个月工资时，我数了数，54.5 元，这不啻一个天文数字，足够给父亲买 50 多条金沙江纸烟，够他抽两年了。可是，第一次探家的时候，寻遍昆明城，却再也没有找到我童年买过的金沙江牌香烟了，这种属于底层的大众牌纸烟早已停产。

金沙江纸烟连同我的童年，成了一段历史，一种欢乐抑或苦涩的记忆，消失了，消遁在岁月的云烟里，可是我一直在默默寻找梦中那条童年的大江。

　　未曾想到，第一次见到金沙江，见到与金沙江并流而行的怒江、澜沧江时，三江并流奔入眼底，人已至不惑。不是在我的故乡，而是在遥远的西藏。

　　那是 1998 年的四月天吧，我跟着卸任"红色赞普"阴法唐先生从蓉城空降西藏昌都邦达机场，这是世界上最高的一座机场，海拔 4700 米，为便于降落和起飞，能坐 160 多人的波音 767，竟然减员到了 80 多人，而且全部坐在机舱中央。一抹朝霞从舷窗里反射进来，氤氲成一片洇红，像一个穿着红色袈裟的高僧，凌空而至。飞机掠过横断山脉，朝阳从天空斜照下来，将波音飞机剪影成一条灰色的巨鲸，云游在雪山苍茫的峡谷之间。我倚舷窗鸟瞰，得以从一个更高远的广角来纵览三江。

　　是谁，神工鬼斧般砌造了如此大荒？是谁，让走过这里的所有苍生俯首苍茫？

　　飞机开始近地，舷窗外又是一种风景，俯拾皆是的雪山变得满目焦黄，波音飞机如一只鹰隼，朝着一片丘陵中的跑道俯冲而下，缓缓地在停机坪泊了下来，我们第一批步出舱门。旷野无树，4 月的太阳有点暖意，提着行李走下舷梯，有一种脚踩白羽的轻飘，晕眩。

　　钻进越野车，出邦达机场，我头痛欲裂，脑子一片混沌，扯过保健医生递过来的氧气管，贪婪地吸了起来，几分钟过后，脑袋渐渐清爽了。车队沿盘山之路缓缓驶下，海拔也在缓缓降低。车到半山腰，从一片台地疾驶而过，车窗外边的山谷有一弯碧绿。

这就是怒江？我有点不敢相信，眼前静如处子的江流，居然就是从我故乡门口流过的那条狂奔不羁、咆哮的怒江。

这是怒江的上游，它由雪山冰川融化而来。源自青藏高原，流到这里还算平静，像个少女，而一旦进入怒山，便成了怒目金刚。

果然，越野吉普从邦达盘旋而下，一下便是70多公里。山色返青了，河谷里的绿树葱茏起来，绿茸茸的青稞地野花点点，下到河谷里，呼吸也顺畅了，昌都寺凸显在对面的山脊之上。山脚下，一条扎曲从北边流入，河那边过去有云南驮队摇铃而来，故称云南坝，是历史上西藏噶厦政府的昌都总管府；而南边则有昂曲流入，川地的马帮从达瓦拉山下来，故称四川坝，是当年藏军代本的兵营。两曲交织的台地上矗立着昌都寺，两条河流交汇成一条大江，这便是澜沧江了。

那个早晨太阳刚刚升起，我从昌都镇的吊桥走了下来，流连在澜沧江零公里处，第一次亲近流入家乡的这条大江，沙滩上，从江中拥挤上岸的巨石，被扎曲昂曲千年流动打磨成一个个恐龙蛋的模样。岸上几簇芦荻悠悠，放眼看去，江面宽不过四五十米，江水清澈湍急，水沫泛起一朵朵雪浪，似张开的鱼唇，吞下朝霞的殷红。

半个月后，我们由川藏公路出藏，翻过天路入云端的九十九盘公路到达瓦拉山，在雪山峡谷的横断山脉里整整穿越了一天，傍晚时分，终于抵达西藏江达县的最后一个小镇岗托，我见到了父亲烟标上的金沙江，看到了多少次入我寒梦的金沙江。两岸青山环抱，与我梦了30多年的金沙江大相径庭。我有些惊讶，父亲烟标上的金沙江流淌着黏稠的血液，像一群脱缰的棕色野马，狂奔向前。可是在这汉、藏地界仅有一江之隔的藏民村落下边，却一弯碧流如带，江雾氤氲，薄如蝉翼，缓缓流逝，犹如一个出浴的玛吉阿米，羞涩地用一条蓝色的哈达遮饰玉体，环抱住青山藏房，荷衣袂袖，缠绵母亲的身躯不放，然后从一根根圆木穿凿而成的红色藏式方块木楼下穿过，依依不舍地流向远方。

踯躅在金沙江西岸岗托的寨落里，我被这宁静和美丽迷醉了，从木屋里飘出来的藏歌，挟着忧伤的旋律，辽远，悠扬，触摸着我童年的记忆。

我有些疑惑不解，上苍为何如此安排，三条江都从我的乡关乡井跟前淌过，相见时难别亦难，第一次在藏地与三江相晤，顺序依次是怒江、澜沧江和金沙江。而这次秋日远足故乡的香格里拉，亲近的行旅居然是先金沙江，后澜沧江，再怒江，时空转圜，10年一个轮回，其中潜伏着怎样的神谕和暗示。

车上云岭，金沙江远去了，浸泡在岁月的寒梦之中，澜沧江却近了，近在云岭脚下。我们走的是入滇的回乡之旅。现代旅行车越过云岭之脊，仍然在云上盘旋，申煊指着窗外的景色，说这里有一处远眺澜沧江河谷的最佳观察点，上次我们在这里拍摄过，有一种特别的震撼。

跨出车门，细雨之中飘着几粒涩雪，已经变天了，瓦块色的乌云盖住穹庐，天地一片阴沉。极目远天，野岭无边的大荒，一下子便让我的灵魂抖颤了，云岭下的澜沧江宛如一个被太阳晒成紫铜色的武士，遽然倒在了峡谷里，两条巨臂向河谷两岸陡然展开，云岭构造的每一处褶皱，似乎都是武士身上肌肉的裸袒，崸谷由窄到宽，渐次升高，大开大合，极顶处连绵成白雪皑皑的灵山，一种气吞八荒的雄浑之美，让人的胸襟一下子开阔了，觉得天下突然小了。而那条精力旺盛西去入海的大江流，紫铜色的水沫，更像我们寻找已久的脐带之血，更像我们寻找已久的古老生命的汁液，一泻千里。雷霆在河床上滚动，听得我心悸，听得心中的欲望之鸟钻出躯壳，浮在空中嘤鸣。

我们壁立云岭，身边几簇野茅摇曳，云烟雨雾将云岭染成了冷色，天地玄黄，静极了，只有风掠野草的呜咽。

汽车盘旋而下，拐过十八盘，下到了德钦县燕门乡，再沿澜沧江右岸疾驶而行。看到一排房子矗立江边，一群骡马在路边嘶鸣，茶马古道，我的脑子里总有山间铃响在萦绕，连忙叫停车，旅行车居然在一道铁索浮桥桥拱下刹住了。跨下车门，我仰首一看，是一道水泥拱门，上边写着三个字：阳朝桥。桥始建于1965年，不叫朝阳，却唤阳朝，显然在山阴之南了，40年去矣，200多米宽的澜沧江上悬吊一座钢缆铁索桥，仍然固若金汤，中间铺着木板，两边的吊索经幡激扬，与江对岸的一座白色的经塔遥遥相望，轻扬着一种宗教的沉静与虔诚。

我站在铁索桥门下遥望，山坳上铃声叮咚，只见一队队骡马从对面拱桥门下钻了出来，一个小女孩、一个老马倌，赶着一群骡马悠然走过吊桥，驮着山里采撷的核桃出来买卖。身后，也有一辆辆长途车停泊下来，跳下一个个背着户外行囊的年轻"驴族"，混迹在当地朝圣的香客之中，往铁索桥那边相随而行。

他们为何从这里进山？我问一位懂汉话的藏族大嫂。

这是卡瓦格博大转经的入口啊！

如此巧合！惊得我目瞪口呆，默然失语，灵山就是这样神奇地在一片冥然之中，将我引领到步入香巴拉的清凉桥上。

香巴拉并不遥远

那天晚上，我睡在香巴拉王国中心地带中甸城的藏式建筑宾馆里，夜半不眠，披衣倚在床前，翻阅中甸旅行社总经理潘建生先生借我的十几斤重的中甸县志，滇边藏地的香巴拉离我越来越近了。

迷迷瞪瞪中，我似睡非睡，似醒非醒。此时已经活到 98 岁高龄的大卫·妮尔突然褪去巴黎丽人的裙服，身着藏装，袂带飘飘，神情恬静地朝我走来。她说，我的义子庸登已经走了 30 多年了，我活到了这般年龄，也该去滇藏之地的香巴拉王国觐见佛爷了。我可以死的地方很多，但是我还想死在怒江莽林中，我和庸登看到的那个消失的村庄，那个消失的城堡，待它惊世之时，便是我归天之日了。

我看到大卫·妮尔拿过蘸水的钢笔，写下了自己最后的遗言："我应该死在建塘，死在西藏的大湖畔和羌塘草原上，那样死去该多么美啊，境界该多高啊！"这是她为自己留下的最后一句墓志铭。三年后，101 岁的大卫·妮尔仙逝于巴黎家中。她想将自己的骨灰撒在三江并流之地，可是当时中国正沉醉在"文革"动乱的狂热里，无暇顾及一个怀有中国情结的巴黎丽人的最后请求，大卫·妮尔长叹一声，说既然天葬不了喜马拉雅山，回不到香巴拉王国，那就让我魂归恒河，再饮一掬雅鲁藏布江之水吧。

大卫·妮尔的身影在我的视野中渐行渐远，化成蓝月亮峡谷的一缕轻烟。我扪心自问，天下苍生转山绕湖，寻找的梦中的香巴拉王国，到底在哪里？听着飞来寺的梵钟骤然敲响，听着卡瓦格博的雪风入耳，听着布达拉上的驴皮暮鼓，我幡然佛悟，其实香巴拉王国并不遥远，灵山并不遥远，只要心存虔诚，心存执着，心存宗教，何须从三江并流之地走过，何须掐算良辰吉日来转灵山，何必风尘仆仆寻找似梦非梦亦真亦幻的香巴拉王国，其实每个人心中都有一座灵山，每个人心中都有一个香格里拉，它隐没在你的灵魂的城隅，一旦被唤醒，便会慧目顿开，看到烟雨中的幻城，看到日照金山的香巴拉王国。

中甸城里的阳光真好，天蓝得炫目，白云垂得很低，挂在老街的屋檐上，我漫步在一条条留着马帮蹄印的老街，走过闾巷，一个藏族女子刚洗过头，披散着湿漉漉的秀发，走到长满了荒草的院墙上，坐在墙上晒头发，她举手梳理飘飘长发，引来一群拍摄者围观拍照。我伫立一边，仿佛置身于一片被高原的太阳褪尽了色彩的记忆之中。走过昨天，走过历史，走过灵山，竟然走入乡井的温情温婉之中，仰首看到香格里拉中间最高处那座巨大的经筒，映照着太阳的光束，悠然转动，突然想起不知在什么地方读过达赖佛爷的一句话："乃至有虚空，有及众生住，原吾住世间，尽除众生苦。"

普度与救赎。普度之桥有佛陀引领，救赎之旅则要自己登舟。

该回去了，那天傍晚，太阳渐次西斜，晚霞仰面朝天地横卧在建塘献坝子，坠落在松赞林寺金顶上，我们尽情地享受着中甸城郭阳光明媚、彩云飞渡的湛蓝。心情却等待着姗姗而来的救赎。

司机孙诺茨林驾着他的"现代"铁骑，送我去香格里拉机场，相处四天，已经很熟了，在驶出中甸城的路上，他说，你们三个是我接待过的客人中，最儒雅有修养的文化人，真实，坦荡，玩得高雅，懂得尊敬人，真诚地爱我们这里的一山一水一草一木，我敬重你们。临别之前，我还有一个故事想讲给你们。

我愕然，说，什么故事？

那一年冬天，我在旅行社开考斯特中巴车，元旦刚过，从中甸城到飞来寺，白茫茫的大雪，来了一个泰国残疾人，双腿没有了，坐在轮椅上，非要去朝谒灵山卡瓦格博，当时去德钦的路上没有一台车，天空连神鸦都绝迹了。大雪将山岭与公路连成白茫茫一片，根本看不清哪是山哪是路哪是江。问遍中甸城，没有一个司机敢去，那个残疾人竟然要滚着轮椅去。我被这种执着、这种坚韧感动了。我站了出来：我送你去。真是一个神话啊，大道上结了冰，到处是雪，200公里的路，我们走了7个多小时，居然没有滑到山谷里去。到了飞来寺，居然看到了天开卡瓦格博，茫茫大雪山。那个残疾人惊呼着，从轮椅上滚了下去，五体投地膜拜不已。我当时站在旁边，心一热，眼泪便出来了。

朝山回到中甸城，那个泰国残疾人倾囊中所有，将5000美元送给我。我摇头谢绝了，分文不取。

他茫然不解，说，先生，你为什么要拒绝？

你已经给了我啦。

他说，先生，我没有啊！

你给了，在朝山的路上，你给了我一种精神，一种坚韧，一种宗教，让我今生今世受益无穷啊。朋友，你是一个真正的朝山之人。

那泰国人一下子愣了，与我紧紧地拥抱在一起……

这故事，给我们的灵山之旅画了一个圆满的句号。挥手分别的一瞬间，祥云紫光落在了我们身上，孙诺茨林突然冒出了一句：你们也是真正的转山之人。

我们开心地笑了！

登机返回昆明，淅淅沥沥了 10 天的春城秋雨，终于停歇了，又见天边日出，又见日落西山睡美人，又见故乡大板桥石板路上的东边日出西边雨，我的心情突然透亮了，儿时走过古老驿道的脚步和憧憬，又在我心中升腾了，跃然成一座灵山，一座精神的幻城。

那幻城浮现于七彩云南，我走下舷梯时，远眺昆明城郭的万家灯火，心中突然掠过一个念头，原来香巴拉离我并不遥远，它埋藏在民间闾巷里，隐没在炊烟袅袅的乡井中。走入乡关，我的步履又变得从容起来，因为在香巴拉王国，我寻找到了人类丢失已久的一种纯洁，一种纯净，一种纯粹。

从此，在茫茫人海中行走，我们不会迷失……

灵　湖

1

天真蓝。

我站在恰拉山垭口，俯看盘多方向，黄尘滚滚，似乎有一支马队卷起风尘，朝恰拉山奔驰而来。年轻的五世热振活佛骑在枣红马上，一脸春风得意，扬鞭打马而行，恨不得早一点见到圣城拉萨。

马蹄声碎。天空中，一群灰头雁掠过天际，叽叽相鸣，我听到了历史深处的回响，听到了热振寺的梵钟暮鼓。

江水有声，断崖千尺。云海茫茫无归处，谁听灰头雁啼鸣？谁听蒿草遍地、断垣废壁里的晨钟暮鼓……

可是我却看到了，看到那马蹄声咽处，热振寺屋顶上的佛灯点燃了，点点，簇簇，犹如一片煌煌天火，一条流向拉萨城的祈福之河，燃亮了念青唐古拉星空。在热振藏布的雪风中，火苗飘来飘去，嬗递着过去未来，前世今生……

强巴佛下摆满了供养，20刚出头的五世热振坐在法座之上，带众僧高诵佛经，长号呜呜，为圆寂的十三世达赖土登嘉措念经超度。

佛爷坐化了。消息在热振寺的堪布中传开了，说是神圣的达赖喇嘛坐化之后，便将西藏政教的摄政大权托付给热振大师。因为当年他来热振寺时，便有将摄政王者之位托于五世热振之意，并有珍藏的物品相赠。

木狗年的春节过后，热振果真去拉萨当摄政王了。

热振的幸运与不幸，皆因在这个飘雪的冬季，错误地走上摄政王之位。已蛰伏在千年柏树林中的欲望之鸟，突然凌空翥翮，飙升为一片权力的魔咒。

巫符般的魔咒，皆离不开色戒与权谋。前者温婉如水，后者坚硬如冰。然而热振在雪域众生中威望骤升，皆是从寻找达赖转世灵童开始。

十三世达赖喇嘛圆寂四载后，摄政四年的热振活佛走下布达拉，乘牛皮船渡拉萨河，过雅鲁藏布，驰马去了山南。在泽当搭帐篷小住了数日，然后溯雅鲁藏布江而下，至曲松，翻越布丹拉大雪山，整整走了一周的行程，终于抵达加查宗（县）。然后，溯崔曲而上，又是100多里的驿程，终于一个暮霭沉沉之时，抵达了琼果杰寺。寺为二世达赖所建，后又经三世达赖扩建，是达赖夏天来观看拉姆拉措圣湖湖象的宫殿，离神湖有21千米的路程，骑马要走一个上午。

热振在琼果杰寺作法念经三天，拜谒了班达拉姆女神，不然她将过伤此年幼的灵童。

那天早晨，太阳冉冉升起，望着陡峻的山坡，热振摄政王喝了几碗酥油茶，浑身发热，踩着仆人的背，跃身上马，朝拉姆拉措策马而行。

2

我对拉姆拉措神往已久。

那些年在圣地神游时，拉姆拉措总是惊现在我的眼前，我相信自己的魂儿早已经留在那里，相晤只是时间早晚问题。

拉姆在藏语里是仙女的意思，而拉措，则是天上湖泊。对于藏传佛教来说，它是宗教地位最高的神圣之湖，而对于尘世凡缘而言，又称三世湖，传说可看到自己的前世今生和来世。我已经不止一次梦游到了那里。

2011 年 8 月 25 日，我在西藏的采访结束了，离出藏还有四天时间，可以去神往已久的天上仙女洗马魂之湖一游了，幻影浮现，看看自己的前世今生。

第二天早晨，拉萨城郭阳光灿烂，万里无云。我们驱车出拉萨城，去谒见、膜拜拉姆拉措，然而，寻找天上仙女之路却坎坷不平。

出曲松县城后，便是一条土路，从半山腰上穿岩而过，下边是万丈深渊，连防护的马路牙都没有，不时惊出我一身冷汗。

更险的路还在前方，一座高入云端的大雪山布丹拉横亘于前。海拔 4910 米，上山 35 公里，下山 35 公里，九九八十一道弯。我感到这与我当年走过的横断山脉里昌都城后的达瓦拉比肩。上山的时候，手心攥了一把汗。所幸强巴师傅的技术着实精湛，虽然途中有两三公里泥泞之道，被大车压出了一个个大坑，走不好就会刮了底盘，可是他精准避让，与参差不齐、啃啮不平的路面巧妙周旋，终于安全通过。登上布丹拉山巅时，我长舒了一口气。强巴师傅也感叹地说，如果早来三天，路上洼陷积水，车过不了的。

下布丹拉大雪山的路仍旧峰回路转，可我已经领略过强巴师傅高超的驾技，一颗悬于空中的心终于落地了。神如电掣，心追高天流云，一道飞虹已横架于心与神湖之间。

我们朝着加查县雅鲁藏布河谷驶去，2点半驶进县城。强巴师傅说，吃过午饭，3点钟正式上山，从一座雅鲁藏布的吊桥上驶过，环江而行，然后转过一道弯，朝着崔久村的路溯源而上。离雅江最近的藏族村落叫崔久一村，村庄周围长了一片千年野核桃树，树干数人环抱，树枝擎天如伞。车子驶过村舍，一直向上，太阳照着我们前行。几乎碰不到对头车驶来。路边因崔久曲的雪山之水如一条哈达飘荡，雪水潺潺，流泉淙淙，十万句的祷语，流向雅鲁藏布，默默地祝福我们走向神山神湖。

转眼间，车子已行驶了两小时，下午5时07分，我们终于抵达拉姆拉措山脊下的停车场。虽然已近傍晚，但是阳光正好，一轮夕阳西下，普照神山圣湖。我仰首远眺，此时斜阳正浓，从西边斜照下来，泻在经幡之上，五光十色，吉祥之极。

未入拉姆拉措前，我曾做过功课。网上云：沿石阶而上，需半个小时。停车场的海拔已逾5000米，而抵达湖边的山脊，则到5300多米。环顾此处的停车场，就我们一辆牛头吉普车而已。

于是，强巴师傅在前，如脚下生风，我和朋友一家居中，紧随其后，索多断后，收罗掉队之人。上到三分之一的路程，我便大口喘气，走几步便开始拉风箱了。登第二段台阶时，我第一次坐在石阶上休息了片刻，然后站起身来，接着往上攀登。背上的摄影包越来越沉了。以后每升高100米，我便会坐下来歇息一会儿。

经过四五次的歇息，终于离经幡越来越近了。最后一程，我抓住扶栏，一级一级往上爬，而强巴师傅高高的身影已消失在经幡里边。

登顶了，我看了看表，走了40分钟，却被一片经幡挡在外边，神湖不见。

强巴师傅，你在哪里？我该从哪里进来？我钻到一个喂香炉前，被一条条经幡拦住了。

从左边过来，强巴师傅替我抬起了经幡条，我钻了过去，山谷里的神湖奔来眼底。

天哪！我神情愕然。神山天佑，湖面晴朗，天上一朵云翳也没有，长长的拉姆拉措，犹如一面椭圆形的魔镜展现出来了。

3

热振驰马走了一个上午，空山盘旋，踏草而行，几乎没有路可走，随行跟了一个马队，终于到了神湖所在的山脚下。跃身下马，仰望天空，一朵朵祥云飘落在湛蓝色天幕上。热振感叹，天赐吉兆啊！

噶厦政府的噶伦池门·罗琼旺杰挥了挥手，一位仆人牵着一头白牦牛走来，牦牛身上铺着镶金边的氆氇。他说，请摄政王骑着牦牛上山。

仆人伫立于白色的牦牛旁边，见摄政王走了过来，在牛背下弓身而跪，将自己的脊背当成一个上马石。

热振踩着仆人的脊背，一跃而上。骑在了白色牦牛的背上，朝海拔 5400 米的拉姆拉措湖的北山爬去。

也许因牦牛相驮，平时徒步要大半天的路程，摄政王于晌午时分便登上拉姆拉措湖的山巅。只见一个腰子形的湖面尽收眼底，四周都被城郭垛堞般的山脊包裹，湖的尽头，雪山倒映其中，随着阳光的折射，呈现出诡谲多姿的景象。

寻访灵童的队伍在翻越山脊后，旋即在半山坡搭起一个临时帐篷，跟随摄政王而来的布达拉和三大寺的活佛高僧们向着神山念经祈祷，与祥云相接。

经声如潮涌，沉浸其中的热振抬起头来，远眺拉姆拉措湖，但见一个绿松石一样的湖泊镶嵌在雪山群峰之中。

寻找灵童的过程，一般要在诵经膜拜神湖之后，来回往返，看三次湖象幻境。

摄政王热振跃身跳下牦牛背，环顾南坡，喂香之炉梵烟袅袅，经幡迎风飘荡，将六字真言的祈祷送上天穹。

热振朝圣湖躬身一拜，祈求丹玛拉女神保佑。她若发怒，就会伤及灵童，甚至自己。但眼前的湖光山色，如梦如幻，正午的阳光倒映于碧波上，由此北坡往山下走，有六七千米，也得要一两个小时的行程。他挥了挥手，对噶伦池门说，我们先到湖边走一趟吧。

仆人跑了过去，又一次弯下腰，让年轻的摄政王踩着自己的脊背，再次跃上白牦牛。他呵斥着牦牛，摇着缰绳，一步一步地朝着圣湖迤逦而行。

山坡好陡。牦牛每走一步，摄政王都有点摇摇欲坠的感觉，但他毕竟练过密宗，可以控制坠牛的事情发生。

一步一滑坡，摄政王蓦然回首，只见从噶伦池门·罗琼旺杰开始，每个跟随自己而来的僧俗官员和大活佛，都像梭皮一样，滑了下去。

海拔渐次降低，头颅的疼痛渐渐减轻了。越往低走，湖面的圣境越呈现出诡奇的风景。有一道藏族村落浮在湖上，浮浮冉冉，然后便是一家人的房舍，后边则是一道山的屏障，宛如一条蟠龙横亘其上。

摄政王看到转世灵童家的方位和房舍，然而跟在他身后的僧俗官员却没有一双慧眼，无法看到那圣湖上的绝境。

到了湖边，摄政王朝着南方的圣山，五体投地磕了一个长头，向那座与喜马拉雅一样圣洁的神山顶礼膜拜。

重又回到了神山之上，静静地远眺湖象。然后在山顶上扎篷过夜，等到翌日拂晓时分，由摄政王一个人单独下山，看透转世灵童的诞生方位。

那天深夜，是一个星光璀璨的子夜，摄政王盘腿打坐，进入念经之境，静听神谕，好辨出转世灵童的南北西东。冥冥之中，北斗星牵着半叶月亮帆船，在蔚蓝的天穹中，穿越万重山，朝北，一路朝北。当摄政王欲在天空里捕捉流星坠落的方位时，突然一阵雪风掠过，雾霭漫天遍野，将星空遮住，使热振无法看清楚那流星究竟陨落于北方的什么地方。

热振一声长叹，说，天不助我，只待明天了。

第二天曙色初露，太阳尚未从东边山冈上升起。湖面上空乱云飞渡，千奇百怪的造型飘浮湖面之上。诡秘的湖象预示着什么，又神谕着什么？摄政王执意要一个人走一趟，与风中的神山对晤，破译圣湖中展示的冥意。

喝着仆人送来的酥油茶，吃过糌粑，身体里渐渐有了暖意。热振将红色袈裟往肩上一抛，决然出门，此时池门噶伦·罗琼旺杰也带着僧俗官员站成一排，准备与热振再度下山。

热振摇了摇头说，神谕不可违忤啊，不是每个人都能够领悟得到的，诸位就留在帐篷里坐等吧，我单独走一趟，也许神秘的班达拉姆女神会显灵。

摄政王就这样一个人朝着圣湖前的山坡走下。雪风吹过，吹皱一池湖水。往下走的过程中，太阳不知何时钻出了云罅，将一抹霞光泻在湖面之上。

祥云浮冉在湖光山色之中，在一片云谲波诡的氛围中，露出了神秘的巫符。

热振越往下走，湖面渐次开阔。太阳升起来了，一抹晨曦洒在了湖面之上。他由西北角往南行，离湖越来越近了。太阳照在玻璃镜子般的湖面，魔幻地在变幻着。远眺着祥瑞的云彩，湖面上预兆般出现几个藏文字母，摄政惊叹，一幅奇境。他在圣湖拉姆拉措清楚地看到水里三个藏文字母：Ah，Ka 及 Ma。接着便出现一系列影像：一幢三层楼的寺庙，有绿蓝色与金色相间的屋顶，前边则是一条到山间的小径，连着一户半山坡式的藏民的房舍。最后，他看到一件有怪异造型导水槽的小房子。此时他并不懂这里边的含义是什么，可是圣湖之境却让他高兴不已，灵童将生于此地！他频频向圣湖磕着一个个长头，并将身上的所有贵重物品及佩饰，全都投进了圣湖里。他确信 Ah 字母暗示安多

（Ando）（青海）。

既得神秘湖象谕示，则天机不可泄露。他默默地藏记于心，不向任何人透露，只待回到拉萨再找高僧破译。

重又回到神山之上时，池门噶伦·罗琼旺杰和所有的官员都拥过来问，佛爷，你独自走到圣湖边，是否看到了达赖爷转生的灵光，以让佛门重见佛光啊。

摄政王淡然一笑，说，天机不可泄露。那一夜热振佛爷睡得安稳，因为他已经了却一桩心事，找寻到灵童所在的文字了。只待回到拉萨，征询甘丹寺、色拉寺和哲蚌寺绝代高僧的意见。第三天起来的时候，热振法座还想再看一次湖象。他要看看自己的前世今生。世俗之人来谒拉姆拉措，又连看三年圣湖之象，因此拉姆拉措也称三世湖，第一年看自己的前世，第二年看今生，第三年看来世。

4

我们站在城垣般的墙头上，找一个地方坐了下来。强巴师傅说，我们不要说话，各自看各自的。一个小时之后再走。

好啊！我选了一个没有经幡的平台坐了下来。掏出照相机一边装镜头，一边开始看自己的前世。波澜不惊的湖面上，突然浮现出一个巨大的水牛头，两只牛角弧线优美，从东岸往西岸，水牛泅水而来。

我大为惊诧，这就是我的前世。一个耕地的水牛，一头驮牛。俯首甘为孺子牛，今生也许就是一种耕耘之命。牛在湖中，往西岸越近，幻影渐次隐去。突然东南岸又出一景，一只狗站于岸边，水波渐渐放大，那只狗的显影也越来越清晰，仿佛汪汪地在叫唤。

一切都得到了印证，我的前世为牛，而今生属狗。牛与狗皆印证了我的前世今生。

那么来世呢，我的来世会变成什么呢？

一边举起手中的相机拍照，一边等着水上再变幻境。果然，一会儿水中的牛和狗已消失得无影无踪。突然，水中央出现了海市蜃楼，一个桃花岛浮现水中央，有树有房舍，俨然一种世外桃源，唯听狗吠鸡鸣。

也许只是三两分钟，抑或更短，桃花岛不在，东岸靠中间的边缘上突然幻化出一个身影，一个女性婀娜多姿，头戴一顶太阳帽，性感无边，颇像西方女郎。

我不由得大惊失色，来世我会成为一个女性吗？

紧接着，女性的身姿在岸边不断幻化，最后一位吸烟斗男士的头像魔化出来。

这是我的来世吗?！我默默叩问。按说一个凡夫俗子，要连续而来三载，才能看全自己的前世今生和来世，可是我却有神湖之缘，西藏之缘，佛法之缘，只一次，便将自己的前世今生和来世全看到了。

那当年的热振大师呢，他看到了自己的前世今生吗？

5

热振是高僧活佛，虽然年纪轻轻，但其经学早已考过格西（博士）学位，佛法高深，自然看到自己的前世来生。不必像凡尘之人一样，一次只能看到自己的前世。

第三天下山的时候，热振骑上了白牦牛，叫一个贴身的随从紧随其后。朝着山下的圣湖踽踽而行。

第一次看到神湖湖面云层中惊现三个藏字，看见的影像是三个西藏字母——阿、噶和玛；一个读"阿"，一个读"多"，连在一起，灵童会出世于安多方向，即现在的青海。而第二次、第三次朝湖时，他看到在湖里浮现一幅图画：一座翠绿色和金色屋顶的寺院和一间有蓝石瓦的房屋。这一影像被五世热振摄政王详细地记录下来，雪藏心中，守口如瓶，不到说出之时，绝对守密不说。一座小山，半山坡有一间藏家农舍，一条小路蜿蜒通向一座寺庙。后来寻访灵童的格乌昌活佛，据此，在青海湟中县祁家川（今平安县红崖村）寻找到第十三世达赖喇嘛的转世灵童。

诡秘的湖象又若隐若现。

热振看到了自己的前世。他本是一代高僧热振寺的转世灵童，可是却降生在西藏然麦农区一个贫寒的农家，日子过得很清苦，姐姐当了尼姑，弟弟成了庄园主的朗生（仆人）。然而少年的他却显露灵异之态，聪明绝顶，最终被认定为五世热振。一朝被选入法座之上，鸡犬也跟着升天。父亲成了贵族，并授予扎萨爵位，弟弟居然娶了贵族家的漂亮女儿为妻，从此否极泰来。从苦难人间，飙升到了朝天阙的石梯，平步青云，一夜之间，高贵与低贱，贫寒与富贵的鸿沟便填平了。

本来，在热振寺里做一个活佛，不理朝政，潜心学法，将来便可修成饮誉西藏的一代高僧，然而命运偏偏跟他开了一个玩笑，让他走上唯我独尊的摄政王之位。可是，他刚二十七八岁，政治经验并不老到。尤其在充满了政治暗算和陷害的拉萨政坛，他只是一块新姜啊。没有听从堪布经师的苦苦劝谏，贸然踏上了拉萨这座权力神坛，高坐法台之上，获取了万众仰视的神威啊，却未必能攫取真正的权柄。

前尘既然已经知晓，还是看看自己的来世吧。突然间一场晨雾吹过，晓风徐徐，夜色未明，蓦然进入密宗之境。双修的秘境，是一个风情万种的娇娘啊，漂亮大方，高贵娴静，嫣然一笑，相拥入怀，飘飘欲仙之际，唯见百灵浮在半空，莺歌燕啭，叫得人心颤。若不是法术无边，控制力极强，这一轮双修，自己则前功尽弃。然而，他一个雄健的牦牛，飞奔莽原，长嗥天庭，最终却沉静下来，进入佛境。迷雾散去，步出密宗法界，玛吉阿米嫣然一笑，却从玻璃般的湖面消失了。她是谁呢，相貌模糊，却又似曾相识……

佛爷，你瞧，湖面上是什么？跟着自己的仆人惊叹道。

热振仰首远眺，刚掠过湖面的太阳被乌云遮住了，湖中七彩的光色黯然失色。风生水起，雨雾淼淼，一缕黑色烟柱从湖面冲天而起。这可是黑煞星之兆啊，难道自己的来世，会是坠入地狱般的寒冷。

一种不祥之兆，掠过了热振的脑际。随后他又淡然了，放眼雪域，如今谁主喇嘛王国的沉浮，谁是真正一代藏王，权倾雪域，自然是非我热振莫属啊。谁能与我比肩？

藏靴袈裟匝雪地而过，吉祥如意便会接踵而来，热振对此深信不疑……

6

数日之后，我从恰拉山巅下至盘多，沿热振藏布逶迤而行，经过田畴藏居村落，一片油菜花映衬一座盘龙般的神山，前方千年柏树森森，衰败的热振寺浮现在前方的柏树林中。

站在热振寺前的大平台往下俯看，村郭依稀，阡陌之间，金灿灿的油菜花开至尾声，江中枯树丛丛，神鸦盘旋，河谷一条清绿的江水绕村郭和热振寺前而过。西斜的太阳，将诡秘的佛光从云罅里泻了下来，点点簇簇，洒在东边的山冈上，落在热振藏布江里。一道道佛光，也泻在热振寺周遭的千年柏树之上。

此寺风光甚美，风水绝佳。热振寺的正前方，两山犹如两条盘龙，翩然而飞，而热振背后，却是一片古柏树林坐落着一把坚固的太师椅，左右青龙白虎盘踞，伸向远方。站在寺庙的天台之上，早晨可看晨曦浮冉，晚间可拂落日霞光，如此风水，百年之间古寺曾经出现过两代西藏的摄政王，可是他们最后都没有善终。

年轻的五世热振摄政后，与内地修好，向往祖国，可是后来，因为乃穷护法神预见他三十四五岁之间有一场人生的灾难，因了其密宗的双修，因了登顶巅峰的迷失，其可能会祸及灵童和他本人。于是他决定暂时离开政坛四年，避过一劫，便将权力交给他的副经师、其师兄弟达扎。而达扎其貌不扬，行事低调，乍看迂阔、政治上不会有多大作为，可是却工于心计，是一位彻头彻尾的分裂主义的头目。达扎执政后与中央政府交恶，渐行渐远。四年之后，热振欲收回权力时，两相争斗，遭到了达扎的残酷清算，最终被投进监狱，惨死于布达拉下的雪村监狱。而当时经过一场枪炮洗劫之后的热振寺，从此凋零了。

站在热振寺一隅，远眺热振山上的祥云，从西山冉冉而起，萦绕经筒、法轮和吉羊之上。寺院的广场上，一座塔孤独而立，历经百年、千年风雨，喂香的香炉，燃烧的卷地柏梵烟袅袅，与从天穹泻下的斜阳纠结在一起，交织成一道道吉祥之光。

这佛光还会普惠苍生吗？

就在祥云和佛光之下，河谷对岸的山野里，一条银线，巨龙般地穿越在热振藏布……

7

波澜不惊，湖静莲花生。不能不步步惊心，不能不心生虔敬。不知不觉间，我们在神湖的山巅坐了一个多小时。太阳渐次西斜，待我们站起来拍照时，神湖犹如一块魔镜般，骤然合上，波平如镜。同行的朋友喊照相，声音大了一点，一只灰头雁从头顶上掠过，叽叽地几声唧啾，如哨声一样尖啸，穿破天空。湛蓝天幕上，此时并没有一缕云彩，可神鸟一叫，便落下几片瑞雪。

太神奇啦！同行的朋友朝天惊呼道。

该说告别了，我们纷纷合掌祈祷，留下一张张与神湖融为一体的照片，然后下山。

随行朋友路上一再询问我，看到了什么。我嘘了一声，说这是秘密，不能随便说的。

说嘛！朋友急不可耐，说自己看到了前世原来是一只小兔子，后来变成了个吸烟斗的男士。说着他便往下走。这位朋友在我后边，突然一声惊叫，意外地跌倒了。他的脚脖崴肿了，不能动弹。我们连忙回头去把他扶了起来，架着走。朋友惊呼，我泄露天机，遭了天谴，被神湖惩罚了……引得大家一阵哄笑。

下山之时，斜阳正浓，暮霭四起，雪风徐来。强巴师傅依然是第一个下到了停车场，他惊呼道，你们过来看呀，过来了一群盘羊啦。

我循声而去，放眼眺望，只见 100 多只盘羊就流连于车场前后不散，白白的屁股，与荒坡上的石头相近，隐蔽性甚好。有两只盘羊站在一块巨石上，离我们不到 10 米远，徘徊良久，不愿离去。

吉兆啊！我感叹道，刚膜拜了天上仙女湖，看到了自己三世，又见盘羊开泰。莲生因果，我们不仅看到了自己的前世今生，也看到了雪域高原的今生来世……

黄姚古道上有条起包浆的鱼

1

那天北京飞桂林的航班晚点了，落地，已是傍晚。他走出机场，仰望天穹，一只孤鸿在啾鸣，裂帛云天，断雁西风，甚至栖息树梢，是倦鸟归林吧。他有几分眩晕，莫非是中蛊了，魂滞宋词中国。其实，天空仅掠过一只铁鸟，是此起彼落的飞机。云低江阔，断鸿声里。虽说今晚下榻处是南宋年代建村的黄姚，可他心中却无靖康之耻。

他的思绪被铁鸟之翼，带到客家人逃难的另一座宋城赣南，他看见辛稼轩仍兀自而立郁孤台，余阳将他的身影拉得好长。把吴钩看了，栏杆拍遍，这位非常轴的鲁人，会不会也跟随南下客家人的迁徙队伍，发于赣州城，从江心浮桥走过，投下踽踽行影。然后，越梅关，过岭南，进至古象郡贺州。他没翻线路图，今晚歇黄姚古镇，他遇上一个好时代，没痛失家国之殇。四十年了，小日子好着哩，政兴人安。伫立机场门前等人，茫然四顾。天青凌凌的蓝，他哑然而笑，发什么文人神经，思幽古人之情。

登车，一路向南，沿着画廊般的桂林山水，画中行。脚下是潇贺道，抑或还是湘桂道，反正是当年秦五尺道的延展。时，夕阳西下，仍有蒸笼般暑热。车里放了空调，渐次清凉起来，他的心情亦爽朗了。放眼看去，车窗旁的漓江山水擦身而过，一帧帧、一幕幕，令他有点回到 16 岁当新兵从桂林下车的场景，水墨山水的韵味氤氲于前。只是景是人非，16 岁，61 岁，恍如天壤之别，连缀这人生之旅的是遮天蔽日的古榕，孤树成林，他庆幸虽入壮士暮年，仍激荡着一颗少年心。

薄暮时分，抵黄姚古镇。苍山落照，他伫立于落地窗前，一幅岭南画派的写意山水漫漶了前方，令他有几分的陶醉。是时，落日洇红天空，渐落山间，犹如大秦帝国的将领，抑或东汉伏波将军马援在桂林郡砍下百越酋长的头颅，鲜血直流，向着地平线撞去，像一瓶打翻的番茄酱，涂鸦在桂湘天际，直铺至餐桌上。夜色四起，夜游黄姚镇是另一种风情。沿着石板路而行，古榕遮天，犹如一把巨伞，浓荫村前，他仰首，浓荫遮蔽，看不见星空。两株古榕独树成林，枝杆从天穹上落下，横枝倒挂，似一条巨龙盘踞夜空，枝繁叶茂，其根部有四五人围之粗，两株巨榕擎起黄姚天穹。惊叹之余，他倏地有一种梦回西双版纳的独树成林之中，一木擎天。仰望，远眺，苍穹之昂，繁星点点，犹发上天之眸，在俯瞰着人类呢。人类一思考，上帝就微笑、甚至嘲笑、讪笑，笑声如浪，是河边的溪水汩汩吧。沿小河走过，绕了几道弯，一座城堡般雕楼横在前边，门楼嵌入四字真书，亦孔永固。他以一位军人的直觉，此为一座雕堡，射击孔一个接一个，防绿林响马攻抢黄姚古镇时，枪孔洞洞，一夫当关，万夫莫开。他在石堡门侧留下一张夜照，颇有点抚剑叹关之意，可惜众人皆诗意阑珊。拾级而上，古镇里别有洞天，小桥流水人家，孤榕古巷天涯，沿着石板古道行，他突然被绊了一下，脚碰着了东西，他俯身一摸，光滑如鱼脊，是一条鱼儿，遂惊骇不已，光滑石板路上，隆起一块天然石，酷似一条鲤鱼、江鳅，抑或锦鲤，从远古游来，作鱼跃龙门状，涸于道路，且起了包浆，令他有几分讶然。

2

他俯身拍照，脑际闪过一组成语，鱼跃龙门，不是，枯鱼之肆，还是乏准确，吞舟之鱼，太夸张，白鱼赤马，又给了一个大词，城门鱼殃最好，这是警示世代百姓如鱼，如鱼得水，亦殃及池鱼。今晚，有一条石鱼渡劫于他的眼前。

古街好清冷，巷子里，几无行人。大红灯笼高挂，一街如鬼影。光环中，他有点恍惚，踏在石板路上，思绪飘了起来。一只孤鹜啾啾，凤翥九天，向彩云之南飞去，是响箭吗，还是稀世之鸟的悲鸣。彼时，故乡天空彩虹飞舞，祥雨落下，是稻花飘香时节，一群鲫鱼畅游于稻田，时而露出黑色的脊梁，时而晚霞浸染，宛如花港的红鲤、黄鲤、白鲤追逐着，晚风吹来，兰芷香汀，鱼翔浅底，风掠起，一片片，一朵朵稻花落下，鲫鱼争食，张开白唇红唇竞吞，其贪婪之状，犹如脚下这条石头锦鲤吧。河鱼天雁，他的祖先就是群鱼中一条，沿着历史河道，从中原游来。道路阻且长，蹒跚复蹒跚。天雨倾盆而下，绳子拴手，杂草相缠，游湖广，游四川，最终填云南。

苍生如鱼啊，天旱五载，必死于道上。他凝视这条鱼，其实就是一块青石，无石匠雕凿，自然天成。千年如斯，苍生草鞋、皮鞋踩过，泪水浸泡，血雨冲刷，甚至尸体淹没，终于起了包浆。他蹲下抚摸，仿佛摩挲一个个苍生的面孔，每一片鱼鳞，都是一道沧桑。遥想千年，长安乱、洛阳乱、汴京乱、临安乱，一炬兵燹将帝都焚成冷灰，一切又重新归零。他的祖先从杀戮中死里逃生，拖儿带女，仓皇挤出京畿城门，蓬头垢面，朝着吴越、荆楚一路狂奔，沿着秦五尺道，走湘桂道，再换潇贺道，最终入了黄姚。此地已绝北国冰雪，一年四季温暖如夏，纵使到了严冬，仍东风四起，好温婉之地啊，族长长叹了一声，挥挥袂袖，叫过身旁风水先生，放罗盘吧，我看此处地脉不错。诺！风水先生茫然环顾，罗盘一转，眼神遽然一亮，对族长云，此处风水极佳，坐北朝南，三河穿越，相拥一片桃花源，筑房可成堡，建村可成城，三条河相绕，就是最好的护村河，可御强敌、可防绿林。在此繁衍后代，可拒兵祸，可望我族。族长点头，桃花源里人家，黄姚就是客家人的岭南原乡。于是从三户人家，三家村开始，借风水先生画的八卦图，一条老街一条老街地建，一个小巷一个小巷地砌，天地人和，皆按《周易》之转，三水围一村，两街转九巷，一生二，二生三，三生万物，泾流八百年时光，逝水经年，流成岁月，流成今日黄姚古镇。那条鱼，不知何年何月，今夕何夕，游至老街石板路上，凝固不动，成了起包浆的化石。他摩挲长叹，鱼鳞尽失，光滑如鲅鱼，抚之手动，心动，水动，鱼动。那一刻，他被电了一下，感应这条石鱼是有魂的，活了千年，就巡弋在黄姚古镇上，是一代代客家人留下的生魂，抑或亡魂，是客家人心尖的一个记号，乳房上的一颗红痣。他举起手机，拍下一张张照片。鱼身起了包浆，虽光滑如绸，却令他挫痛之叹。眺望远天，寒星闪烁，他仿佛看清远古年月，江海枯，五岭出，鱼儿离不开水。然，赤日炎炎，水雾浮冉，河干涸了，河枯石烂，鱼儿凝固成一片片化石，成批百姓死于道上，任马蹄踏过，任血雨冲过，最后化作一条石鱼，一缕亡魂、一帧青史镶嵌于秦驰道上，令人空嗟叹。

他站起身，从鱼嘴所示的方向看过来，那是乡井的泉眼，还是游子的乡关？乡关何处，乡井流声，一盏盏挂于门前，且作路标，他寻路而去。两条主街，令他不辨东西。拐来绕去，找不着北。可隔上一段，便会一道门，几尺厚的石门枋，中间有槽，横着装上一根又一根木杆，可防盗御敌的，石门槛犹在，马蹄声咽，他看到举着火把的响马绿林，正迤逦而来，蹄声如雨，吼声如雷。他想到入镇门时，走过亦孔永固的堡楼，兵荒马乱的年代宿命追随而至。百年轮回，城头变幻大王旗。客家人到了黄姚，好日子没过几天。天下兵刀起，兵燹丛生。这里地处山野，朝廷鞭长莫及，官家自顾不暇，潇贺古道土匪滋生，响马绿林入黄姚古镇打家劫舍，最倒霉还是老百姓。哀告无门，唯有组织家丁、村丁、乡丁自保，看家护院。他看到的黄姚古镇，家自为战、院自为战，街自为战，俨然一座村堡，城堡、兵堡。

夜深了，却无法安眠，挥手不去仍是那条包浆的鱼，游动在梦中，历史的小溪中。今霄酒醒晓风中，他想看看，这条起包浆的石鱼，晨曦中会是什么样子。

3

一夜无梦。

大榕树百鸟朝阳，叽叽喳喳的啼鸣唤醒了他，躺着假寐，谛听，有田园奏鸣曲叩窗。他一跃下床，去看那条鱼，太阳下，会不会被晒死、烤焦。他又转向了，陷入八卦村中，走不进镇中央，转至河边。见三条小河缠绕流淌，放任脚步，巨龙浮冉的古榕隐遁了。他信步村外，竟无人可问，仿佛空村一座，不知南宋，何问晚明，雾里看花罢了。昨夜一街红灯笼里观村，看不真切。晨光中，可一览黄姚之美，美在石中央，美在河中央，美在大榕树下。他沿河而行，有河必有孔道，有水便有出口，以为能行走村口，走不进的八卦村。唯有找到起包浆的石鱼，那才是黄姚古镇的罗盘。

罗盘一旋转，定心南北西东，通灵天地，是一条石鱼。鱼与人，人如鱼，冥冥之中，那条起包浆的鱼在呼吸，浮出水面。他转来循去，又在石板道上看见那条石鱼。他长舒一口气，看见这条鱼，就找到黄姚古镇的村魂。他蹲在鱼前，太阳光束瀑布般从天而降，如梦如幻，仰俯之间，眼睛有些刺眼，他后悔未戴墨镜，看个真切，又看到那条起包浆的鱼化石在游动，横陈青石板上，道如岁月之河，鱼似百姓。黄姚古镇老街上的乡亲就是一条条鱼儿啊。江山家国，如鱼似水，一刻也不能分开。鱼儿从大江大河游来，犹如从国之根脉中游出，游得很慢，亿万斯年，才游入黄姚古镇的小溪里，生生死死，代代繁衍，一游便是八百年的时光。黄姚古镇始建于南宋年间，迄今八百年有余。那应该是靖康之乱吧，一条条鱼儿从汴梁城鱼贯而出，逃出来父老乡亲，一定有他的祖先，拖儿带女，一路往南流亡，山重水复，风尘仆仆，城郭、村庄，满天尽是兵燹。饿殍千里，路有冻死骨，所幸跑了出来，蛰伏南越，入黄姚古镇，耕读之家纷纷集于此地。日子安定下来，朝廷结束宫乱，官府不再折腾百姓，好日子便来了，丰衣足食，这是平头百姓想要的生活。可是安宁不会久长，周遭响马听到鸡鸣犬吠，看到青牛牧童，横笛晚归，又垂涎三尺，跃身马背，举着火把来抢。第一次得手了，掳走金银细软和家眷女儿，甚至将黄姚古镇投着一炬，好在男力多，离河又近，奋力救火，幸免沦为废墟与冷灰。

　　他沿着村道徐行，静脉般古巷子，隔一段横一道寨门，门框皆石头门枋，深槽犹存。八百年间，太平盛世真的少得可怜，黄姚镇上客家人总是提心吊胆地过日子，不仅被官府搜刮民脂民膏，最心忧的被盗匪惦记。于是，大榕树下的村前堡楼，题一亦孔永固，东西南北四门，纷纷题永安门、守望楼、升平门，民安何处，大世道不好，匪祸不绝，密布村中、巷中的鹿寨、御敌之门，也难抵绿林盗匪之扰啊，哪有太平日子啊。而今如雨蹄声、枪声、厮杀声岑寂下来了，化作村中小溪，绕村而行，淙淙流向岁月深处。

　　行走在晨风中，他有一种安慰感。他从包浆鱼眼所指方向望过去，鲤鱼跳龙门，十一座进士的府第秘藏镇中央。伫立于前，顿觉仄窄狭小，寻不到江南官宦人家的气派，更不见北方举子邸阁的高巍。或许寒门子弟中了进士，进了京畿，就不想归乡光宗耀祖了，唯有昨晚路过一户郭氏商贾人家，府邸是六进的，太阳门相连，一套又一套的小院，才有点巨贾豪门之势。

　　将近8点了，太阳从古榕树间钻了出来。夜游黄姚，晨逛古街，就为这条青石板上起包浆的鱼。在他眼中，它是一个村、一个镇、一个国度安居乐业的指向，更是八百年间黄姚罗盘上旋转的鱼儿。

4

　　已经是下午 3 点多了，室外燠热依旧。他忌惮这样的天气，身子湿透。太阳好辣，镇里空村人稀，仍不见行人，唯有村叟老妪坐在榕树下纳凉，毫无疑问，乡村中国正在老去，空心村、空心镇或许是她的最后宿命。彼时，阳光洒在那条青石板路上，走着走着，那条起包浆的锦鲤又在时光之河游动，生魂、亡魂归来，那条鱼又活过来了，活着八百年历史小溪里，活得如此滋润啊。游啊游，鱼会游向大海吗？太阳正烈，却未将鱼儿蚀骨化水。他却受不了啦，脚步生风，入古镇，躲入荫凉处。八百年之梦，千载之梦，风水轮流转，黄姚古镇的永安宁梦转了千年，流年运来，寻到一个好归宿。那就是平安、平静、平常地生活，不受官府之扰，不再响马之患，再不重演饿殍千里恶梦。河水汩汩不绝，鱼幸，则苍生幸，鱼亡，则苍生恨啊。他仿佛看到那条包浆的鱼喊魂而归，在秋凉的阳光下，闪烁着熠熠鳞片，向远方游去，游去。

　　就此别过吧，归去来兮，该走了。他呷了一口茶，匆匆出门，古巷石板路，逆流般地在他身后远去，蓦然回首间，那一条包浆锦鲤，在落日下跃然而起，金片鱼鳞，闪亮于清溪偏舟之中，鱼跳龙门呢。

茅龙笔啸岭南

那天在白沙书院，他有点跃跃欲试。一支茅龙笔在手，好长的笔锋，可挥茅毫而就，写出中国书法的飞白。他握笔手中，凝视良久，与中华笔祖秦朝大将军蒙恬制笔方式截然不同，笔尖非狼毫，笔管非斑竹。从笔尖至笔杆，系一束野茅制成，令他想起母亲手中的洗锅刷，父亲过年时刷墙的草刷子，也像刺客手中的匕首。治大国如母亲烹小鲜，书长卷像父亲刷大白。侠客出手，何必在意手中是名剑还是木剑？一支草笔，亦可。此笔唤茅龙笔，关山月先生题签。茅龙起草莽，一颗木心写江山，身段柔软，远胜大白云羊毫；亦有风骨硬度，如剑如戟，可堪干城重器。我有龙茅堪截云。直面桌上铺开的六尺宣纸，可写治国策，可绘万里图，还可著风月吟。有意泼墨一试，笔卷东风，滚石落谷。徘徊、犹豫再三，他还是忍住了。江湖有规矩，雅集有道统，得礼让文坛耆宿，再说高手未必最先出手，一剑封喉，何况他离高手还远哩。

已有人横刀立马，跃身而起，屏息静气，睥睨书案，挥笔，蘸墨，悬腕，屠戮之刃一挥，在宣纸上笔走龙蛇，凤翥九天。他伫立一旁，临池观书，发现茅龙笔并非人人可驭。他掩口一笑，心下了然，转身去看两位女士锤打青茅，酥手做笔。那工艺，雪藏陈白沙家族的陈年密码。

已经不是第一次来新会白沙故里了。

那一年，一如今日的天气，岭南晚秋天晴好，残存几分燠热，秋山皆绿。他从佛山康南海的故里来，一路向海，其实他最想去的是崖山，崖山之后无中国，谁说，还有陈白沙，康梁衮衮诸公呢。到了新会城，先观小鸟天堂，再拜梁启超故里。康梁，百年士子都无法绕过的一道门槛。别康有为，再别梁启超，入新会城郭，前方就是蛰伏闹市的陈白沙故里，石牌坊为大明宪宗皇帝所赐。由晚明到晚清，一条文心之路，清清楚楚，指向当代。陈白沙——康有为——梁启超，三位举子共一片岭南河山，难道是历史的宿命？他默默叩问，谁才是一代文化巨擘，映照岭南，燃亮半个南中国，非康南海，非梁任公，而是一代巨儒陈白沙。

他始终未喷发写白沙先生的感觉与冲动。大宋王朝以降，司马光、程颐、程颢和周敦颐、朱熹、陈白沙、王阳明，个个皆为当道大儒，其说，教帝王、能臣明治国正道；其言，授士子、秀才修道德文章。文风正统了些，说教意味甚浓矣。单就为文而言，他还是喜欢太史公、李杜、东坡和张岱，环顾千年，他们是他心中的文神，笔端透着真性情，笔下流动的是血、是情、是冷热诡谲的人情与人性。

前度徐郎今又来，依然是新会城。静默无言的石牌坊，巍峨遮天。他仰首眺望，太阳从牌坊上斜射下来，金针般地刺痛双眼。贞洁牌坊，烙烤女人的十字架，天皇皇，地苍苍，他掏出墨镜戴上，换一个视角观天下。

昔日，陈白沙未及进士第、状元第，没有像张居正一样，当上首辅大臣，只为年轻守寡的母亲挣来贞节牌坊，也算功德圆满吧。隋开科举，一制千年迄今，拓展了一条寒门入仕的康庄大道，亦架起一考定终身的独木桥。公平乎，绝对公平，残酷吗，太惨烈了。逼疯了多少天才少年。幸哉，陈白沙未疯，他是一个遗腹子，母亲年纪轻轻，二八女子成娇娘，新婚燕尔，你侬我侬，与新郎耳鬓厮磨，燃起火烧云的红晕未消褪，还没缠绵够，丈夫一夜之间撒手人寰。泪绝之后，赫然发现有孕在身，这是陈家繁衍百年的种子。十月怀胎，男婴呱呱落地。从此，孤灯长夜，拥子而眠，守着这个叫陈白沙的少年长大，最大的心愿是望子成龙。爷爷教他念书，母亲教他种田。耕读之家，一半务农，一半读书，一半备考，一半砍樵，半是农者半为儒。若不搏一个功名归，何以对得起家乡父老，何以对得起年纪轻轻就守寡的慈母。母亲一生的希望全系在儿子功名上。

第一场江南贡试，正德十二年，陈白沙中了举人，19岁，旗开得胜。少年得志，不负母亲厚望。翌年，赴北京参加会试，中副榜进士。其实是一个备榜，并不是真正意义上的进士，本质上是一个落榜举人，与后来的康梁无异，但唯一可以安慰的是，可入国子监读书，备考。在北京苦读四年，拜了不少恩师，再度参加会试，仍旧落榜。陈白沙怏怏然回岭南。

回到新会城边的村落，陈白沙沮丧极了。母亲说没有关系，立德立功立言不在早晚，嘱他继续考取功名，光宗耀祖。爷爷说苏洵八十衰翁才中进士，你还不到而立之年。彼时的陈白沙26岁。于是，他过梅关，迤逦抚州，拜江西一代名宿吴与弼为师，学的是朱熹、二程的理学。赣地归来，陈白沙在旧居筑春阳台，号称"静心""傍禅",十年之间，足不出草庐。欲将儒道释觉悟为山寒水瘦、清泉流石。一个举子心驰于道家，庄周梦蝶，翱翔自由天地，那是一种对入世的绝望；还有向释家慈航的致敬，心心念念苍生，更是功名的死路一条。果然，十年砍柴功，屠龙术远了，心术魔道高了。成化二年，再度前往京师考试，这一年，陈白沙38岁。国子监祭酒邢让要试一试他的十载结庐之学，请他和宋代大儒杨龟山之诗《此目不可得》。七步之内，一诗吟成，名动京师。邢让惊呼："龟山不如也！"众生称道："真儒复出！"可这有什么用呢，科举考的是八股文章，在《大学》《中庸》《论语》和《孟子》里截半句话，然后释出处，然后言古意，然后作策论，然后……陈白沙仍旧名落孙山。只好在京师谋个吏部"文选清吏司历事"，留滞京师三载，只盼一朝金榜题名。到了成化五年，陈白沙最后一次参加春闱，依旧落第。从此南归新会，不复科举。以教书谋生，一颗入世之心千疮百孔。科举，扼杀中国多少有艺术天赋的好儿郎；及第，逼疯了多少天才世家子弟。一考定终生。考不上，或做师爷，或做幕僚，或做教书匠，或画画养家糊口，或写笔记小说聊狐斋仙。陈白沙如此，徐渭、傅山亦如此，吴门四家亦如此。

　　科举的失败，对有些人的打击是毁灭性的，万念皆空，归乡，尘世万事休。然，他发现，陈白沙的心灵没有被摧毁，只是内疚，深觉愧对母亲的养育之恩，南归后，陈白沙比先前节约勤俭了。体恤母亲耕地不易，家里也没有那么多钱买狼毫，供学子们挥笔。

　　他将目光投向了广袤的旷野。秋风掠过，芜野莽苍，陈白沙坐在圭峰玉台寺前边的大石上看书，忽见石头上一片白茅长得葱茏可爱，便伸手想折一株，却花了很大气力才折断。细看断口，一束柔软而富有弹性的白毛，堪比白云羊毫，竟与写字的毛笔相差无几。陈白沙大喜，采一把白茅回家，第二天拿出来用木锤轻轻砸烂，又放在蚬灰水里浸泡几个时辰，去囊后晒干，扎成一束做成笔。饱蘸墨，一挥而就。字迹铮铮铁骨，飞白生动，颇具阳刚之气。白沙先生高兴极了，遂命名"茅龙笔"。彼时，新会的天空下，他看着山间的野茅苗壮，取之不绝，用之不尽。他仿佛看到了茅龙笔生生不息的光明未来。

正午的阳光好烈。时针已旋至上午 10 点半。虽然已入晚秋，可江门的天气仍旧燠热，他穿了一件长袖衬衣，仍觉得热气难挡，腋下湿透一片。戴上墨镜，抬头看，石牌坊依旧，周遭搭起了脚手架，陈白沙故居正在修葺。站定，拍一张照片，一步步走向牌坊，一步步靠近历史。立功，为生民立命，为万世开太平，入仕是唯一通道，千载岁月，大文学家皆走科举之道。李杜如此，唐宋八大家也不例外。然，陈白沙是科举失败者，面对母亲的牌坊，他留下了什么？

桃李天下，著作等身？还是这支茅龙笔。此时，他伫立于两个女工台前，看四手联弹，将野茅修剪齐整，根部露出，青青茅尖依旧，抡锤敲打。敲绒了，即成茅龙笔笔尖，用红线捆扎三节，束草成龙，一支茅龙笔便做成了。

他一边观看，一边叫好，茅龙笔吟岭南，何止一个陈白沙，还有康南海、梁任公，同为举人出身，书法皆有造诣。其实好的书法，应该承上古之气，守法、尚古、静心、有度、写性，都为上上神品。古拙，一如钟繇，神逸，一如二王，法度，一如唐楷，倾情，一如苏黄米蔡。细细想来，张旭、怀素之流，真的是小儿郎，千年之间，狂草从来未成为中国书法的主流、正统，野狐禅而已。苏黄米蔡也只是朝前走了半步，性灵之书，放逸中仍中规有度。其实真正承接二王之美的是赵孟頫，因了赵氏王朝的皇家之脉，谁能比，八大山人也略逊一筹。至于徐渭，科举不中，师爷终老，天纵性情，杀妻、割耳，其实是害怕连坐，自残于身，心枯至极。书法也如其人，诛心，人被逼疯了，书写一直处在亢奋状。在他眼里，徐渭好可怜，命运多舛，却是青藤画派开山之人。书不及诗好，诗不如文胜，文不比画美。傅山者，亦然，虽口口声声说拙，向丑，其实是做过了头。朴拙未得，没有化入中国美学的胜境。唐寅、郑奕之辈，还是少了些许魏晋风流。书法最重雅正美、殿堂气，古来大书家，无一不位列朝堂之上，俯瞰华夏，穿云带雨，御风得道，秉承了经国华章的余韵。

太阳西斜，他伫立展板、石碑前，一一细观陈白沙书法。毕竟是大明王朝举子，虽然只中得一个副榜进士，也算是有功名之人。陈白沙前学南帖，后追北碑，一点一划中，铁骨铮铮，气吞山河，枯笔飞白中，神韵俊朗，尽显正大气象。幸哉，陈白沙，结庐十载，静心，傍禅，书风成仙得道了。

夕照将明灭，天色已晚。陈白沙书院里，他第一次试用了茅龙笔，仍有几分上古气象，却着实不能完全把控此笔，章法有点乱，力疲，驾驭不住一匹野马横空。倚窗远眺岭南海天，桃花源里人家，秋风四起。陈白沙踽踽独行，将大地作书案，挥茅龙笔，尽现山野之气。他决意买下一盒茅龙笔，静待自己得心应手的某天到来。

蓝天如镜入云居

　　天好蓝。我站在云层寺山门前的石阶上，仰望苍穹，一种炫目的金秋蓝在我的头顶晃动，犹如一片天空之镜，映着天，射着地，也照着泱泱大国之都。

　　历时一年的煤改电采访就要落幕了，这个句号，该落于何处？我一直在想。

　　也许是冥冥之中的巧合吧，那天上午，我依旧去了周口店。毕竟，斯洞、斯地、斯村，是点燃华夏第一簇天火、第一堆荒火之地。中华古猿人诞生于此，抑或华族的第一缕炊烟也袅袅于焉，这部煤改电之作，写的是关于湮灭人间煤烟的故事，既起于此，又该收官于何处呢？我一直纠结。有一天早晨醒得早，躺在床上冥想，蓦然彻悟，天蓝如镜，就找一个心如明镜，天悬明镜的地方去吧，作为终章之地。就去房山境内吧，有始方有终，始入周口店，终出居云寺。房山境内的这一座大寺庙，是我入北京三十五载，唯一未去拜谒过的千年古刹，她的洞藏石经，舌血写经，还有龙藏木经，是到了有缘相见之时了。

　　那天晌午，太阳当空，仍有一种入秋后的燠热。在房山城关镇一户农家乐里边吃午饭，边采访几位供电所长。饭毕，出城关镇，往云居寺方向驱车而去。过窦店，将韩村河的别墅区渐次抛在身后。然后向 30 里外的菩萨山驶去。

般若波罗蜜！云居寺未到，我的心已在默念那从心底涌了来的梵语，抑或仍交织着"嗡嘛呢呗哞俺"的六字真言。佛教自东晋年间传入中土，最先入古九州，便有燕州，就距琉璃河商周燕都旧址不远，那里曾建一座隋塔，安放佛陀舍利子。后唐人、辽人、金人在云居寺一隅，刻佛经天佑京华。我入北京城久矣，却从未到过此寺，皆因一个佛缘未尽，缘分未了，自然有相见之时，不在早晚。不仅仅是为了一抱佛脚，抑或一沐莲花座上的观音菩萨圣露。而是为了求得内心的宁静，让蓝天白云永驻于心，永驻于城，永驻于国。彼时，我倚在小车后座上，入秋后的北方平原很寥廓、葱郁、葳蕤，不见西风即起萧瑟之状，虽有一层薄薄的雾霾浮冉于野，但已经是北京好天气了。不敢奢望极目高天的湛蓝，不敢期冀伸手可拿的祥云，但天蓝，心情就好。时，公路两旁的白杨树、青纱帐擦窗而过，风景在车速中变异眩目，我恍然行进在一条时光之河里，渐次坠入梦乡，一梦到天边，回不去的地方叫远方，比如文成公主之西藏，还有藏族姑娘西原之长安，皆是远方，亦是佛乡，皆是故乡，我与她们的相望、相遇，其实是在一面镜中、蓝天如镜之中，或在长安城墙的堞雉之上，或在布达拉的金顶之上。不知何处敲大磬，一夜经声难望乡，故乡不可望兮，眼前是一条成佛大道，通向西天，就是今日的丝绸之路吧。彼时，正午太阳很烈，天空比今天的北京城郭还要蓝得炫目，东晋和尚法显背着苦行僧的背囊，西出安城，最后回望了一眼朱雀门阙，然后沿秦皇驰道，过秦岭，下萧关，入河西走廊，往西域古三十六国逶迤而行，为的是人入西天，到佛陀的故里取得佛法，此前，已经有一个叫朱行士的和尚，到于阗国了。只是为了那一抹梵天宗教蓝，蓝天如斯，铜镜如斯，云纹千古如此，刻在皇家的碑碣家庙之上，亦雕刻在老百姓梅花窗格之上。亿万斯年，人们祈祷天净沙，祈求祥云如意，祈求生于长于桃花人家，睁眼便是青山绿水，白云飘绕，清泉石上流，皆因这尘世时混沌，时而乌云，时而战火，时而阴霾，这浮生如蚁，这生死如朝露，如影，如幻，如电，如泡，唯有澄宇过后的梵天透明，才是温馨之所。其实，我们每天都生活于蓝天白云之下，却难得再有湛蓝的心天与不染浮尘心湖，过度的欲望化，过分的饕餮盛宴，将祖先几万年、几千年渐次留给后人的自然、家园挥霍殆尽，于是乎，天空黯然了，霾锁华夏；于是大地污染了，难寻一块干净之地。云居梵钟，悠长而辽远，穿透西岭的壑谷，回响于岁月的音壁上，亦重重敲响在人们心原上，梵经声四起，是祈祷我们曾经拥有的蓝天祥云重现浮屠，而不仅仅为寺院墙壁上的一道风景。

乡关何处，乡愁何忧，我们究竟迷失于何处，原乡不该如此，人类的星空原来不是这样啊。其实就在半个世纪之前，我还见过古人歌吟过的星空啊。彼时，有烟火处，便有桃花源，有饮水处，便有人间乡愁。那是一幅乡村中国的画卷啊，是另一番景色。犹记少时，我也不过是七八岁，春天里，一群小伙伴白天嬉戏于宝象河里，河水不深，却有清凌凌溪水，可见鱼翔潜底，水草随波舞动，鹅卵石依稀在底，野鸭白鹭出没柳下汀芷之间。晚上，可依偎在蚕豆秆和麦秸秆堆里，闻着田野里芳草和麦香，仰望星空，寻找夜空里属于自己那个迷人星座。最美的夜晚是秋夜乡场上，中秋月儿圆，收割稻谷还未脱穗，堆码成巨大的螺髻谷堆，爬到最大最高的一个稻谷锥上，一轮杏黄月如竹编簸箕，挂在稻谷堆上，低且圆，伸手便可摘下来。月光泻在乡场上，谷穗上，身上，此时月夜，明晃晃的，可读《三国演义》，可读《水浒》，可读明清言情小说《粉妆楼》《聊斋志异》，亦可读小人书，一篇篇的古方块字，一个个古代仕女，从月下踏云而出，美目盼兮，巧笑倩兮，萤火虫飞过，恍然回到大明、回到赵宋，抑或回到大唐。

人间若只如初见，何事秋风悲画扇。一扇摇过，吹过一股全球化之风，吹过一阵后现代之风，风过之后，仅仅是半个世纪，却换了人间。中国成了世界第二大经济体，巨大的经济体量，我们思想、观念、生活、思考角度皆变了，天空亦变了，记忆的乡村不复再来。一如车窗后边的风景，次第远去，远去，再观，已经不再是旧时的模样。这四十年，乡村中国死了，宛如一个赶尸人，扔掉了傩舞面具，扔掉了自己，亦扔掉了过去，更扔掉精神之魂。拼命补课，补工业化之课，奋力直追，融入全球化的大潮。欲望和创新一样失控，物质极大的丰沛，使这株古树老木新技，葳蕤撑天，直抵宇宙之峰，混乱与生动同在，因了五千年大变乱的混乱、无序，反使得这个社会变得如此之生动。可是等我们钱有了，房有了，生活富足了，蓦然回首间，遽然一惊，我们失去了蓝天，失去了白云，失去了村前清凌的小河，亦失去了自己。

拈花一笑，云居寺的菩萨云游云间，在微笑人们贪嗔痴呢。

清心寡欲，真的做不到吗？或许因了中国人穷了百年，此陋习难改啊，或许因了我们执念太贪，放纵了欲望，终于吞食了苦果。冥想之间，云居寺已经在眼前了。

下车，我一脚跨出车门，站在燕山环抱中，环顾四周。好风水呵，念佛之高僧，总会择风水阳光蓝天最好之地筑庙，念经。仰首一看，云居寺就在前方的石阶之上，缓步而去，沿途有竹篁翠鸟，还有狗尾巴草，在秋天的太阳下，熠熠发光，向人炫耀自己随风而荡的风度。时值中午，秋阳正浓，我们边走边说，房山电网联系好的解说员已站在山门口等我们一行了。伫立于门前，她说，这个山门曾经被日本人的飞机轰炸过，门阙掀翻了，只剩下四块汉石玉的石头耸立于天穹之下，后来"文革"之后重修，才重新垒起了现在这座山门，我看横匾挂着赵朴初先生题写的苏体，"云居寺"三个大字，才瞄第一眼，便给人以古拙、悠远、气象万千之感，赵老当年也是得道居士，故写出如些大器豪放之字。我拾级而上，走过山门，女解说员问我，是走礼佛之路，还是观石经之路，我说当然走观石经之路了。她说观石经之路大约有两个半小时的行程，我点头道可以！今天下午就为拜谒石经而来。时，云居寺游客寥寥。只有我们一干人，喜欢前不见来者，唯有古贤于云中，于庙堂之上，后不见游人，乌泱乌泱的身影，总带有人间的世俗之气。解说员带着我们往左拐，朝地下藏经之处徐纡而行，途中，她说，云居寺之石经肇始于唐，隆兴于辽国，彼时正是辽国萧太后当政时代。萧太后虽为异族，却是礼佛、崇佛之人，辽国与北宋的战争不断，还总是占上风，那拨中原文人皇帝大臣好书好画好玩，不是治国干城，终染宫乱、内乱、战乱、离乱，终于给了辽人可趁之机，于是太多喋血杀戮，唯有佛心令人入静，唯有经声方能心安。然，鸠摩罗什、唐三藏等大大的经书，历经战乱，总被兵燹一炬，留下千古饮恨，必须刻一部千古不配的经本，阳光照晒而不褪色，风雨吹拂而不霉烂，白蚁蚀食而不褪色，唯有大石经可亘古千秋。房山多石头，从唐代贞观五年大和尚慧琬创建此寺，1300年过矣，或毁于战火，再建，再毁于战火，最后一次是日本侵华战争，山门和南塔被敌机轰炸而坍塌，唯有山门兀自而立，拷问天穹？并预示有一个惊天的秘密，那些藏于地下的不朽经书公之于世的时刻姗姗来迟。机缘终于在1957年相交了，北京考古学家对石经山考察整理时，不知为什么黄炳章教授特别口渴，钻入一户农家讨水喝，与老乡聊天时，无意间发现灶台上一块发亮的石块，凑近一观灶台，天哪！上边竟然镌刻着文字，是20世纪50年代的惊天大发现："发心磨莹贞石，铸造大藏经，以备法灭……"他骇然大惊，至宝，天降至宝啊，老乡愕然，什么至宝，石经洞藏的钥匙，依照碑上文字按图索骥，翌年8月，遂于南塔底下出土了辽、金两朝藏10082块石经之秘，并发现舍利子三百余颗。赵朴初先生惊闻，心难静矣，云"辽金宝藏，应机出现"。她往往在一个太平岁月里，才会横空出世。

那天我们入地宫看过万块石经之后，又踅出地宫，绕过南塔，解说员说云居寺，堪称佛教博物馆，石经为一绝，举世独此一份，另外还有两绝，一为舌血真经《大方广佛华严经》，此为妙莲寺比丘祖慧刺破舌尖血所写，其虔敬之意，举世罕至。再一则为《龙藏》，刻于雍正十一年至乾隆三年，木经存77000块。

那天下午，穿过云居寺的大片竹篁，偶然一只"鹧"鸟掠过，穿过竹间径，她打东晋飞来，还是从大唐飞过，引领我们穿越了千载岁月，让我们领略天空之境、历史之境、人心之境、色空之境，盛世容佛、兴佛、崇佛、乱世灭佛、毁佛、葬佛。佛学虽为宗教，其实是神学，归根究底是大哲学，是关于我们善恶悲悯生死学，自然是人与人，人与环境，人与家园，人与家国，人与天地，人与地球的相处之学。然，我们过多地放大了其近鬼神之面，而忽略其对于我们内心的劝导与慰藉。未入大雄宝殿，而去两侧厢房之藏经博物馆，驻足舌血真经前，它强烈地让人感受到了信仰的力量和虔诚永恒的情感。步入最后一殿，供有佛陀舍利，藏碑记载，彼曾发光三月，佛光不散，而正殿天井里，菩提树开花，结果，庇荫于苍生。此乃修得正果啊，彼时，在我沉溺于神思妙想之中，我想起自己文学之旅曾追随朱士行、法显和唐三藏的脚步，我的灵魂也从长安出发，沿着古丝绸之路，越秦岭，翻祁连，西天取经，穿越大流沙和千里无人烟的戈壁，跨越葱岭，走了一趟西天，再转回到上古之州兖州孔府门前，回到了房山石经山下，仿佛2400年前同时代的两位圣人智者、大哲学家、大神学家、大宗教家孔丘与释迦牟尼相遇，就在我们天穹上的虹桥上相遇，天空之镜，镜花水月，两个巨子一东一西，从一条恒河，一条黄河出发，最终到了泗水边，沐风而坐。春风吹兮，舞袂袖，在2000多年后历史时空中突然相遇了，在恒河与泗水之间，看到了一道飞架彩虹，天河桥上，两个至尊圣者对话起来了，我用心谛听，听到了他们发自肺腑的心声。关于生死生存生命乃至教育，他们会有什么样的至理名言呢？

孔夫子说，释迦王子，我好妒忌你啊！

释迦一愣，夫子错也，我哪有什么可以让你妒忌的啊。

当然有。孔丘道，你看看天下寺庙，皆在供奉你啊。

天下孔庙，也在祭孔。

那只有几间孔庙而已。

那只是民间行为啊。释迦说，不像由朝廷而建而封，成了王族。

因为你是王子出身，不屑于此吗？

知我者，孔丘也。

孔夫子叹了一口气，说，你才几个弟子，我算了算也就是迦什、阿南等，算上众位菩萨，也不到十个人，我有七十二弟子啊，为何传法不如你啊。

释祖笑了，说我们俩思考的方向不对，我是劝人从恶向善。你呢是教人从善至恶，你那套屠龙之术，教士子们如何卖给帝王家，等当上了官，成为诡道诈道，精明算计的商业拐客般的大政治家时，那就是从善向恶了。

呵呵！也是，也是。释迦，你说得真好啊。

彼此，彼此！释迦牟尼说，其实，儒学比之尔等佛学，要传得远得多。我从天竺而东方，经学渐东，而你从东方到西学，新儒坐大，已经覆盖东北亚诸国，向西方世界扩张，快成为人家的国教。正所谓正西风，飞鸣镝，落叶萧萧向西方去，此势大矣啊。

呵呵，比之释学，小巫见大巫啊。孔夫子道，泗河到了，释迦王子，看看你为孔家盖了这么豪华的住所啊。

因为我的魂东晋年间，就留在这里了。

你的魂是什么？

那几十粒彩色的小石子啊，是从我的脑袋坐化后留下来了，我思故我在啊。

九九归一，就像流经我们鲁国这条大河，九十九道弯，还有从喜马拉雅流下来，缠绕王子宫殿前的那条恒河，终归大海。夫子道，释家讲前世轮回，因果报应，有因有果，恶将受罚，善得好报，儒家讲水能载舟，民本为上，敬畏天地，今日之古幽州亦是一种轮回和敬畏，污染了家园，报应的还是自己啊，这正是己所不欲，勿施于人啊。

我在云居寺庭院里，菩提树下，似乎听到2500多年前两位伟大的智者踽踽独行的脚步，以及他们在黄河—恒河天桥上的对话。

天下向度，泾渭分明，天空之镜，照着浮生。又有多少人在重复他们的我思故我在。

你瞧西天取经的丝绸之路上，那么多苦行僧前往西天取经，又有那么多天笠沙门越过葱岭而来，背囊里背了太多经文，马背上驮了太多的贝叶经卷。

历朝历代，又有多少沙门把沉甸甸的三藏经书，结结实实打包，装入经箱，放入马革，举到鞍上，万里迢迢驮回，一字一句地译出，讲给普罗大众听。启发凡根钝器之人，成道成佛，这就是宗教。

非要读经、念经，非要刻成石经吗？

佛陀微微点头，用无上神通，向千万世界朗声宣告："吾有正法眼藏，涅槃妙心，实相无相，微妙法门，付嘱于摩诃迦叶。"

一切信徒俱十字合掌颂礼，三千大千世界顿时奏起庄严梵音。

金波罗花分身无数，片片香瓣纷纷扬扬，飘洒三界。

无字真经，只有那些有慧根的人才能参透，而他们大多是在贝叶经书中打滚半生后，机缘巧合才能由此彻悟。如慧能那般直截了当，径直一把破尽文字之盲障，直指本心，神秀的确应该心服口服五体投地。

其实真正的大道，就是抛弃一切经书，一切解说，以心传心，以镜照心，心为明镜，才是无上妙道。

恕我姑妄言之，我以为禅宗所谓的彻悟其实是绝望：对知识，对现实，对追求的绝望，绝望得越透骨，痛彻肺腑就越彻底。水尽粮绝在沙漠中央，最聪明的人干脆躺了下来。一切反正不可为，一切反正都是虚幻，什么西方极乐，什么无尽涅槃，统统都是空的，连空也是空的。电光石火般的几十年，如沙鸥雁影，雁去影消，一切随缘沉浮，任造化轮转，潮起潮落，我只无心，我只不起念头，一回首，涅槃就在今世，西天就在脚下，佛祖正是自身。

大道熙熙，智者不存，天下攘攘，欲望滔滔，这时，我又仿佛那位倒骑青牛的老子，这位旧制度的破坏者、反抗者，一部《道德经》，一部《周易》，可以说是中国哲学、玄学、道学和人类学的集大成者。洋洋洒洒五千言，乃是中国乃至人类的一口深深的思想之井，永远也舀不干，淘不尽，挂着榆木拐杖的孔夫子走来了，穿着一袭红褐袈裟，袒裼着右臂的佛陀走来了，那个浑身还透着酸臭气的庄周走来了，他还会化蝶吗？在庄子之后，倒骑青牛的老子也来了，携着比《论语》，比《逍遥游》，比《大藏经》《华严经》更短更深更智慧的五千言走来了。还有那个背着沉重十字架的基督也走来了，裹着黑色头帕的穆罕默德也来了……

谁的眼睛最慈祥、最淡定？当然是佛陀了。

真的不可为吗？

他好像又看到老子紧闭的眼。

一种刻骨的孤独感又袭击了他。他抬起头来，晚风把云朵吹到了天边，红黄灰黑各种颜色层层叠加，挤成诡异变幻的长长一溜。大半个天空在夕阳的照耀下成为澄净半透明的鲜红色。脚下，炊烟已经散去，在房山的燕岭和北城郭镀上金黄色的鱼鳞般的瓦。似乎有声音传来，悠长而亲切，应该是母亲在呼唤牧童回家。

夜晚，在豆油灯下，编撰完了最后一首《诗经》，孔夫子长长地吁了一口气。

从未感到如此的轻松。他觉得这一生过得很充实很安心，因为他知道自己已经尽了全力。他觉得人间仍然充满了希望。

若如儒家的修身齐家治国温良恭俭让的君子之度，再与道家的敬畏天地融入自然的独立自由之风相掺杂，再加上佛教悲天悯人善待天下的宗教情怀，那么这个世界，一定是最美好的世界。姑妄言之，也许完全是一种梦呓般的胡说八道。姑妄听之吧。

天蓝之镜，天空之境。北京的天空真的蓝了，不是一个月，两个月，而是持续了一百多天了，雾霾不再，在这样的蓝天白云之下，一种久违的北京蓝、景泰蓝、中国蓝、宗教蓝巡弋和覆盖了京畿的天空。

　　它与北京煤改两年的奋战有关，或许无关。管它有关无关，天道酬谢吧。这持续了丁酉年冬月整整一百多天蓝，却关乎你、我、他生命的天空，生存的天空，还有我们后人的天空。

　　蓝天如镜，多么炫目的北京蓝啊！天蓝作镜，可照家园，亦可以照出我们内心，天不语，但蓝天一直在看，它黑了，它脏了，它雾霾锁城，但是它的眼睛始终是亮的，天如明镜，一如我心，你心，他心。终章之时，恰好北京初雪，虽未落成白茫茫一片，但我趁余兴，填词一首，作为终章之长短句，以记这最难忘的一次电网文学之旅：

卜算子·北京初雪

风雪未落京，天远蓝澄宁。玉树蒹葭莲花坞，船至停前庭。庭上燕子鸣，泉涌漫香径，诗画红酥美人靠，倚望窗盈影。

轮回，所有结束都是开始

走出宿命，那就走出了西圣地。

那天下午，我近地朝着贡嘎机场翩翩而下，借一只神鹰之翼，借着天梯在雪风徐徐之中，振翼而起，昂首冲天，机翼之下，一江雪水流向阿育王子成佛的西天印度，那滚滚西去的大江，成了一根血红的血管，这血管连着东方与西天，幻化成朝圣的虔诚。

每一次最后的藏地行旅，都成了新的第一次，每一次转山、转湖，都以为是告别之旅，皆成了新的征程。

朝着芜野而去，朝着雪山而去。

我觉得雪山之巅有一座曼荼罗，一座像大昭寺、拉萨一样的坛城，被八廓街和雪山包围着。城中住着修行的佛陀与菩萨，吸引前来朝拜的万千信众。

去雪山之上寻找曼荼罗吧。2013 年 8 月，我已经是第 16 次入藏地了。

那天傍晚，黄昏泛起。我在拉萨八廓古城采访将近半月了，行程排得尤其紧张，几乎是日出而行，踏暮而归。然，不管多晚，总要从八廓街西北口而入，绕大昭寺转经一圈，疲惫的身心由此得到了舒缓，躁动的心情顿时安静了下来，可最终还是想纵情山水一番。因此，有一天晚上吃饭，我对拉萨市委宣传部原副部长刘亮说，两次来拉萨，哪个地方也未去，这一次就到雍则绿错观圣湖吧。刘亮不辨东西，问圣湖在何处。我说，仁布县啊。

此为寻找班禅灵童的观相之湖。

相传，十世班禅大师额尔德尼·确吉坚赞圆寂三年后，转世灵童已经出生。扎什伦布寺经师、堪布来到雪山之下，在小小的尼姑庙泽鲁寺里作法三天，沐浴，然后向雍则绿错跋涉而去，去观湖相。那些高僧多为老者，虽然是西藏出生，但是前方有四座5000米以上的大雪山连绵相连，对这些老喇嘛也是一个挑战。有的实在爬不动了，就由体力好的喇嘛背着他们，一步步往雪山之脊爬去。从早晨出发，走了四五个小时，翻过最后一道雪山之梁，一个圣湖横亘于前。湖面不大，圆圆的，犹如一颗绿松石。就在这个像铜镜般的湖泊与雪山相拥处，念经祈祷之后，他们便开始看湖相。扎什伦布寺的经师看到了一匹白马，只见在藏南的牧场之上，四周森林如海，风掠过处，如诉如泣，一位少年在献哈达。经师由此判定，转世灵童生于马年。而他的故里应该就在藏南与藏北之间的一个牧场。按湖相所示，寻访小班禅的高僧大德，在昌都嘉黎县找到了转世灵童，他的名字叫坚赞诺布。

1990年2月13日，一个男孩在西藏嘉黎县的一个普通藏族家庭呱呱落地。其父索南扎巴和母亲桑吉卓玛均读过小学，他们生下一个肤色白皙、五官秀美、双目明亮，右脸上有一痣，颇具瑞相的男孩。桑吉卓玛的父亲给外孙取名为坚赞诺布，意为"神圣的胜利幢"。

坚赞诺布出生前后出现过许多吉兆。其中有一天，桑吉卓玛外出，将孩子放在一位老师家，老师在无意间发现坚赞诺布的舌头上有一个白色的藏文楷书字母"阿"。

在藏传佛教里，这是一个神圣的符号，代表了佛的化身。按照宗教仪轨，秘密寻访十世班禅转世灵童的人员，根据十世班禅大师的逝相以及观湖、占卜所得结论，得出转世灵童诞生的大致方向，当他们得知有关坚赞诺布的传闻后，开始进行核查、问试。寻访人员发现，坚赞诺布对宗教器皿极为爱好，拿到手中就不放，还对寻访人员说："我认识你们。"尤其令人惊讶的是，当寻访人员在他家休息用餐时，他抱着寻访人员的糌粑木碗说："我也有一个这样的碗，放在扎什伦布寺。"

于是，嘉黎县的这位灵童和另外一位与他同年出生的灵童被带到了拉萨，等待中央政府金瓶掣签。

刘亮问我，雍则绿错在哪里？

仁布县。

那里离我家不远啊。次桑说。

是吗？

是啊！徐主任。

那就由你带路。

好！次桑答应我。

已经是第十天了，明天就是周六，我对翻译次桑说，报告你们刘亮部长吧，明天上午我要去寻找班禅灵童的圣湖雍则绿错朝湖。

甚好，甚好！刘亮前几天晚上答应过我，说，我正想沾点仙气呢。陪徐主任去观湖相。次桑报告过后，开始他想开着自己的坐骑去，后来觉得一行五人坐不下，就换了一辆 4700 吉普。

翌日，晨 6 时许，我们一行五人——他们分别是拉萨市委宣传部副部长刘亮，宣传科长蔡新民，副科长、翻译次桑和自治区人民医院内科主任李海英——驾一辆日本牛头大吉普，溯雅鲁藏布而上，驱车 200 多公里，去谒圣湖。

上午 10 时 58 分，车抵泽鲁寺，于一小尼姑庙前戛然而止。公路已至断头处，唯有背包上山。一行六人，皆比余小，堪称老西藏，都在拉萨待了二三十年之久，可从未谒过圣湖，均不识路。

我见一年轻尼姑，肩挎一个铜壶，欲上山背水，身边跟一只岩羊，曼妙如仙，便上去与她搭讪，想请她上山带路。她掩口一笑，操着藏话，对我的翻译次桑拿说，佛家人不与俗人为伍。言毕，便上山去背水了。岩羊紧随其后，这一幕令我许多日子都挥之不忘。小尼身影婆娑，与她的羊渐行渐远，我则从她出来的小门走过去一看，这只是一座普通的小寺院啊。

然而，山不在高，有仙则灵，庙不在小，有佛则灵。泽鲁寺可是非同寻常，康区寺院的大活佛圆寂，都要来这里念经作法，然后再观湖相。据说这座尼姑庙里，有一位老尼活到 102 岁，坐化圆寂之后，要实施火葬，于是被背到雪山之上，选择在一个圣湖边，乘坐积香木而去。一点点、一簇簇酥油灯被点亮了，扔进了柴火堆后，熊熊大火而起。她欲御风而行，却有人间瑞相相伴，彼时，本来晴空万里的天空，突然降起了五彩雨。这可是祥雨啊！雨下过之后，一簇白云从天边而来，一缕缕，一片片，倏地像一笼经幢一样，从天穹中垂直落下，落在了焚烧的积香木之上。泽鲁寺老尼的灵魂，突然从火中一跃飘升，在白云般经幢的护卫下，飘然去了一个曼荼罗世界、一座坛城之中，再往生成佛。等灰飞烟灭后，她的弟子于一抔冷灰之中，找到了白色的舍利子。

这个故事是行前一天晚上的饭局上，西藏网主编王女士讲给我的，一下子便诱惑了我。于是，就在那一刻，我决定返回北京之前，一定要去雍则绿错一拜。

因为寻找达赖灵童的圣湖拉姆拉措我于 2012 年拜谒过了，两位藏传佛教的大师圣湖，岂能只看一个圣湖啊，倘不看另一个，那就是不圆满。

那天晚上，与王舒女士同来的一位摄影家说，他曾经去雍则绿错拍过片子，上大雪山来回需要 7 小时，且步步向上，我不以为然。我在北京城里曾有穿越野山经历，从妙峰山至凤凰岭，25 公里山路，我 7 个小时就下来了，还是一个人走过，不足为惧。

然，从泽鲁寺开始攀登，前方竟横亘四座大雪山，海拔皆在 5000 米以上。刚登第一座，嗓子便拉起风箱，途中又遇雨雪。朝湖之旅，一行千辛万苦，抵第一道经幡群时，海拔升至 5300 米，已跋涉 4 个小时。队伍几近崩溃，走 10 米就要歇下，大口喘息。雪大路滑，说话声音大点，冰暴追着我砸。当时保健医生出身的李海英感冒未愈，咳嗽不止，将我的头顶和后背砸得噼里叭啦地响。我对李海英说，你能不能不咳嗽，忍一忍，行吗？你一咳，声波便将云中的雨雪冰暴震了下来，直砸头顶啊。李海英说，实在忍不住啊。

又是一座大雪山横亘于前，次桑一直在前方打前站，他从雪山顶上下来，告诉我前边的刘亮部长未看见湖，也不知湖在何方。绝望之时，刘亮与我商量说，徐主任后撤吧。刚才次桑爬到山顶了，仍然没有看到湖……

我当时已经爬到半山腰上了，几乎是爬三步退一步，大口地喘息。听到刘亮说，徐主任咱们撤吧。我仰首一看，只见一道经幡在前方100多米处高高飘扬。以我对圣湖的知识，有经幡处，必离圣湖不远了。于是，我对刘亮说，上去吧，我们在经幡前合影一张，亦不枉来过……刘亮同意我的想法，又转身向上跋涉。我紧随其后，踩着未被踩过的白雪，一步一步，一滑一退，仍然执着地向上。最后20米，实在有点爬不动了，是次桑下来搀扶着我上去的。伫立于雪山之巅，视野辽阔，大峡谷之中，仍然不见圣湖。拍了几张照片之后，我失望极了，准备下山。

这时，沿我们来的山路上，上来一家四口人，是布仁县德吉乡次仁、米吉姐妹一家。5岁小男孩顿珠几乎不要大人携扶，履雪山胜似闲庭信步，令我辈惊讶不已。我叫次桑上前打听圣湖在哪里，米吉说，左前方仅剩10分钟行程，隐没在另一道雪山之脊下边。啊？我们皆讶异不已，这可是渡我们之人啊。5岁的顿珠，与55岁的剑客可有一比啊，相形之下，徐剑输给这个叫顿珠的小男孩。

于是，我们紧随次仁一家，蹚雪而行至一个玛尼石堆前。按规定，朝雍则绿错时，不能带任何铁器上去，我见那姑娘将黄金耳坠和项链全摘下来，于是我将自己腕上的手表也摘了下来，扔下了相机，手中仅持一个迷你iPad，然后朝前方还有400米的山脊爬过去。一路白雪踏碎，在脚下咯吱作响，大约 20 分钟后，我终于抵达最后一道经幡前，又是次桑伸手下来，将我拽了上去。我一下子在山脊上坐了下来，精疲力竭，一看 iPad 上的时间，已经是下午 3：20，离出发时间整整走了 4 个半小时。也许真诚、虔诚和执着感动了上天，佛缘已至，神湖雍则绿错掀开神秘面纱，向我们展示了诡谲多姿的湖相。

也许是冥冥之中的一种感应吧，我坐在山脊之上观湖，刘亮部长、次桑和司机都下到湖边。不知为何，第一眼见到湖开，我便潸然泪下，哽咽不已，不顾脸上还挂着好多泪珠，便冲下去与他们七个人会合。我下来时，刘亮他们正在用哈达包裹青稞，准备往圣湖投掷，见我脸上挂着泪痕，他们皆惊讶不已。

次桑抓了一把青稞给我。我将身上的哈达掏了出来，将青稞包了进去，结成一小团，然后去投湖。据说，如果青稞落到湖底，就是有缘和有福之人。我朝湖里一投，青稞落下去了，一颗悬在空中的心便随之落地。

坐在湖边观湖相，我首先看到第一幕竟然是一条像大蟒般的山影投影湖中，我大骇，今年是蛇年啊，最诡谲的第一个湖相，竟是一条龙形之蛇！

坐下来观湖。我突然看到第二幕幻象，一头牦牛在奔驰。后边紧随一只老虎，朝湖中心四蹄朝天，欲冲天而起，至湖心，居然变成了两位女士，浮冉而升，向湖面跃然而起，飘飘欲仙。我脸色陡变，一片愕然，去岁在拉姆拉措，看到了第一幕的生肖是牛，这次却有虎追随。我夫人属牛，女儿属虎，冥冥之中，看到了她们的前世。

默记于心。刘亮等一行七个人开始转湖了，此湖不大，环湖也就是 400 多米，我看完了湖中的幻影之后，才起身转湖。走了 100 多米，听到雪山流水淙淙，蹚过一片乱石的斜坡，我再回眸一看圣湖，刚才我们坐在那儿投青稞的地方，竟然是一只大鹏金雕在展翅高飞。再转了 50 米，我又回眸一看，天啊，大鹏变成了一只巨大的蝙蝠。

鹏程万里，蝙蝠有福，不枉此行了。

前面转湖七个人已经转至终点，与我相差 150 多米，我不知道他们看到了什么湖相。蓦然回首，再看湖中，唯见布达拉宫高高的白墙之影，倒映于湖心。也许有人会说这是作家想象，可是倘若是信佛有缘之人，一定会觉得我并非梦呓之语。

终于我与他们七人会合了，他们或趴在湖边，或半躺于山坡之上，却没有看到什么幻象。我在转经终点拾一处山坡坐下，朝湖心一看，只见湖水中有三个仙女飘飘欲仙，长练广舞，宽大长长的袂袖在碧波下舞动，与长天上的流云相接。我惊呼，你们看到吗，有仙女在湖里跳舞啊。

在哪？在哪里啊。仁布县一家的小妹说没有看见。

你过来，沿着我的手指方向看去。

她站起身来到我边上，俯看湖心，突然惊叫起来，我看到啦，看到啦！太神奇了，真的是三位仙女在湖心翩翩起舞！

刘亮部长也往我身边靠拢，沿着我手指的方向看过去，也看到了。他惊呼，真的太奇妙了！

于是我们一行八人，除了两位老西藏——年轻的蔡科长和保健医李海英女士未上来，都被圣湖之相倾倒了。我们喟然而叹，寻得福祉，有神灵护佑。

40 分钟后，我们转完了湖，我站起身来，只见刘亮部长站在山坡一侧，默默祈祷。

该走了。我朝山脊爬去，觉得特别的吃力，刚才未见到圣湖时的驱动力已经没有了，显得步履维艰。等到了山脊时，想用次桑帮我背上来的"大炮"拍几张圣湖。可是当我将镜头装好时，雾霭涌上来，一下子将神圣雍则绿错淹没了。或许这是对我带着"大炮"上来的惩罚吧。

下山了，时针已经指到 16 时 40 分了。踏着斜阳而归，那天下山，因为失去了动力，加上边走边拍照片，我一直殿后，到傍晚 19 时 40 分，才下到泽鲁寺的小庙。

又见那位曼妙的小尼和她的岩羊。我由岩羊引领，走进了泽鲁寺的大殿。殿堂不大，也就两间房子之大，四五个尼姑盘坐成一排，坐东朝西，坐在卡垫上默默念经。我对她们产生了兴趣，随便采访了几句。泽鲁寺是一座宁玛派的寺庙，为莲花生大师创建，其悠久的历史堪与桑耶寺媲美，却毁于"文革"年代，直至 1986 年才重新恢复。殿的正中央供奉莲花生大师的手掌印，令我憧憬不已。扎西群宗、慈仁白珍是最早入寺的两位尼姑，今年已经四十有余，其余小尼，皆后来入寺，共有 14 人之多。关于那位 102 岁圆寂老尼的故事，主持扎西群宗说，她也是 20 世纪 80 年代才入寺的，仅仅是听说而已。

喝酥油茶之际，听说我们爬到了圣湖顶上，几位尼姑皆露出惊讶之色，起初她们怀疑我们是否能爬到湖边，认为有此心也就足矣，说明佛缘已至，未曾想到我们不仅拜谒了圣湖，并看到了云诡波谲的湖相。那位背水的美丽尼姑说，你们都是有福之人，班禅大师会保佑你们的虔诚的。

谢谢！我们起身归去，向圣城拉萨疾驰而去。

这一刻，夕阳西下，西风残照，尼姑庙独孤，沉静于烟霭之中。我登车，将氧气管插于鼻上，蓦然回首间，看到那位背着铜壶上山背水的尼姑和那只野岩羊，长长的影子，沐浴于煌煌落日里，藏地昏黄，尼姑庙灿然。我的心中倏地升腾起一种温馨，一种包容，一种秋风纯净的宽容与博大，一种仁爱仁慈的悲悯，悲天悯人的温润和温婉。于是乎，站在藏地，伫立于地球的城垣之上，极目寰球，天下小了，胸襟大了，大过浩瀚之宇，觉得头顶之上的喜马拉雅、喀拉昆仑，还有脚下横亘在神秘的北纬30度线上的横断山脉，突然变小了，变成一个白色的点，一个黛色的点。

归去，胡不归去？虽然城郭的喧嚣就在前方，就在万家灯火深处的夜夜笙歌里。可是小隐于山，大隐于市，有一颗纯粹之心，焉能担忧浮世、浮生、浮尘之惑，置身于炊烟袅袅的池城，麻将声四起的城郭，霓虹闪闪的城邦，所有的诱惑、迷惑，所有的混沌、混浊，都被纯清了、纯净了、纯粹了。

这净化心灵和欲望的纯洁剂，酿制于转山转湖的三大圣湖之水。

灵山、灵地、灵湖，转山、转湖、转路，请接受一位汉地作家敬畏与感恩的跪。